Amor peligroso
Brenda Joyce

Editado por Harlequin Ibérica.
Una división de HarperCollins Ibérica, S.A.
Núñez de Balboa, 56
28001 Madrid

© 2008 Brenda Joyce Dreams Unlimited, Inc. Todos los derechos reservados.
AMOR PELIGROSO, Nº 81 - 1.5.09
Título original: A Dangerous Love
Publicada originalmente por HQN™ Books.
Traducido por Ángeles Aragón López.

Todos los derechos están reservados incluidos los de reproducción, total o parcial. Esta edición ha sido publicada con permiso de Harlequin Enterprises II BV.
Todos los personajes de este libro son ficticios. Cualquier parecido con alguna persona, viva o muerta, es pura coincidencia.
™TOP NOVEL es marca registrada por Harlequin Enterprises Ltd.
® y ™ son marcas registradas por Harlequin Enterprises Limited y sus filiales, utilizadas con licencia. Las marcas que lleven ® están registradas en la Oficina Española de Patentes y Marcas y en otros países.

I.S.B.N.: 978-84-671-7301-7
Depósito legal: B-12429-2009

PRÓLOGO

Derbyshire, 1820

Su agitación no conocía límites. ¿Por qué demonios tardaba tanto el policía? Había recibido carta de Smith el día anterior, pero era una nota breve, que sólo decía que el policía llegaría al día siguiente. ¡Maldición! ¿Habría conseguido Smith encontrar a su hijo?

Edmund St Xavier paseaba a todo lo largo de su gran salón. Era una habitación amplia, con siglos de antigüedad, igual que la propia casa, pero escasamente amueblada y que necesitaba reparaciones. El damasco del único diván estaba raído y roto, una desvencijada mesa de caballete requería algo más que cera y abrillantado, y el brocado de color oro y marfil que tapizaba las sillas hacía tiempo que había adquirido un desagradable tono amarillento que transmitía vejez y una falta seria de economía. Woodland había sido en otro tiempo una gran hacienda con más de diez mil acres, en la que los antepasados de Edmund habían llevado con orgullo el título de vizconde y mantenido además otra casa espléndida en Londres. Ahora quedaban mil acres y la mitad de las quince granjas de alquiler esparcidas por ellos se hallaban desocupadas. En los establos moraban cuatro caballos de tiro y dos jamelgos. El servicio se había reducido a dos lacayos y una doncella. Su esposa había muerto de parto cinco años atrás y una gripe terrible se había llevado el año anterior a su único hijo. Sólo quedaban una hacienda empobrecida, una casa vacía y un título de prestigio, que ahora corría peligro.

El hermano menor de Edmund lo miraba desde un ángulo del salón, tan petulante y pagado de sí mismo como siempre. John estaba seguro de que el título pasaría pronto a él y a su hijo, pero Edmund estaba decidido a que eso no sucediera. Pues había otro hijo, un bastardo, y confiaba en que Smith lo hubiera encontrado.

Edmund volvió la espalda a su hermano. Habían rivalizado de niños y seguían siendo rivales ahora. Su condenado hermano había ganado una fortuna con el comercio y ahora poseía una buena hacienda en Kent. Se presentaba a menudo en Woodland con su carruaje de seis caballos y su esposa cubierta de joyas. Todas las visitas eran iguales. Caminaba por la casa inspeccionando con disgusto evidente cada grieta en los suelos de madera, cada trozo pelado de pintura, las tapicerías y los retratos polvorientos. Y luego se ofrecía a pagarle las deudas... con un interés nada despreciable. Edmund estaba deseando que John se marchara... dejando tras de sí su préstamo a alto interés, que él firmaba porque no tenía otra opción.

Preferiría morir a ver a Robert, el hijo de John, heredando Woodland. Pero las cosas no llegarían a ese extremo.

—¿Estás seguro de que el señor Smith ha encontrado al chico? —inquirió John, con tono condescendiente—. Me cuesta imaginar que un policía de Bow Street pueda localizar una tribu gitana en concreto, y mucho menos a una mujer en particular.

John disfrutaba con aquello. Se burlaba de la aventura de su hermano con la gitana y creía que el chico sería un salvaje.

—Pasan el invierno en los astilleros de Glasgow —contestó Edmund—. En primavera se desplazan a la frontera para trabajar en los campos. Dudo que sea muy difícil encontrar esa caravana.

John se acercó a su esposa, que cosía sentada al lado del fuego, y le puso una mano en el brazo como si quisiera transmitirle así que sabía que el tema era duro para ella y que ninguna dama tendría que verse obligada a saber que su hermano había tenido una amante gitana.

Su esposa, bonita, perfecta, le sonrió y siguió cosiendo.

Edmund no pudo evitar pensar entonces en Raiza. Diez años antes se había presentado en Woodland con el hijo de ambos y los ojos brillantes de orgullo y de la pasión que tan bien recordaba él todavía. Había sido una sorpresa mirar al niño y ver sus mismos ojos grises reflejados en aquel rostro de piel morena. El pelo del chico era de un dorado oscuro, mientras que el de Raiza era negro como la noche. Edmund era también rubio. Su esposa, Catherine, estaba en esa ocasión en la casa, embarazada de su hijo, y Edmund había insistido en que el bastardo no era suyo, aunque se había odiado a sí mismo por ello. Pero su aventura con Raiza había sido breve y él amaba a su esposa y no podía permitir que se enterara de lo de ese hijo. Había ofrecido a Raiza el poco dinero que tenía, pero la gitana lo había maldecido y se había marchado.

—¿Cómo puedes estar seguro de que el chico es tuyo? —preguntó John.

Edmund no le hizo caso. Doce años atrás, él se hallaba en una casa en la frontera con Escocia, cazando con unos amigos solteros, cuando llegaron los gitanos y acamparon cerca de la aldea. Se cruzó con Raiza en el pueblo y, cuando sus ojos se encontraron, la mirada de ella lo afectó de tal modo, que cambió la dirección de sus pasos y la siguió como si ella fuera el flautista de Hamelín. Ella rió con coquetería y él, hechizado, la persiguió sin tregua. Su aventura empezó esa misma noche y él permaneció dos semanas en la zona, donde pasó la mayor parte del tiempo en la cama de ella.

Le habría gustado quedarse más, pero tenía que ocuparse

de su hacienda. En la despedida, Raiza lo miró con lágrimas en los ojos y le susurró: «Gadje ganjense». Edmund no la entendió, pero creyó que estaba enamorada de él y no estaba seguro de no amarla a su vez. Aunque eso no importaba, pues eran de dos mundos totalmente diferentes y no esperaba volver a verla nunca.

Un año más tarde conoció a Catherine, una mujer tan distinta de Raiza como la noche del día. Sobrina del rector de su propiedad, era una mujer honesta, recatada y muy dulce. Una mujer que jamás habría podido bailar salvajemente con música gitana bajo la luna llena, pero a él eso no le importaba. Se enamoró de ella, se casaron y ella se convirtió en su amiga más querida. Todavía la echaba de menos.

Tenía intención de volver a casarse, por supuesto, porque confiaba en tener más herederos. Pero no podía poner en peligro la hacienda. Había aprendido de primera mano lo caprichosa e incierta que era la vida y por eso había decidido buscar a su hijo bastardo.

Edmund oyó ruido de caballos que llegaban al camino de piedra del exterior y corrió a la puerta, consciente de que John lo seguía.

Cuando abrió, vio al policía, de constitución fuerte, bajando del carruaje, un coche de un solo caballo. Las condenadas cortinillas del vehículo estaban corridas.

—¿Lo habéis encontrado? —casi gritó Edmund, consciente de su desesperación—. ¿Habéis encontrado a mi hijo?

Smith era un hombre grande, al que obviamente no le gustaba afeitarse a diario. Escupió una brizna de tabaco y sonrió.

—Sí, señor, pero no me deis las gracias todavía.

Había encontrado al chico.

John se situó a su lado.

—No me fío nada de la muchacha gitana —murmuró.

—Me da igual lo que pienses tú —replicó Edmund con los ojos clavados en el carruaje.

Smith se acercó al coche y abrió la puerta. Metió el

brazo y Edmund vio un chico delgado con pantalones marrones remendados y una camisa suelta sucia. Smith tiró de él y lo sacó al suelo.

—Ven a conocer a tu padre, muchacho.

Edmund vio horrorizado que el chico tenía las muñecas atadas con una soga.

—Desatadlo.

Entonces vio la cadena y el grillete en el tobillo.

El muchacho se soltó de Smith con la cara llena de odio y le escupió.

Smith se limpió la saliva de la mejilla y miró a Edmund.

—Necesita que lo azoten, pero es gitano, ¿no? Está tan acostumbrado a los azotes como un caballo malo.

Edmund lo miró ultrajado.

—¿Por qué está atado y encadenado como un criminal?

—Porque es traicionero, por eso. Ha intentado escapar una docena de veces desde que lo encontré en el norte y no me apetece morir apuñalado mientras duermo —repuso Smith. Tomó al chico por el hombro y lo sacudió—. Tu padre —dijo, señalando a Edmund.

En los ojos del chico había una rabia asesina, pero guardó silencio.

—Habla inglés tan bien como vos y como yo —Smith escupió más tabaco, esa vez en los pies descalzos del chico—. Entiende todas las palabras.

—Desatadlo, maldita sea —Edmund se sentía impotente. Quería abrazar a su hijo y pedirle perdón, pero el muchacho parecía tan peligroso como afirmaba Smith. Parecía odiar al policía... y a él—. Hijo, bienvenido a Woodland. Soy tu padre.

Unos ojos grises lo miraron con frialdad y condescendencia. Eran los ojos de un hombre más mayor, un hombre de mundo, no de un chico.

—Ella lo entregó sin protestar mucho —dijo Smith.

Edmund no podía apartar la vista de su hijo.

—¿Le disteis mi carta?

—Los gitanos no saben leer, pero le di la carta.

¿Había entendido Raiza que era mejor para su hijo que lo educara él? Como inglés, se le abrirían muchas oportunidades. Y tenía derecho a la hacienda, el título y todos los privilegios que eso conllevaba.

—Pero lloró como una moribunda —prosiguió Smith, mientras soltaba el grillete—. Yo no entendí su discurso gitano, pero no hacía falta. Ella quería que se fuera y él no quería marcharse. Se escapará —Smith miró a Edmund con un gesto de advertencia—. Ya podéis encerrarlo por la noche y ponerle guardia durante el día —lo tomó del brazo—. Muchacho, muestra respeto a tu padre, un gran lord. Si él habla, tú contestas.

—No importa, todo esto es nuevo para él —Edmund sonrió a su hijo. Era un chico hermoso. Excepto en los ojos y en el color del pelo, se parecía mucho a Raiza. El calor empezó a inundar su pecho. No había hecho bien en alejar a Raiza años atrás. Pero eso ya no tenía remedio. Tendrían que intentar superar aquel comienzo terrible y sus diferencias—. Emilian —sonrió—. Hace mucho tiempo, tu madre te trajo aquí y nos presentó. Soy lord Edmund St Xavier.

La expresión del chico no cambió. A Edmund le recordaba a un tigre letal que esperara el momento preciso para saltar y atacar.

Edmund, desconcertado, tiró de las sogas de las muñecas.

—Dadme una navaja —dijo a Smith.

—Lo lamentaréis —le advirtió el policía; pero le tendió una navaja enorme.

—El chico es tan salvaje como esperaba —murmuró John.

Edmund no hizo caso a ninguno de los dos comentarios y cortó la soga.

—Así está mejor —comentó.

Pero las muñecas del chico estaban laceradas y Edmund se enfureció con el policía.

El muchacho lo miraba con frialdad. Si le dolían las muñecas, no dio señales de notarlo.

—Más vale que protejas tus caballos —murmuró John detrás de ellos, con una risita burlona.

Edmund no necesitaba la presencia petulante de su hermano en aquel momento. Ya iba a ser bastante difícil superar la hostilidad de su hijo sin eso. No podía ni imaginar cómo lo iba a convertir en un caballero inglés ni cómo iba a ser un verdadero padre para él.

El chico estaba inmóvil y miraba fijamente. Edmund casi tenía la impresión de tener delante a un animal salvaje, pero John se equivocaba, porque los gitanos no eran bestias ni ladrones, y él lo sabía de primera mano.

—¿Hablas inglés? Tu madre lo hablaba.

Si el chico lo entendió, no dio muestras de ello.

—Ahora tu vida es ésta —Edmund probó a sonreír—. Hace mucho tiempo, tu madre te trajo aquí. Yo fui un tonto. Tenía miedo de lo que diría mi esposa y te rechacé. Y siempre me arrepentiré de eso. Pero Catherine ha muerto, Dios la bendiga. Mi hijo Edmund, tu hermano, ha muerto. Emilian, ésta es ahora tu casa. Yo soy tu padre. Pienso darte la vida que mereces. Tú también eres un inglés. Y un día Woodland será tuyo.

El chico emitió un sonido duro. Miró a Edmund de arriba abajo con burla y negó con la cabeza.

—No, yo no tengo padre y ésta no es mi casa.

Hablaba con acento, pero hablaba.

—Sé que necesitas tiempo —repuso Edmund, encantado de que al fin estuvieran hablando—. Pero yo soy tu padre. Y una vez quise a tu madre.

Emilian lo miró fijamente, con el rostro retorcido como con odio.

—Debe de ser un momento difícil conocer a tu padre y aceptar que eres mi hijo. Pero, Emilian, tú eres tan inglés como yo.

—¡No! —gruñó Emilian. Levantó la cabeza y declaró con orgullo—: No, yo soy cíngaro.

CAPÍTULO 1

Derbyshire, primavera de 1838

Tan absorta estaba en el libro que leía, que no oyó la llamada en la puerta hasta que los golpes se hicieron imperiosos. Ariella se sobresaltó, acurrucada en una cama de columnas con el libro sobre Genghis Khan en las manos. Visiones de una ciudad del siglo XIII bailaron todavía un momento en su mente y vio hombres y mujeres de clase alta vestidos con elegancia huyendo presas del pánico entre artesanos y esclavos ante las hordas mongoles que galopaban en sus caballos de guerra por las calles polvorientas.

—¡Ariella de Warenne!

La joven suspiró y apartó de su mente las visiones imaginarias. Estaba en Rose Hill, la residencia de sus padres en la campiña inglesa; había llegado la noche anterior.

—Adelante, Dianna —dejó el libro a un lado.

Su media hermana, ocho años más joven que ella, entró corriendo y se detuvo en seco.

—¡Ni siquiera estás vestida! —exclamó.

—¿No puedo llevar esto en la cena? —preguntó Ariella con ingenuidad fingida. No le interesaba la moda, pero sabía que, en su familia, las mujeres llevaban vestidos de noche y joyas para la cena y los hombres esmoquin.

Dianna abrió mucho los ojos.

—¡Ese vestido lo has llevado para desayunar!

Ariella se levantó de la cama con una sonrisa. Todavía no había asimilado lo mucho que había madurado su hermanita. Un año atrás, Dianna había sido más niña que mujer y ahora costaba creer que tuviera sólo dieciséis años, sobre todo con un vestido como el que llevaba.

—¿Tan tarde es? —miró por una ventana del dormitorio y le sorprendió ver que el sol estaba bajo en el cielo. Había pasado horas leyendo.

—Son casi las cuatro y sé que sabes que esta noche tenemos compañía.

Ariella recordaba que Amanda, su madrastra, había mencionado que habría invitados para la cena.

—¿Sabías que Genghis Khan nunca empezaba un ataque sin avisar? Siempre enviaba antes recado a los jefes y reyes de los países pidiendo su rendición en lugar de atacar y matar a todos, como afirman tantos historiadores.

Dianna la miró confundida.

—¿Quién es Genghis Khan? ¿De qué hablas?

Ariella sonrió.

—Estoy leyendo un libro sobre los mongoles. Su historia es increíble. Con Genghis Khan formaron un imperio casi tan grande como el británico. ¿Lo sabías?

—No, no lo sabía. Ariella, mamá ha invitado a lord Montgomery y a su hermano... en tu honor.

—Claro que hoy habitan una zona mucho más pequeña —prosiguió Ariella, que no había oído las últimas palabras—. Yo quiero ir a las estepas centrales de Asia. Los mongoles siguen viviendo allí todavía. Su cultura y su modo de vida ha cambiado muy poco desde los tiempos de Genghis Khan. ¿Te imaginas?

Dianna hizo una mueca y se acercó a mirar los vestidos colgados en el vestidor.

—Lord Montgomery es de tu edad y ha heredado el título este año. Su hermano es algo más joven. El título es antiguo y la hacienda está bien cuidada. He oído a mamá hablar de eso con tía Lizzie —sacó un vestido azul pálido—. Éste es precioso. Y parece que está sin estrenar.

Ariella no quería rendirse todavía.

—Te dejaré el libro cuando lo termine; seguro que te va a gustar. A lo mejor podemos ir juntas a las estepas. Y acercarnos a ver la Gran Muralla de China.

Dianna se volvió y la miró de hito en hito.

Ariella notó que su hermana empezaba a perder la paciencia. Siempre le costaba recordar que no todo el mundo compartía su pasión por aprender.

—No, no he estrenado el azul. Las cenas a las que asisto en la ciudad están llenas de académicos y reformadores y hay muy pocos nobles. A nadie le importa la moda.

Dianna sujetó el vestido contra su pecho y movió la cabeza.

—Eso es una lástima. A mí no me interesan los mongoles, Ariella, y no comprendo bien por qué a ti sí. No pienso ir a las estepas contigo... ni a ninguna muralla china. Me encanta mi vida aquí. La última vez que hablamos, estabas loca por los beduinos.

—Acababa de volver de Jerusalén y de una gira con guía por un campamento beduino. ¿Sabías que nuestro ejército utiliza beduinos como guías y exploradores en Palestina y en Egipto?

Dianna se acercó a la cama y dejó allí el vestido.

—Es hora de que te pongas este vestido tan bonito. Con tu pelo y tu piel dorados y los famosos ojos azules de los de Warenne, harás volver la cabeza a todo el mundo.

Ariella la miró, ya a la defensiva.

—¿Quién has dicho que venía?

—Lord Montgomery —presumió Dianna—. Un buen partido. Y dicen que es guapísimo.

Ariella se cruzó de brazos, confusa.

—Eres demasiado joven para buscar marido.

—Pero tú no —contestó Dianna—. No me has oído, ¿verdad? Lord Montgomery acaba de heredar el título y es muy guapo y bien educado. He oído además que tiene prisa por casarse.

Ariella volvió la vista. Tenía veinticuatro años, pero no pensaba en el matrimonio. La pasión por el conocimiento la había embargado desde pequeña. Los libros habían sido su vida desde que podía recordar. Si tenía que elegir entre pasar tiempo en una biblioteca o en un baile, elegía lo primero.

Por suerte, su padre la adoraba y alentaba sus ansias intelectuales, algo muy poco corriente. Desde que cumpliera los veintiún años, residía principalmente en Londres, donde podía ir a bibliotecas y museos y asistir a debates públicos sobre temas sociales candentes con radicales como Francis Place y William Covett. Pero a pesar de la libertad que tenía, ansiaba una independencia mucho mayor... quería viajar sin carabina y ver los lugares y las personas sobre los que leía.

Ariella había nacido en la Berbería, de madre judía esclavizada por un príncipe bereber. Su madre había sido ejecutada poco después del nacimiento de Ariella por dar a luz a una hija de piel blanca y ojos azules. Su padre había conseguido sacarla del harén y la había criado personalmente desde la infancia. Cliff de Warenne era ahora uno de los magnates más importantes del transporte marítimo, pero en aquella época había sido más corsario que otra cosa. Ella había pasado los primeros años de su vida en las Indias Occidentales, donde su padre tenía una casa. Cuando conoció a Amanda y se casó con ella, se trasladaron a Londres. Pero su madrastra amaba el mar tanto como Cliff y, antes de llegar a la mayoría de edad, Ariella había viajado de un extremo del Mediterráneo al otro, a lo largo de la costa de los Estados Unidos y a las ciudades más importantes de Europa. Había ido incluso a Palestina, Hong Kong y las Indias Orientales.

El año anterior había viajado tres meses por Viena, Budapest y Atenas. Su padre había autorizado el viaje con la condición de que la acompañara su hermano Alexi, que seguía los pasos del padre como comerciante aventurero y había estado encantado de escoltarla y desviarse brevemente a Constantinopla a instancias de ella.

Su tierra favorita era Palestina y su ciudad preferida Jerusalén; la que menos le gustaba, Argel, donde su madre había sido ejecutada por tener una aventura con su padre.

Ariella sabía que era afortunada por haber recorrido buena parte del mundo. Sabía que era afortunada de tener padres permisivos, que confiaban en ella y se sentían orgullosos de su intelecto. No era la norma. Dianna no poseía mucha educación; sólo leía de vez en cuando alguna novela de amor. Pasaba la temporada en Londres y el resto del año en la casa de campo, llevando una vida de ocio. Aparte de sus caridades, mataba los días cambiándose de ropa, asistiendo a comidas y tés y visitando a los vecinos. Lo habitual en una joven bien educada.

Dianna saldría pronto al mercado matrimonial y buscaría el marido perfecto. Ariella sabía que su hermosa hermana, una heredera de pleno derecho, no tendría problemas para casarse. Pero ella deseaba una vida muy distinta. Prefería la independencia, los libros y los viajes al matrimonio. Sólo un hombre muy poco corriente le permitiría la libertad a la que estaba acostumbrada y no podía imaginarse dando cuentas a nadie. El matrimonio nunca le había parecido importante, aunque se había criado rodeada de mucho amor, devoción e igualdad en los matrimonios de sus tíos y de sus padres. Sabía que, si se casaba alguna vez, sería porque había encontrado ese amor grande y poco corriente por el que eran famosos los hombres y las mujeres de Warenne. Pero a los veinticuatro años, eso no había ocurrido y no lo echaba en falta, pues tenía miles de libros que leer y de lugares que ver. Dudaba que la vida entera le llegara para todo lo que quería conseguir.

Miró a su hermana.

Dianna sonrió con cierta ansiedad.

—Me alegro de que estés en casa, te he echado de menos, Ariella.

—Yo también a ti —repuso Ariella, no del todo franca.

Un país extranjero, donde estaba rodeada de olores, vistas y sonidos exóticos, y personas nuevas a las que intentar comprender, resultaba demasiado interesante para dar cabida a la nostalgia de casa. Incluso en Londres, podía pasarse días enteros en un museo sin notar el paso del tiempo.

—Me alegro de que hayas venido a Rose Hill —dijo Dianna—. Esta noche será muy divertida. Conozco al joven Montgomery y, si su hermano mayor es tan encantador como él, será mejor que te olvides de Genghis Khan. Y no creo que debas mencionar a los mongoles en la cena. Nadie lo entendería.

Ariella vaciló.

—La verdad es que me gustaría que estuviéramos sólo la familia. No soporto pasar una velada entera hablando del tiempo, de las rosas de Amanda, la última cacería o las próximas carreras de caballos.

—¿Por qué no? Esos son temas apropiados para la cena. ¿Me prometes no hablar de los mongoles ni las estepas ni de reuniones con académicos y reformadores? —Dianna sonrió—. Todos pensarán que eres una radical... y demasiado independiente.

—En ese caso, me quedaré callada.

—Eso es infantil.

—Una mujer tiene que poder decir lo que piensa. En la ciudad lo hago. Y sí soy algo radical. Hay unas condiciones sociales terribles en el país. El Código Penal ha cambiado muy poco y en cuanto a la reforma parlamentaria...

—Pues claro que en la ciudad dices lo que piensas —la interrumpió Dianna—. Pero no estás en compañía de nobles, tú misma lo has dicho —la chica parecía agitada—. Te quiero mucho y te pido como hermana que intentes una conversación apropiada.

—Tú te has vuelto muy conservadora —protestó Ariella—. Está bien. No hablaré de ningún tema sin tu aprobación. Te miraré y esperaré que me guiñes el ojo. No, espera, tírate del lóbulo izquierdo y sabré que se me permite hablar.

—¿Te estás burlando de mis intentos sinceros por verte bien casada?

Ariella se sentó con fuerza. ¿Tanto deseaba su hermana que se casara? Resultaba sorprendente.

Dianna sonrió.

—También creo que no debes mencionar que papá te permite vivir sola en Londres.

—Casi nunca estoy sola. Hay una casa llena de sirvientes, el conde y tía Lizzie pasan mucho tiempo en la ciudad y tío Rex y Blanche están a media hora de casa en Harrington Hall.

—No importa quién entre o salga de Harmon House, tú vives como una mujer independiente. Nuestros invitados se escandalizarían. Lord Montgomery se escandalizaría —dijo Dianna con firmeza—. Papá tiene que recuperar el sentido común en lo que a ti respecta.

—No soy totalmente independiente. Recibo dinero de mis propiedades, pero papá es mi fiduciario —Ariella se mordió el labio inferior. ¿Cuándo se había vuelto Dianna exactamente igual que todas las chicas de su edad y condición? ¿Por qué no entendía que el libre pensamiento y la independencia eran algo que había que anhelar, no condenar?

Dianna alisó el vestido sobre la cama.

—Papá está tan hechizado por ti que no piensa con la cabeza. La gente murmura porque resides en Londres sin familia —levantó la vista—. Yo te quiero. Tienes veinticuatro años. Papá no se siente inclinado a forzar un matrimonio, pero tienes la edad. Ya es hora, Ariella. Estoy pensando en lo mejor para ti.

Ariella estaba consternada. Ya era hora de decirle la verdad a su hermana.

—Dianna, por favor, no se te ocurra emparejarme con Montgomery. No me importa quedarme soltera.

—¿Y qué harás si no te casas? ¿Y los hijos? Si papá te da tu herencia, ¿te dedicarás a viajar? ¿Cuánto tiempo? ¿Viajarás a los cuarenta años? ¿A los ochenta?

—Eso espero.

Dianna movió la cabeza.

—Eso es una locura.

Eran tan distintas como el día y la noche.

—Yo no quiero casarme —declaró Ariella con firmeza—. Sólo me casaré si es un verdadero encuentro de dos mentes. Pero seré educada con lord Montgomery. Te prometo que no hablaré de los temas que me importan, pero, por lo que más quieras, tú desiste ya. No se me ocurre nada peor que una vida sometida a un caballero de mente cerrada. Me gusta mi vida tal y como es.

Dianna se mostraba incrédula.

—Eres una mujer y Dios te creó para que tomaras esposo y le dieras hijos, y sí, te sometieras a él. ¿A qué te refieres con lo de unión de las mentes? ¿Quién se casa por esa unión?

Ariella estaba escandalizada de que su hermana defendiera puntos de vista tan tradicionales... aunque los defendiera casi toda la sociedad.

—No sé lo que Dios tiene decretado para las mujeres ni para mí —consiguió decir—. Los hombres han decretado que las mujeres deben casarse y tener hijos. Dianna, por favor, intenta comprender. La mayoría de los hombres no me permitirían entrar en Oxford disfrazada de hombre y escuchar las clases de mis profesores predilectos —Dianna dio un respingo—. La mayoría de los hombres no me permitirían pasar días enteros en los archivos del Museo Británico —siguió Ariella con firmeza—. Me niego a sucumbir a un matrimonio tradicional... si es que sucumbo a alguno.

Su hermana lanzó un gemido.

—Ahora puedo ver el futuro. Te casarás con un abogado socialista radical.

—Quizá lo haga. ¿De verdad me imaginas como esposa de un caballero, quedándome en casa, cambiándome de vestido varias veces al día y siendo un adorno bonito e inútil? Excepto, claro, por los cinco, seis o siete niños que tendré que parir, como una yegua de cría.

—Eso es un modo terrible de ver el matrimonio y la familia —comentó Dianna, que parecía atónita—. ¿Eso es lo que piensas de mí, que soy un adorno bonito e inútil? ¿Mi madre y tía Lizzie son eso? ¿Y nuestra prima Margery? Y tener hijos es algo maravilloso. A ti te gustan los niños.

Ariella se preguntó cómo había podido ocurrir aquello.

—No, Dianna, disculpa. Yo no pienso en ti en esos términos. Yo te adoro y estoy muy orgullosa de ti. Ninguna de las mujeres de nuestra familia es un adorno bonito e inútil.

—No soy estúpida. Sé que eres muy lista. Todo el mundo en esta familia lo dice. Sé que has leído más que casi todos los caballeros que conocemos. Sé que crees que soy tonta. Pero querer un buen matrimonio e hijos no es tonto. Al contrario, es admirable querer un hogar, un marido e hijos.

Ariella retrocedió.

—Pues claro que sí... porque tú quieres esas cosas de verdad.

—Y tú no. Tú quieres que te dejen sola para leer un libro tras otro de gente rara como los mongoles. Es muy tonto pensar en consumir tu vida leyendo vidas de extranjeros y muertos. ¿No se te ha ocurrido pensar que un día puedas lamentar esa elección?

Ariella estaba sorprendida.

—Pues no —suspiró—. Yo no descarto el matrimonio, pero no tengo prisa y no puedo casarme nunca si eso pone en peligro mi felicidad. Aunque quizá un día encuentre ese amor de una vez en la vida por el que es famosa nuestra familia —añadió, principalmente para complacer a su hermana.

Dianna gruñó.

—Si es así, espero que tú seas la única de Warenne que consigue escapar al escándalo tan a menudo asociado con nuestra familia.

Ariella sonrió.

—Por favor, intenta comprender. Estoy muy satisfecha con mi estado de solterona.

Dianna la miró sombría.

—Nadie te llama solterona todavía. Gracias a Dios que tienes fortuna y las oportunidades que eso conlleva, pero me temo que te arrepentirás de muchas cosas si continúas por ese camino.

Ariella la abrazó.

—No será así, te lo juro —soltó una risita—. Ahora pareces tú la hermana mayor.

—Te voy a enviar a Roselyn para que te ayude a vestirte. Te prestaré mis aguamarinas. Y sé que serás muy amable con Montgomery —sonrió.

Ariella le devolvió la sonrisa, con una expresión de amabilidad en el rostro. Expresión que pensaba llevar toda la velada para contentar a su hermana.

Emilian St Xavier estaba sentado en el amplio escritorio de su padre en la biblioteca, pero no podía concentrarse en los libros de cuentas que tenía entre manos. Aquello era raro, pues la hacienda era su vida. Pero ese día se sentía invadido por una agitación familiar. Era una sensación que odiaba y siempre procuraba combatir, pero en días como aquél, la casa le parecía más grande que nunca y vacía a pesar de los sirvientes.

Se recostó en la silla y miró objetivamente la lujosa biblioteca de techos altos. La estancia apenas se parecía a la habitación en la que tan a menudo lo habían reñido cuando era un chico resentido empeñado en aferrarse a las diferencias con su padre y en fingir una indiferencia absoluta por los deseos de Edmund y los asuntos de Woodland. Pero, incluso de recién llegado, su curiosidad había sido más fuerte que su cautela. Nunca había estado dentro de la casa de un inglés y Woodland le había parecido un palacio. Raiza había insistido en que aprendiera a leer inglés y él había mirado los libros de la biblioteca preguntándose si se atrevería a robar uno para leerlo. No había tardado en empezar a robar uno tras otro. Aunque estaba seguro de que Edmund sabía que leía en secreto filosofía, poesía e historias de amor en su dormitorio.

Aunque su madre había querido que dejara la caravana y fuera a vivir con su padre, él no había olvidado nunca sus lágrimas ni su pena. Edmund le había roto el corazón apartándolo de ella y él había odiado a Edmund por hacer daño a Raiza. Sabía que él no habría ido a Woodland si hubiera vivido el hijo legítimo de su padre y su orgullo gitano, que era considerable, le había exigido mostrarse distanciado e indiferente a la vida que su padre le ofrecía.

Su sangre cíngara le había dictado recelo y hostilidad. Había vivido toda su vida con el odio y los prejuicios de los payos y sabía que su padre era un payo más. Pero, en realidad, Edmund se había mostrado firme pero justo y compasivo. La adaptación al modo de vida inglés no había sido fácil y se había escapado varias veces, pero Edmund siempre lo había encontrado. La última vez había robado un caballo a un vecino y lo habían marcado físicamente para que el mundo lo conociera como ladrón de caballos antes de que apareciera Edmund para llevarlo a casa. No era el primer cíngaro que tenía la oreja derecha marcada, pero ésa era una de las razones por las que llevaba el pelo tan largo. Edmund había acabado por pedirle que se quedara y decirle que él lo dejaría marchar cuando cumpliera los dieciséis años si ése seguía siendo su deseo.

Emilian había accedido y, al final, había decidido quedarse. En los años siguientes había ido a Eton y luego a Oxford, donde sobresalió en ambas instituciones. Pero la relación entre ellos había seguido siendo difícil, como si Edmund no se creyera del todo su transformación en un inglés. Emilian, por su parte, tampoco confiaba del todo en su padre. Ser su hijo y heredero no cambiaba el hecho de que su madre era cíngara, y toda la sociedad lo sabía... incluido Edmund.

La condescendencia y la burla de su primera juventud

existían todavía, pero ahora disfrazadas. Para los payos, incluidas las mujeres que le calentaban la cama, ni la educación ni la riqueza podían cambiar su certeza de que sentía inclinación por robar caballos y engañar a los vecinos. Eso quedaba patente en todas las cenas y bailes, en los asuntos de negocios y en los amores.

La muerte de Edmund había sido un trágico accidente. Emilian acababa de graduarse en Oxford con honores y estaba de viaje con los cíngaros. Era su primera visita a su madre desde que su padre los separara diez años atrás. El administrador de Edmund le había escrito y, al enterarse del accidente de caza, Emilian había vuelto inmediatamente a la casa.

Aturdido porque su padre hubiera muerto sin haber tenido ocasión de despedirse, había ido directamente desde la tumba al escritorio. Sólo podía pensar en las oportunidades del pasado y en que nunca había dado las gracias a Edmund por ninguna de ellas. Recordaba a su padre enseñándole a montar, explicándole todos los aspectos de la hacienda, insistiendo en que recibiera la mejor educación posible, y el orgullo con el que Edmund lo llevaba a los acontecimientos del condado, ya fuera un té, una fiesta o un baile, como si fuera tan inglés como el que más. Se había sentado ante el escritorio y empezado a revisar cuentas y libros hasta que las lágrimas le impidieron leer las páginas. Y, al final, había triunfado un sentimiento del deber muy inglés. Era consciente de los fallos de su padre como vizconde y siempre había sabido que él podía hacerlo mejor. Se había propuesto, pues, enderezar Woodland y hacer que Edmund estuviera orgulloso de él.

Y lo había conseguido. En tres años había logrado borrar todas las deudas de las cuentas de Woodland y la hacienda ahora daba beneficios. Había inquilinos nuevos y los productos se exportaban al extranjero además de venderse en los mercados de la zona. Era socio de una compañía de transporte marítimo, tenía inversiones provechosas en un aserradero de Birmingham y en el ferrocarril, pero el golpe de gracia era la mina de carbón St Xavier. Las exportaciones de carbón británico crecían todos los años y él se beneficiaba de ello. Era el noble más rico de Derbyshire con una excepción... el magnate naviero Cliff de Warenne.

Emilian apartó el libro de cuentas.

No conocía personalmente a de Warenne, pues había rehuido a la buena sociedad desde que heredara el título y las propiedades. Desde la primera vez que apareciera ante la gente al lado de Edmund, habían murmurado de él a sus espaldas y nada había cambiado, excepto que ahora se lo esperaba. Prefería evitar las relaciones sociales que no conducían a nada. Cuando se sentaba a comer con ingleses y sus esposas, era con hombres que fueran importantes para él: los directores de su mina, sus socios en la empresa de transportes o personas que deseaban que invirtiera en otras aventuras.

—¿Señor? —Hoode, el mayordomo, se detuvo en el umbral de la biblioteca—. Tenéis visita —Hoode le pasó una bandeja pequeña con varias tarjetas.

Emilian las miró sorprendido. Tenía pocas visitas. Una de las tarjetas pertenecía a su primo Robert y las otras dos a amigos de Robert.

—Fantástico —murmuró. Sólo había un motivo para que lo visitara su primo, ya que se detestaban mutuamente—. Haced pasar a Robert.

Se levantó y se desperezó.

Robert St Xavier apareció al instante, con una sonrisa obsequiosa y la mano tendida. Era un hombre rubio y grueso.

Emilian se cruzó de brazos, negándole el apretón de manos.

—¿Vamos al grano, Rob?

Su primo dejó de sonreír y bajó la mano.

—Pasábamos por aquí —dijo con tono jovial—. Y confiaba en que pudiéramos compartir una botella de vino. Hacía tiempo que no nos veíamos y somos primos —se echó a reír—. Hemos tomado habitaciones en la posada Buston. ¿Vendrás con nosotros?

—¿Cuánto quieres? —preguntó Emilian con frialdad.

Robert se puso serio.

—Esta vez juro que te lo devolveré.

—¿De veras? —Robert había heredado una fortuna de su padre y había gastado hasta el último penique en menos de dos años. Llevaba una vida disoluta e irresponsable—. Pues sería la primera vez. ¿Cuánto necesitas esta vez?

Robert vaciló.

—¿Quinientas libras?

—¿Y cuánto tiempo te durará eso? Muchos caballeros pueden vivir un año con esa suma.

—Durará un año, te lo juro.

—No te molestes en jurármelo.

Emilian se inclinó y buscó su libro de cheques. Recordaba muy bien que Robert y su padre lo habían llamado sucio salvaje y se habían reído de él. Pero eso no le impidió escribir un cheque y arrancarlo.

—No sé cómo darte las gracias.

Emilian lo miró con desdén.

—No temas, no te pediré que me devuelvas nada.

Robert sonrió.

—Gracias. ¿Y te importa que pasemos la noche aquí? Nos ahorraríamos unas libras...

Emilian agitó una mano en el aire. No le importaba que el trío se quedara, pues había sitio de sobra como para que no tuviera que cruzarse con ellos. Se acercó a las puertas de cristal y miró más allá de los jardines, a las colinas que se perdían en el horizonte gris. Tenía la sensación terrible de que iba a suceder algo... Miró el cielo. No había el menor asomo de tormenta.

Oyó voces y se volvió. Los dos amigos de Robert se habían reunido con éste, que les mostraba el cheque. Sus amigos reían y le daban palmadas en la espalda, como si acabara de llevar a cabo una hazaña.

—Compensa tener un primo rico, ¿eh? Aunque sea medio gitano —rió uno de ellos.

–Sólo Dios sabe cómo lo hace –sonrió Robert–. Por supuesto, es su sangre inglesa la que lo hace tan rico.

El tercer hombre se acercó a ellos.

–¿Alguna vez habéis estado con una chica gitana? Están en Rose Hill, me lo ha dicho un sirviente.

Emilian se puso rígido. Había cíngaros cerca. ¿Era eso lo que presentía?

Y de pronto, un chico cíngaro, de no más de quince o dieciséis años, entró en la terraza y lo miró a través de las puertas correderas de cristal.

Emilian se adelantó.

–¡Espera!

El chico se giró y echó a correr.

Emilian corrió tras él.

–¡No te vayas! –gritó–. *Na za* –repitió en romaní.

El chico se quedó inmóvil al oírlo. Emilian se acercó y siguió hablando en romaní:

–Soy cíngaro. Soy Emilian St Xavier, hijo de Raiza Kadraiche.

El chico pareció aliviado.

–Emilian, me manda Stevan. Tiene que hablar contigo. No estamos lejos... una hora a caballo o en carro.

Emilian estaba atónito. Stevan Kadraiche era su tío, al que no había visto en ocho años. Raiza viajaba con él, así como también su hermana Jaelle. Pero nunca bajaban tan al sur. No podía imaginar lo que significaba aquello.

Y entonces lo supo. Había noticias... y no podían ser buenas.

–¿Vienes? –preguntó el chico.

–Voy –repuso Emilian.

CAPÍTULO 2

Ariella estaba de pie al lado de la chimenea, deseando poder retirarse a su habitación. Habría preferido con mucho pasar la velada leyendo. Todos se habían saludado educadamente y hablado del tiempo y de las famosas rosaledas de Amanda. Dianna, que estaba muy guapa con su vestido de noche, comentaba ahora el próximo baile que organizaría su madre, el primero que se hacía en Rose Hill en años.

—Espero que asistáis los dos —decía con dulzura.

Ariella tenía una sonrisa fija en la cara y miraba a su padre. Alto y apuesto, a sus cuarenta y cinco años seguía atrayendo las miradas femeninas. Pero él no se daba cuenta; seguía enamorado de su esposa, tan apasionada del mar como él, y lo bastante excéntrica para permanecer en el puente con él. Pero Amanda también amaba los bailes, cosa que Ariella no entendía. Decidió que, después de cenar, intentaría convencer a su padre para que le permitiera una osada aventura al corazón de Asia Central.

Lord Montgomery se volvió hacia ella.

—No parecéis muy entusiasmada con el baile de Rose Hill —hablaba con serenidad, muy serio.

—No me interesan los bailes —no pudo evitar contestar Ariella—. Los evito siempre que puedo.

Dianna se colocó inmediatamente a su lado.

—Oh, eso no es verdad.

—Prefiero viajar —añadió Ariella. Vio sonreír a su padre.

—Yo también disfruto viajando. ¿Cuál es el último viaje que habéis hecho?

—El último fue a Atenas y Constantinopla. Ahora deseo visitar las estepas de Asia Central.

Dianna palideció.

Ariella suspiró. Había prometido a su hermana evitar cualquier mención a los mongoles. Consideró varios temas y optó por uno que le interesaba.

—¿Qué opináis de los grandes experimentos de Owens para ayudar a los obreros a mejorar su posición y su lugar en la economía?

Montgomery parpadeó. Luego achicó los ojos, aparentemente interesado.

Pero su hermano pequeño la miró escandalizado. Se volvió al padre de ella y dijo:

—Es un desastre consolidar así el empleo. ¿Pero qué se puede esperar de un hombre como Robert Owens? Es hijo de un comerciante.

—Es brillante —le dijo Ariella a su espalda.

Cliff de Warenne se colocó a su lado y le puso una mano en el hombro.

—Yo estoy impresionado con los experimentos de Owens —comentó con amabilidad—. Apoyo la teoría de consolidar el empleo.

El más joven de los Montgomery no tuvo más remedio que volverse hacia Ariella y él.

—¡Santo cielo! ¿Y qué será lo siguiente? ¿La ley de las diez horas? Los obreros la pedirán seguro —lanzó a Ariella una mirada oscura que ella recibía a menudo, una mirada que insinuaba que no era bienvenida la opinión de las damas.

Ariella puso los brazos en jarras, pero sonrió con dulzura.

—Fue una farsa política y social permitir que la ley de las

diez horas sucumbiera a las presiones de la industria y el comercio. Es inmoral. Ninguna mujer o niño debería tener que trabajar más de diez horas al día.

Paul Montgomery enarcó las cejas y la ignoró.

—Como decía —miró a Cliff—, este país se hundirá si se permite a los sindicatos salirse con la suya. Nadie será tan tonto como para limitar las horas de trabajo ni consolidar el empleo.

—No estoy de acuerdo. Sólo es cuestión de tiempo que se imponga una ley laboral más humana —repuso Cliff con calma.

—Se hundirá el país —advirtió el joven Montgomery, ruborizado—. No podemos permitirnos sueldos más altos ni mejores condiciones de trabajo.

Amanda sonrió.

—Y creo que ahora deberíamos pasar a cenar. Podemos continuar este ferviente debate en la mesa.

A Ariella le habría encantado, pero Dianna la miró con expresión de súplica.

—Soy demasiado caballero para llevarle la contraria a una dama —repuso Montgomery con rigidez; pero parecía muy molesto.

Su hermano mayor soltó una risita, y Cliff hizo lo mismo.

—Vamos a entrar, como ha sugerido mi esposa.

De pronto se oyeron gritos terribles procedentes del vestíbulo de la mansión, como si una turba hubiera invadido Rose Hill.

—¿Qué es eso? —preguntó Cliff, que salía ya del salón—. Esperad aquí —les ordenó a todos.

Ariella no tenía la menor intención de obedecer. Lo siguió.

La puerta principal estaba abierta. El mayordomo de Rose Hill, sulfurado, intentaba detener a una docena de hombres que parecían empeñados en entrar. Cuando vieron a Cliff, empezaron a gritar.

—Capitán de Warenne, señor, tenemos que hablaros.

—¿Qué sucede, Peterson? —preguntó Cliff al mayordomo—. ¡Por el amor de Dios, es el alcalde. Dejadle pasar.

Peterson se apresuró a abrir la puerta y los cuatro primeros señores entraron enseguida.

—Señor, el alcalde Oswald, el señor Hawks, el señor Leeds y su inquilino el señor Jones. Tenemos que hablar con vos. Me temo que hay gitanos en el camino.

Ariella se sobresaltó. ¿Gitanos? No había visto una caravana de gitanos desde que era niña. Tal vez su estancia en Rose Hill no sería tan aburrida después de todo. Sabía muy poco de los gitanos. Recordaba vagamente haber oído su música exótica de niña y haber sentido curiosidad.

—En el camino no, capitán. Están acampando en terreno de Rose Hill, muy cerca de aquí —informó el alcalde, un hombre grande y grueso.

Todos empezaron a hablar a la vez. Cliff levantó ambas manos.

—De uno en uno. Alcalde Oswald, tiene usted toda mi atención.

Oswald asintió.

—Son por lo menos cincuenta. Han aparecido esta mañana. Esperábamos que no se detuvieran, pero han hecho justamente eso, señor. Y están en vuestras tierras.

—Si roban una de mis vacas, sólo una, colgaré personalmente al gitano ladrón —gritó el señor Jones.

Los otros empezaron a hablar a la vez. Ariella se encogió al oír los comentarios de niños que desaparecían, caballos robados y vueltos a vender a sus dueños tan cambiados que no resultaban reconocibles y perros que corrían sueltos y salvajes.

—Nada estará seguro en vuestra casa ni en la mía —dijo un hombre—. Es una desgracia.

—Mis hijos tienen dieciséis y dieciocho años —declaró otro con fiereza—. No permitiré que los perviertan las rameras gitanas. Ya les ha leído la mano una de las chicas.

Ariella miró a su padre, atónita ante tantos prejuicios y

miedo. Pero antes de que pudiera gritar que aquellas acusaciones eran muy injustas, Cliff levantó ambas manos.

—Yo me ocuparé de esto —dijo con firmeza—. Pero antes quiero deciros que nadie será asesinado en su cama ni le robarán a nadie sus hijos, sus caballos, sus vacas ni sus ovejas. He conocido a gitanos de vez en cuando a lo largo de los años y los informes de sus crímenes son muy exagerados.

Ariella casi se relajó. Ella no sabía nada de los gitanos, pero su padre debía tener razón.

—Capitán, señor. Lo mejor es echarlos fuera de la parroquia; no los necesitamos aquí. Son gitanos escoceses, señor, del norte.

Cliff volvió a pedir silencio.

—Hablaré con su jefe y me aseguraré de que se ocupan de sus asuntos y siguen su camino. Dudo que piensen quedarse mucho. No hay de qué preocuparse —se volvió y miró a Ariella con una invitación en los ojos.

Ella sonrió.

—Claro que iré contigo.

—No se lo digas a tu hermana —le advirtió su padre, cuando salían de la casa.

Ariella se situó a su lado, feliz de haber dejado atrás la cena.

—Dianna ha crecido mucho. Es muy amante de las convenciones.

Cliff soltó una risita.

—Eso no lo ha sacado de su madre ni de mí —la miró—. Te adora. Hablaba sin parar de tu visita. Procura ser paciente con ella. Ya sé que no podría haber dos hermanas más distintas.

Ariella se sintió mal.

—Supongo que la he descuidado mucho.

—Comprendo la atracción de tus pasiones. A tu edad, es mejor sentir pasión que no sentir nada.

Su padre comprendía su naturaleza. Cuando doblaron la acera de la casa y salieron al camino público, se encontraron con una vista increíble. Atardecía y dos docenas de carromatos pintados de colores vivos resplandecían como joyas a la luz del crepúsculo. Los caballos pacían por allí, los niños corrían y jugaban y la ropa de los gitanos, púrpura, oro o escarlata, contribuía al caleidoscopio de colores. El alcalde tenía razón. Debían de sumar unos sesenta o setenta por lo menos.

—¿Lo que has dicho de los gitanos iba en serio? —preguntó la joven, cuando se detuvieron.

Tenía la sensación de que la hubieran transportado a un país extranjero. Oía su idioma extraño y gutural y olía aromas exóticos, quizá del incienso. Alguien tocaba una melodía a la guitarra. Pero la risa alegre de los niños y las voces de las mujeres no tenían nada raro.

Cliff había dejado de sonreír.

—He conocido a muchas tribus cíngaras a lo largo de los años, la mayoría en España y Hungría. Muchos son honrados, pero, desafortunadamente, no se abren a los extraños. Desconfían de nosotros, con buenas razones, y es bastante común que se enorgullezcan de timar al payo.

—¿El payo? —preguntó ella.

—Nosotros, los no gitanos.

—Pero tú le has dicho al mayor que no había de qué preocuparse.

—¿Hay algún motivo para acrecentar su miedo? No sabemos si se van a quedar ni si van a robar. Por otra parte, la última vez que vi cíngaros fue en Irlanda. Robaron mi maravilloso alazán y no volví a verlo.

Ariella lo miró.

—¿Estás seguro de que fueron ellos?

—Fue la conclusión que saqué. Pero si la pregunta es si estoy seguro al cien por cien, la respuesta es no —le puso la mano en el hombro con una sonrisa y reanudaron la marcha.

Llegaron a la línea exterior de los carros, que estaban colocados en círculo en torno a un claro amplio, donde habían cavado varios hoyos para las hogueras. Los niños corrían descalzos, mezclados con perros que estaban muy delgados. Las mujeres cargaban cubos de agua desde el arroyo. Los cubos parecían pesados, pero los hombres estaban atareados clavando palos y colocando las lonas de las tiendas, apresurándose a preparar el campamento antes de que cayera la noche. Ariella miró a las mujeres. Tenían rostros bronceados, que acusaban las inclemencias del tiempo. Las coloridas faldas se veían remendadas y llevaban los cabellos largos sueltos o recogidos en trenzas. La mujer más próxima a ellos llevaba a un niño colgado a la espalda en una especie de bolsa de tela y sacaba artículos de un carro.

Ariella pensó que la vida de aquella gente era dura y se dio cuenta de que las risas y voces se habían detenido. Hasta el guitarrista había dejado de tocar.

Las mujeres hicieron una pausa en sus tareas y se enderezaron para mirar. Los hombres se volvieron también a mirar. Los niños corrieron a esconderse en los carromatos, aunque se asomaban desde ellos. Cayó un silencio absoluto, roto sólo por los ladridos de un perro.

Ariella se estremeció, nerviosa. Aquella gente no parecía alegrarse de verlos.

Un hombre enorme, con el pelo moreno y descuidado, salió del centro del campamento a colocarse delante de los carromatos, como para cortarles el paso. Llevaba una camisa roja bordada y un chaleco negro y dorado encima. Cuatro hombres más jóvenes, igual de morenos y de altos, se colocaron a su lado. Sus miradas eran hostiles.

Se oyeron cascos de caballos. Ariella se volvió y vio a un jinete montado en un alazán gris acercarse a los carromatos exteriores, seguido por otro jinete. Saltó al suelo y se acercó a los gitanos.

El recién llegado llevaba una camisa blanca, pantalones de piel de cierva y botas llenas de barro. No llevaba levita ni abrigo y la camisa iba desabrochada casi hasta el ombligo. Tal y como iba ataviado, era como si estuviera desnudo.

Ningún inglés viajaría públicamente de ese modo. Era alto, ancho de hombros y de constitución fuerte. No era tan moreno como los demás gitanos y su pelo era castaño claro con tonos dorados y rojizos. No lo veía claramente desde esa distancia pero, curiosamente, el corazón empezó a latirle con fuerza.

Cliff la tomó por el codo y se adelantó. Ariella oyó al recién llegado hablar a los cíngaros en su lengua extraña, que sonaba eslava. Su tono era de mando y ella adivinó que era su líder.

Y entonces ese líder de los gitanos los miró a ellos.

Sus ojos fríos grises se encontraron con los de ella, que contuvo el aliento. ¡Qué hermoso era! Unas pestañas larguísimas enmarcaban sus ojos penetrantes, situados encima de unos pómulos altos y exóticos. Tenía la nariz recta y la mandíbula fuerte y dura. Nunca en su vida había visto tanta perfección masculina.

Su padre se adelantó.

—Soy Cliff de Warenne. ¿Quién es el *vaida* aquí?

Hubo un momento de silencio, lleno de hostilidad y tensión. Ariella aprovechó la oportunidad para mirar al jefe gitano. Por supuesto, no era inglés. Era demasiado moreno y llevaba el pelo muy largo, rozándole los hombros.

Bajó la vista a la boca, llena pero rígida. Divisó la cruz dorada que llevaba sobre la piel bronceada del pecho. El corazón le latió con más fuerza y se ruborizó. Sabía que debía apartar la vista, pero no podía. Veía subir y bajar el pecho dentro de la fina camisa de seda. Bajó más los ojos. Los pantalones se pegaban a los muslos y las caderas, delineando bien la anatomía masculina.

Sintió sus ojos fijos en ella y alzó la vista. Sus miradas se cruzaron por segunda vez.

Ariella se sonrojó. Sabiéndose pillada, apartó rápidamente la vista.

—Soy Emilian. Hablaréis conmigo —dijo, con un leve acento.

—Veo que ya están preparando el campamento. Estáis en mis tierras —le informó Cliff con tono duro.

Ariella levantó la vista, pero el gitano de ojos grises miraba ahora a su padre. No sabía por qué estaba nerviosa; tal vez porque él era un enigma. Vestía como podía vestir un inglés en sus aposentos, pero no estaba en la intimidad de su hogar. Su inglés parecía impecable, pero también hablaba la lengua gitana.

Emilian sonrió con desagrado.

—Hace mucho tiempo, Dios dio a los cíngaros el derecho a vagar libremente y dormir donde deseen —repuso con suavidad.

Ariella se encogió. Reconocía un desafío cuando lo oía y sabía también que, aunque su padre estaba dispuesto a negociar la situación, tenía un lado peligroso. En los ojos grises fríos de Emilian había un asomo de salvajismo despiadado.

La sonrisa de Cliff fue igual de desagradable.

—Estoy seguro de que vos opináis así. Pero el Gobierno de Inglaterra ha aprobado hace poco una ley limitando los lugares en los que pueden quedarse los vagabundos y los gitanos.

Emilian parpadeó.

—Ah, sí, las leyes de vuestra gente... las leyes que permiten colgar a un hombre simplemente porque viaja en un carromato.

—Estamos en el siglo XIX. No colgamos a los viajeros.

Una sonrisa fría acogió sus palabras.

—Pero ser gitano es ser un criminal, y el castigo para esa vida sin ley es la muerte. Ésas son vuestras leyes.

—Dudo que vos comprendáis correctamente la ley. No colgamos a nadie porque sea gitano. Nada de eso cambia el hecho de que estáis en mi tierra.

Emilian repuso con suavidad:

—No seáis condescendiente conmigo, de Warenne. Conozco la ley. En cuanto a este campamento, aquí hay mujeres y niños que están muy cansados para seguir esta noche. Me temo que nos quedaremos.

Ariella se puso tensa. ¿Por qué tenía que ser tan beligerante aquel hombre? Sabía que su padre no tenía intención de echarlos esa noche. Pero ahora vio que Cliff parpadeaba con irritación y presintió una batalla inminente.

—Yo no he pedido que os marchéis —repuso su padre—. Pero tenéis que darme vuestra palabra de que no causaréis daños esta noche.

El gitano de ojos grises lo miró de hito en hito.

—Intentaremos no robarle el collar a la dama mientras duerme —dijo con sorna.

Su padre se puso tenso y sus ojos azules brillaron de rabia.

—La dama es mi hija, *vaida*, y os referiréis a ella sólo con respeto.

Ariella se adelantó rápidamente, no muy segura de que los hombres no llegaran a los puños. Su furia masculina impregnaba el aire. Sonrió al líder gitano.

—Estamos muy complacidos de teneros aquí esta noche, señor. Hay sitio de sobra, como podéis ver. A mi padre sólo le preocupa porque la gente del pueblo está alterada. Eso, por supuesto, es debido a su ignorancia —hablaba muy deprisa y era muy consciente de su nerviosismo.

Él la miró fijamente.

Cliff se sonrojó.

—Ariella, vuelve a la casa.

Ella se sobresaltó. Hacía años que su padre no le daba una orden. ¿Cómo era posible que una sencilla misión de reconocimiento hubiera dado paso a tanta hostilidad? Se acercó a Cliff y bajó la voz.

—Dejarás que se queden esta noche, ¿verdad? —se había convertido en algo muy importante para ella—. Estoy segura de que su jefe no pretende ser tan áspero. Padre, tú sabes que sus costumbres son diferentes a las nuestras. Probablemente no se da cuenta de lo maleducado que se está mostrando. Por favor, dale el beneficio de la duda.

La expresión de Cliff se suavizó un tanto.

—Eres demasiado buena para tu bien. Puedes estar segura de que sí quiere ser grosero. Pero le daré el beneficio de la duda.

Ariella, aliviada, miró al gitano, a punto de sonreírle. Pero la expresión de él era tan intensa y especulativa, que cambió de idea. Le daba aire salvaje y depredador, como si pensara en ella en términos poco apropiados. Ariella tragó saliva. Le resultaba imposible apartar la vista.

—Somos cíngaros —le dijo Emilian sólo a ella—. Y no necesito que nos defendáis a los míos ni a mí.

¡La había oído! En ese momento olvidó que su padre estaba a su lado y que los rodeaban los gitanos. De pronto era como si se encontraran solos. Fue muy consciente de la atracción de él, como si una carga de algún tipo palpitara entre ellos. El corazón le latía con rapidez, de un modo casi doloroso. Y creyó oír también los latidos de él, a pesar de que estaban al menos a tres metros de distancia.

—Lo siento —susurró con voz ronca—. Sí, sois cíngaros. Eso lo sé.

Él bajó lentamente las pestañas. Estaba casi segura de que seguía mirándola, pero era imposible saberlo. Una sensación extraña le llenó el estómago. El cuerpo le dolía con una tensión nueva y terrible.

Cliff se adelantó.

—Vuelve a la casa, Ariella —dijo con brusquedad.

Estaba enfadado y ella sabía que era porque el gitano la había mirado con atrevimiento.

—¿Por qué no volvemos los dos? —preguntó—. Es tarde y Amanda está retrasando la cena por nuestra causa.

Cliff miraba fríamente al gitano.

—He tenido la amabilidad de permitiros una noche de descanso aquí. Vos debéis posar vuestros ojos donde tenéis que posarlos... en vuestras mujeres.

El gitano se encogió de hombros.

—Sí, sois muy amable —se burló—. No esperéis gratitud por mi parte.

¿Por qué tenía que buscar guerra aquel hombre? ¿Era preciso que fuera tan hostil?

—Espero que os marchéis por la mañana —dijo Cliff—. Vámonos.

Ariella no quería marcharse, pero no había razón para quedarse. Cuando Cliff se volvió, ella miró atrás con impotencia. El cíngaro la miraba con ojos ardientes. Ningún hombre la había mirado así antes. Aquel hombre era diferente y ella quería liberarse de su padre y volver con él.

Él casi sonrió, como si conociera el efecto que producía en ella.

Su padre le tiró del brazo y ella se volvió para seguirle el paso. Cuando lo hacía, una mujer lanzó un grito fuerte de dolor.

Ariella se volvió alarmada. Sus ojos volvieron a encontrarse con los del gitano.

—¿Qué es eso? —susurró ella—. ¿Hay alguien herido?

Él le agarró el brazo y murmuró:

—Ella no te necesita, paya.

Ariella olvidó respirar. La mano de él era larga, fuerte y muy caliente. Su aliento le abanicaba la mejilla y la rodilla de él le rozaba el muslo. La soltó.

Todo había ocurrido tan deprisa, que Ariella estaba atónita.

—Nosotros cuidamos de los nuestros —dijo Emilian con dureza. Miró a Cliff—. Llevaos de aquí a vuestra princesa. Decidle que no nos gustan los payos. Nos iremos por la mañana.

Ariella se echó a temblar.

—Puedo enviar a un médico...

Su padre la interrumpió.

—Mi hija es justamente eso para vos, cíngaro... una princesa. No volváis a tocarla —explotó.

—¡Padre, basta! —gritó Ariella, alterada y sin aliento, sintiendo todavía el contacto del cíngaro—. No quería que me entrometiera, eso es todo. El error ha sido mío.

Pero Cliff estaba demasiado enfadado para escucharla.

—Procurad que nada ni nadie se evapore en plena noche. Si desaparece un caballo, una vaca o una simple oveja, os haré responsable a vos.

Emilian sonrió con rigidez y no contestó.

Ariella no podía creer que su padre acabara de proferir una amenaza así. Antes de seguirlo, volvió la vista una vez más.

El gitano la miraba inmóvil como una estatua. A pesar de la distancia, ella captó fuerza y desdén... y una intención que no comprendió. Él le hizo una reverencia tan elegante como la de un cortesano, pero sus ojos llameantes arruinaban el efecto. Ariella respiró con fuerza y se giró.

¿Qué clase de hombre era aquél?

Emilian miraba al payo y a su hermosa hija. Hervía por dentro de furia contra de Warenne. La defensa de la hija resonaba en su mente. Pero él no necesitaba que lo defendiera una paya. ¿Ella se creía amable? Pues a él no le importaba lo que se creyera.

Estaba tan alejada de un hombre como él como si fuera una princesa. El tipo de mujer hermosa, perfecta y de sangre azul que ninguna matrona inglesa le presentaría nunca. Pero a pesar de la diferencia de clase y sangre que había entre ellos, lo había mirado como lo miraban todas las inglesas que querían utilizarlo... como si estuviera impaciente por desnudarlo y tocarle todo el cuerpo con las manos y la boca.

Casi se echó a reír sin humor. Él cambiaba de amante paya casi con tanta frecuencia como de ropa. Ellas eran esposas y viudas que lo usaban estrictamente por la pasión carnal y él a ellas por mucho más. Encontraba satisfacción en acostarse con la esposa de un vecino cuando el vecino lo trataba con condescendencia y escarnio. Puede que lo hubieran educado como inglés, pero era también gitano y llevaba el *budjo* metido en la sangre. Para ellos, un hombre que segaba el heno del vecino y se lo volvía a vender a éste se consideraba honrado. Tomar lo que pertenecía a otro y sacarle un beneficio antes de devolverlo a su dueño, quizá con más beneficio aún, era un timo bueno. Todos los gitanos nacían con la necesidad del *budjo* en las venas. El *budjo* era la última risa de un gitano... y su venganza por las injusticias que todos los gitanos habían tenido que sufrir en el mundo.

Él podía poseer a la hija de de Warenne si le apetecía tomarse la molestia. Ella sería como arcilla húmeda en sus manos. Conocía bien sus poderes de persuasión. Pero tenía pocas dudas de que Cliff de Warenne lo asesinaría si se enteraba.

La tentación era grande, porque ella era muy hermosa. Sabía que murmuraría de él a sus espaldas después de abandonar su cama, como hacían todas. Ellas no podían esperar a comentar la potencia sexual de su amante gitano con sus amigas... como si él fuera un semental en alquiler. Ella estaba soltera, pero el modo en que lo había mirado mostraba que era experimentada. Decidió que sería interesante llevarla al lecho.

—Emilian...

Se volvió a su tío.

—¿La mujer?

Stevan hizo un ruido.

—La mujer es mi esposa y está teniendo a tu primo.

Un calor inundó el pecho de Emilian. Sabía que Stevan tenía varias hijas, a las cuales había conocido ocho años atrás, pero no sabía con exactitud cuántos primos más tenía ni recordaba sus nombres. Y había otro en camino.

De pronto se sintió abrumado. Notó los ojos húmedos. ¡Hacía tanto tiempo que no estaba con familia! Robert no contaba. Robert lo despreciaba. Stevan, sus hijos, Raiza, Jaelle... ellos eran su familia. Y lo aceptaban a pesar de su sangre manchada, a diferencia de los ingleses, que nunca lo aceptarían plenamente. Hasta Edmund había tenido sus dudas. Y en ese momento no se sentía aislado ni solo. No se sentía diferente.

Stevan le puso las manos en los hombros.

—Ahora eres un hombre. Djordi me dice que tu casa es rica.

—Yo la he hecho rica —repuso Emilian con sinceridad. Se secó los ojos. No podía recordar el nombre de la esposa de Stevan y eso era una vergüenza.

Stevan sonrió.

—Mucho *budjo*, ¿eh?

Emilian vaciló. Había levantado Woodland con el trabajo inglés, no con el *budjo* gitano. No quería decirle a su tío que había laborado honrada e industriosamente en lugar de buscar ganancias con astucia.

—Mucho *budjo* —mintió.

Stevan asintió, pero la sonrisa se borró de su cara.

Emilian se puso tenso. Tenía la sensación de que se clavaban navajas en sus entrañas.

—¿Por qué me has hecho llamar?

Su tío vaciló. Una cíngara joven salió de entre los carromatos con las faldas rojas oscilando al viento y se paró, descalza, no lejos de ellos.

—Emilian —susurró, ruborizada.

Éste tardó un momento en ver la belleza de Raiza en sus rasgos jóvenes y hermosos. Dio un respingo, sabedor de que tenía delante a su hermanita, excepto que ella ya no tenía doce años, sino veinte.

Ella sonrió beatíficamente y corrió a echarse en sus brazos.

Emilian se permitió sonreír ampliamente, con el tipo de sonrisa que no había usado en años, una sonrisa que brotaba del corazón. La abrazó fuerte.

—¡Jaelle! —exclamó cuando la soltó—. Ahora eres una mujer hermosa. Estoy muy sorprendido.

—¿Creías que sería fea? —rió ella. Se echó atrás el pelo y él vio que estaba entreverado de tonos rojizos y que sus ojos eran de un ámbar dorado.

—Jamás. ¿Estás casada?

Ella negó con la cabeza.

—Aquí no hay nadie que me quiera.

Emilian no supo si la respuesta lo complacía o no.

—Ha habido hombres buenos que se han interesado por ella —gruñó Stevan—. Pero los ha rechazado a todos.

—Yo sabré cuándo deseo casarme y todavía no lo he deseado —ella le tocó la mejilla—. Mírate. Ahora eres un payo rico. ¿Pero las libras pueden sustituir a los caminos y las estrellas brillantes?

Emilian dejó de sonreír. Aunque al principio de llegar a Woodland había intentado huir muchas veces, al final había optado por quedarse. Y no había vacilado en hacerse cargo de la hacienda a la muerte de Edmund. ¿Qué podía decir? Sólo en ese momento, rodeado por su familia de verdad, estaba inseguro de que su elección hubiera sido la correcta.

—Woodland es un lugar, pero echo de menos los caminos abiertos y el cielo nocturno —y en ese momento, eso era dolorosamente cierto. Echaba de menos a Jaelle, a Raiza y a su tío. No se había dado cuenta hasta entonces.

Jaelle tiró de su mano.

—Pues vente con nosotros, sólo una temporada.

Él vaciló. La tentación era muy grande.

Stevan parecía dudoso.

—Jaelle, ya lo has oído antes... media sangre, medio corazón. No creo que nuestras costumbres satisfagan mucho tiempo a tu hermano. Ha sido educado como un payo. Nuestra vida es mejor, pero él no puede saberlo.

Las palabras de su tío lo llenaron de tensión. La llamada del camino abierto era muy fuerte de pronto. Pero tenía deberes, responsabilidades. Se veía a sí mismo inclinado en su escritorio, ocupándose de papeles hasta bien entrada la noche o de pie en un gran salón, apartado de las damas y los caballeros presentes, pues había ido sólo para hablar de negocios. Recordaba la noche anterior, cuando había estado en la cama con la esposa de un vecino. ¡Qué fácil le resultaba resumir su vida! Consistía en los asuntos de Woodland, sus encuentros sexuales y nada más.

—Quizá vuestra vida sea mejor —contestó. Pero eso no significaba que él pudiera marcharse.

Jaelle parecía dispuesta a dar saltos de alegría.

—Tu acento es muy raro —se burló—. No hablas como un cíngaro.

Él se ruborizó. Hacía ocho años que no hablaba romaní. Stevan lo tomó del brazo.

—¿Deseas hablar con tu hermana ahora?

Emilian miró a Jaelle, que bullía de entusiasmo y felicidad. No quería decepcionarla. Esperaba que no perdiera nunca su buena naturaleza y se le ocurrió que quería enseñarle Woodland antes de que la caravana volviera al norte. ¡Había tanto que podía ofrecerle! Pero ella prefería la vida cíngara.

Miró a Stevan.

—Jaelle y yo tenemos toda la noche y muchas otras noches para hablar —sonrió a su hermana—. Quizá pueda encontrarte un esposo.

Ella hizo una mueca.

—Gracias, pero no. Ya lo elegiré yo sola.

—¡Qué independiente! —bromeó él—. ¿Y piensas ir a una cacería de hombres?

Ella lo miró con astucia. No era una rosa inglesa ingenua, virginal y sobreprotegida.

—Cuando llegue, lo cazaré —se puso de puntillas, le besó la mejilla y se alejó.

Emilian se quedó mirándola.

—No temas —dijo Stevan—. Es mucho más inocente de lo que aparenta. Está jugando a ser mujer, nada más. A veces yo me creo que tiene quince años.

—No los tiene —repuso Emilian.

Las costumbres y la moral gitanas eran muy diferentes a las de los payos. Sería extraño que Jaelle fuera completamente inocente en lo referente a la pasión.

—Debería casarse —dijo con brusquedad.

No quería que la utilizaran y luego la dejaran de lado, como a su madre.

Stevan se echó a reír.

—Hablas como un verdadero hermano.

Emilian no sonrió. Esperó.

—Ven conmigo —dijo su tío.

Él obedeció, con una terrible sensación de miedo. La noche se había llenado de estrellas y los árboles suspiraban a su paso.

—Ella no está aquí —dijo.

—No, no está.

—¿Ha muerto?

Stevan se detuvo y le colocó ambas manos en los hombros.

—Raiza ha muerto. Lo siento.

No era un niño de doce años y no tenía derecho a las lágrimas, pero éstas llenaron sus ojos. Raiza había muerto... y él no había estado a su lado. Había muerto y él no la había visto en ocho largos años.

—¡Maldita sea! —juró—. ¿Qué ha pasado?

—Lo que pasa siempre al final con los cíngaros —repuso Stevan—. Estaba dando la buena fortuna en Edimburgo. A una mujer no le gustó lo que le dijo y volvió con su caballero noble. Ella acusó a Raiza de engañarla y exigió que le devolviera el chelín. Raiza se negó. Se congregó una multitud y todos empezaron a gritarle, a acusarla de engañar, de pedir limosna, de robarles sus monedas. Cuando yo me enteré y llegué a su puesto, la multitud le tiraba piedras. Raiza estaba escondida detrás de la mesa, usándola como escudo. De no ser por eso, habría muerto allí.

Emilian sintió que el mundo se quedaba inmóvil. Vio a Raiza escondiéndose detrás de una débil mesa de madera, de las que usaban para jugar a las cartas.

—Corrí entre la multitud y empezaron a tirarme piedras. Agarré a Raiza. Estaba herida y sangraba por la cabeza. Intenté protegerla con mi cuerpo y echamos a correr. Tropezó y se me soltó. Casi pude retenerla, pero se cayó. Se dio en la cabeza. Ya no despertó.

Emilian no podía moverse. La veía tumbada en la calle adoquinada, con los ojos muy abiertos y sin vida y la cabeza sangrando.

Stevan lo abrazó.

—Era una buena mujer y te quería mucho. Estaba muy orgullosa de ti. Fue injusto, pero Dios nos dio la astucia para compensar por las costumbres de los payos. Un día los payos pagarán. Siempre pagan. Siempre hacemos que paguen. Idiotas —escupió—. Me alegro de que usaras el *budjo* para engañarlos y hacerte rico —volvió a escupir, para añadir énfasis a sus palabras.

Emilian se dio cuenta de que estaba llorando. No había llorado desde la lejana noche en que lo habían arrancado de su vida de cíngaro. Lo habían encerrado y encadenado como a los hombres que había visto camino de las galeras y había llorado de miedo y de soledad. Avergonzado, había conseguido parar las lágrimas antes de que volviera el inglés que había jurado llevarlo con su padre. Ahora sus lágrimas procedían del corazón roto. La pena amenazaba con partirlo en pedazos.

Él no había estado allí para protegerla, para salvarla.

Se secó los ojos.

—¿Cuándo?

—Hace un mes.

El dolor hacía que le resultara imposible respirar. Ella había muerto. Empezaba la culpa.

Un mes atrás, él estaba inmerso en sus asuntos de payo. Un mes atrás, planeaba su jardín y fornicaba noche y día con su amante paya.

Porque había decidido quedarse con Edmund cuando podía haberlo dejado.

Había elegido a su padre sobre su madre... y ahora Raiza había muerto.

—Siempre pagan —dijo Stevan con fiereza.

Él quería que pagaran los asesinos. Los odiaba a todos. Hasta el último de ellos. Derramó más lágrimas. Pero no había un solo asesino al que perseguir. ¿Por qué no había estado allí para salvarla? La culpa lo ponía enfermo y lo inflamaba la rabia. ¡Malditos payos! ¡Malditos todos ellos!

Y pensó en de Warenne y en su hija.

CAPÍTULO 3

Caminaba por el perímetro del campamento con la cabeza baja, permitiendo que se acumulara su rabia. Prefería la furia al dolor. Raiza debía haber pasado un miedo espantoso. Pero la rabia no borraba los remordimientos. A su madre la habían asesinado los payos y él vivía como ellos, y nunca se perdonaría haber ido a verla sólo una vez en los últimos dieciocho años.

–Emilian.

Al oír la voz de Jaelle, se detuvo y comprendió lo egoísta que era su dolor. Stevan quería a su hermana, pero no podía sustituir a su madre. El padre de Jaelle era un escocés que no se había interesado por su hija bastarda, pues tenía esposa escocesa y familia.

–Ven aquí –dijo, con una sonrisa forzada.

Ella se acercó con expresión incierta. Le tocó el brazo.

–Yo también estoy triste. Lo estoy todos los días. Pero ya está hecho –se encogió de hombros–. Un día haré que los payos paguen por ello.

Él se puso rígido.

–No harás tal cosa. Puedes dejarme a mí la venganza. Es mi derecho.

–También es mi derecho, y más aún –protestó ella–. Tú conocías muy poco a Raiza.

—Era mi madre. Yo no pedí que me apartaran de ella.

La joven se ablandó.

—Perdóname, Emilian. Claro que no —vaciló—. Cuando era pequeña viniste a vernos, ¿te acuerdas? Fue una época feliz.

—Me acuerdo.

—Eres tan rico como un rey y no tienes dueño. ¿Por qué no has venido desde entonces? ¿Prefieres a los payos? ¿Prefieres la vida de los payos a la nuestra? Viniste cuando yo era pequeña, pero no te quedaste.

Hablaba con intensidad y brillaban lágrimas en sus ojos. Él comprendía lo importante que era aquello para ella, comprendía que tenía la lealtad y el amor de aquella joven. Le tomó la mano. Unos días atrás su respuesta habría sido otra, pero la muerte de su madre los cubría como un sudario oscuro y terrible.

—Me marché porque me avisaron de la muerte de mi padre —respondió—. Pero no había ido a la caravana con intención de quedarme. Había soñado con viajar con vosotros, pero cuando me llamaron, volví. Para mí el viaje era sólo una aventura.

Recordó el aburrimiento que lo había invadido después de los primeros días de viajar sin rumbo. En los años siguientes había olvidado lo decepcionante que había sido el viaje, porque su recuerdo se había visto teñido con la noticia de la muerte de Edmund. Pero cuando estaba en el camino, había pensado en los deberes y responsabilidades a los que tendría que regresar en Woodland. No había apreciado el viaje, pero quizá porque entonces era joven. Y ahora era todo distinto.

—No sé lo que prefiero ahora ni lo que quiero —dijo—. He vivido como un inglés durante mucho tiempo, pero los dos sabemos que mi sangre es mezclada —el corazón le latía con fuerza. Era un extraño y lo sería siempre. Y él siempre lo había sabido, aunque hubiera elegido ignorarlo—. Sé que me alegra mucho tener una hermana así.

Ella abrió mucho los ojos.

—¿Tú no sabes lo que quieres? Todo el mundo conoce su corazón.

Él rió con amargura.

—Antes soñaba con la caravana. A veces tocaba nuestras canciones con la guitarra en mi dormitorio. Aunque elegí volverme payo, como me pedía mi padre, sabía que nuestra gente estaba en alguna parte, quizá esperándome. Pero tenía deberes para con Woodland. Acepté esos deberes. Sé que no puedes entender esta confusión. Yo tampoco la he entendido nunca. A veces me he sentido como dos personas completamente diferentes.

—¿Y ahora estás confuso? —preguntó ella, incierta.

—No. Hoy sabía que estabais cerca. Hoy anhelaba venir. Hoy soy cíngaro, hoy quiero esto —señaló el campamento—. Ayer estaba sentado en la biblioteca de Woodland con mi administrador y el alcalde del pueblo vecino hablando de los asuntos de la zona —movió la cabeza. Le costaba hablar—. Me llaman gitano a mis espaldas, pero quieren mi consejo. En Derbyshire no hay nadie que tenga la educación que he recibido yo. No soy realmente uno de ellos, pero hace tiempo que hice mi vida en Woodland. La hacienda es mía y es un buen lugar. No deseo casarme, pero si tengo un hijo, será suya. ¿Puedes comprender eso? —en aquel momento, no estaba seguro de entenderlo él.

—¿Cómo podría entender un cariño por la tierra? A mí no me importa la tierra ni me importará nunca. Los cíngaros que tienen casas no son cíngaros de verdad. Tú eres más inglés que gitano —ella se secó las lágrimas—. Pero hace tiempo que lo sé. Y nuestra madre también lo sabía.

Se volvió, pero él la detuvo.

—En este momento no me gustaría estar en otro sitio que no fuera éste. Eso es la verdad, Jaelle.

Ella lo miró a los ojos.

—¿Pero cuánto tiempo? Y cuando nos vayamos, no vendrás con nosotros, ¿verdad?

Él la miró, pero no vio a Jaelle sino a Raiza, tumbada

muerta en una calle adoquinada, sangrando por la cabeza, rodeada por una muchedumbre satisfecha. ¿Quería volver a su vida en Woodland? ¡Tenía tantos deberes allí! ¿Pero y la vida a la que había renunciado?

Le debía a Raiza algo más que sus respetos. Y a Jaelle también.

Sonaron los acordes melodiosos de una guitarra, lentos y cautivadores. Y de pronto el guitarrista cambió el ritmo por otro alegre y animoso... festivo. Y completamente incongruente con la rabia y la desesperación... y con su profunda confusión.

—Tenemos otro primo —dijo Jaelle con suavidad—. Y es el momento de celebrarlo.

Era el mundo gitano. Su hermana tiró de él hacia el centro del campamento y enseguida sonaron más guitarras, un violín y timbales. Se oían risas y los hombres daban palmadas al ritmo de la música.

Jaelle lo soltó y corrió al centro del claro, donde bailaban cuatro cíngaros jóvenes con los brazos cruzados y golpeando el suelo con los tacones al ritmo de los instrumentos. Jaelle se levantó las faldas y empezó a girar. Emilian sintió que se ablandaba y sonrió al verla alzar los brazos y bailar en medio de los hombres.

Se habían congregado todos... hombres, mujeres y niños... y vio a Stevan con su esposa, que alimentaba al recién nacido reclinada en unas mantas. Ahora recordó su nombre. Simcha. La multitud daba palmadas al ritmo de los taconazos de los bailarines. La música empezaba a llenar su cuerpo vacío. Sentía palpitar sus venas con cada taconazo, sentía fluir su sangre. Ésa era la vida gitana y era sencilla y buena.

¡Hacía tanto tiempo!

Raiza había sido asesinada y él no permitiría que los payos quedaran impunes de su muerte. Antes o después tendría su venganza. Pero no sería esa noche.

Esa noche celebrarían una nueva vida.

Otros hombres y mujeres se habían unido a los bailarines

primeros. Una mujer de cabello de ébano y faldas púrpura y oro giró delante de él. Su mirada era sensual y directa.

Era una mujer atractiva, de edad aproximada a la suya, y la invitación resultaba inconfundible. Miró sus muslos cuando ella se subió las faldas más de la cuenta. No había amantes como las cíngaras.

Ella soltó las faldas, levantó los brazos con sensualidad y empezó a girar, a un ritmo mucho más lento que el tempo rápido de la música. Se apartó con aire seductor, pero lo miró por encima del hombro. Él sonrió y entró en el claro.

Las guitarras, el violín, los timbales y el palpitar de la tierra invadieron su cuerpo. Sus tacones encontraron el suelo, derecho, izquierdo, derecho, izquierdo, y levantó la cara a la luna y los brazos a las estrellas. Chasqueó los dedos y onduló las caderas. Seguía pendiente de la mujer, que bailaba a su derecha, pero en ese momento su cuerpo no necesitaba otra cosa que la música y la noche.

La luna sonreía, destellaban las estrellas. Los árboles hacían guardia y centelleaban las hogueras. Era una noche para celebraciones, una noche para amantes.

Devolvió la mirada atrevida de la mujer.

Los invitados se habían retirado y Ariella permanecía en el salón delantero viendo partir el carruaje de los Montgomery mientras la familia subía a sus aposentos. Una mano en el hombro la sobresaltó.

Cliff le sonrió.

—Veo que has sobrevivido a la cena.

—¿Tan transparente he sido?

Él se echó a reír.

—Estabas soñando despierta y se notaba.

—Supongo que todos están entusiasmados con el baile de Amanda.

—Sí, así es, pues hace tiempo que no hay un acontecimiento así en Rose Hill. Y dime, ¿te ha gustado algo Montgomery?

Ella se puso tensa; miró a su padre con incredulidad.

—Creía que lo de emparejarme era idea de Dianna.

—Y lo es. Pero ella se lo comentó a su madre, quien me lo dijo a mí. No sientes ningún interés por él.

—Lo lamento, pero no.

Su padre suspiró.

—Ariella, cuando eras muy pequeña, me preocupaba tu futuro. Entonces decidí que procuraría buscarte el matrimonio perfecto cuando tuvieras la edad.

La joven no podía creer lo que oía.

—No tenía ni idea.

Él sonrió.

—Eso fue hace mucho. Cuando te convertiste en una joven independiente, cosa de la que estoy muy orgulloso, comprendí que no haría nada semejante. En muchos sentidos, me recuerdas a mí antes de Amanda.

El alivio de ella no conocía límites.

—Gracias. Pero padre, tú eras un bucanero, no una dama culta.

—Valoraba mi libertad tanto como tú, querida. No obstante, creo que un día vendrás a mí con estrellas en los ojos y me dirás que deseas casarte y estás locamente enamorada.

Ariella sonrió.

—¿Sabes que eres mucho más romántico que yo?

Cliff se echó a reír.

—¿Ah, sí?

—Me temo que no soy como tú, padre. Mi pasión es por el conocimiento. Antes intenté explicarle a Dianna que no me molesta en absoluto quedarme soltera. No pienso en hombres atractivos ni sueño con ellos como otras mujeres de mi edad —apartó la vista, pues eso era precisamente lo que había hecho desde que viera al cíngaro de ojos grises.

—Eso es porque todavía no has conocido al hombre lo bastante especial para suscitar tu interés.

—Los hombres a los que conozco son estudiosos e historiadores, y muy pocos de ellos son nobles.

Él se echó a reír.

—Y si me traes un abogado radical sin medios de vida, yo lo aprobaré... siempre que él te ame a su vez.

Ariella no contestó. Había pensado toda la velada en Emilian, casi contra su voluntad. Había algo provocador en él, y también algo más que no conseguía identificar y que la perturbaba.

—Puede que te lleve tiempo darte cuenta de que te han atrapado el corazón, pero ese día llegará, no me cabe duda. Eres demasiado hermosa e interesante para escapar al amor. Y cuando me pidas mi bendición, estaré encantado de dártela, sea quien sea el que hayas elegido.

Ella sonrió.

—Espero que no tengas tanta prisa como parece tener Dianna. No tengo interés en un matrimonio tradicional.

—Yo no permitiré que te conformes con menos de lo que mereces —Cliff le dio un beso en la mejilla—. Nunca te meteré prisa. Y ahora me temo que debo dejarte a mirar las estrellas sola. Buenas noches.

Ariella lo miró subir las escaleras. Era muy consciente de que la invadía una tensión extraña. Los ojos grises de Emilian parecían tallados permanentemente en sus pensamientos. Nunca en su vida la había distraído tanto un hombre y no sabía lo que significaba esa distracción, pero su breve encuentro la había perseguido toda la velada.

Era un hombre orgulloso y hostil, y ella no podía entender por qué estaba tan a la defensiva ni por qué parecía despreciarlos tanto a su padre y a ella. Pero la consideraba atractiva. Era lo bastante mujer para entender el modo en que la había mirado. Los hombres la miraban con cierta admiración desde que cumplió los dieciséis años, pero nunca se había parado a pensar dos veces en ellos... hasta ahora.

No había motivos para permanecer en el vestíbulo, pero se acercó a la ventana y apretó el rostro en el cristal frío. Creyó oír música.

La invadió la curiosidad. Cruzó el vestíbulo y entró en el

salón, donde abrió las puertas de la terraza. En cuanto lo hizo, oyó la música exótica, poco familiar.

Había oído melodías similares en Oriente Medio, pero nunca había oído una música con tanta pasión y alegría. ¿Y no se oían risas también?

Cruzó la terraza y se acercó a la barandilla, a mirar colina abajo. Hacía una noche brillante, con un millón de estrellas y una luna creciente, pero ella sólo veía la luz de las hogueras y las formas fantasmales de los carromatos. No le cabía duda de que los cíngaros celebraban algo.

Quería bajar allí. Se dijo que no podía hacerlo; era sumamente indecoroso y también imprudente. Una mujer no podía ir sola por el campo después de anochecer. El escándalo no le importaba, pero podía ser peligroso.

Pero no tenía por qué saberse. Si se escondía, los cíngaros no la verían y su familia seguramente dormiría ya. Si tenía cuidado de evitar encuentros, no habría ningún peligro para su persona.

Temblaba de nerviosismo. ¿Cuándo volvería a tener esa oportunidad? No había visto gitanos desde niña. Tal vez nunca volviera a cruzarse con un campamento así. ¿Cómo iba a no hacer caso de la música y la celebración? Había muchas historias de gitanos, de noches llenas de música, baile y amor.

Y estaba también su carismático líder.

Ariella respiró con fuerza. Lo había encontrado sumamente atractivo, además de enigmático. Sentía curiosidad también por él. Hablaba tan bien como un hombre educado, parecía acostumbrado a dar órdenes y no había cedido ante su padre. ¿Qué clase de hombre era? ¿De dónde había salido?

Los gitanos se irían por la mañana.

Y él con ellos.

Su decisión estaba tomada. Se levantó las faldas y bajó de la terraza al césped. Un momento después se alejaba por el camino, donde aceleraba el paso a medida que crecía su nerviosismo. Ahora identificaba algo más que las guitarras, pues oía también un violín, timbales y palmadas.

Y al fin pudo ver los carros delante. Y las hogueras, que iluminaban el centro del claro. Oía risas y conversaciones y miraba a los bailarines.

Se detuvo detrás del carromato más próximo, respirando con fuerza. La música ahora sonaba fiera y exigente. El tempo escalaba y el pulso de ella también.

Se acuclilló al lado del carro y miró sorprendida.

Él bailaba solo en el centro del claro. Tenía los brazos en alto y chasqueaba los dedos con la camisa abierta hasta la cintura. Su pecho brillaba a la luz del fuego. La tela de los pantalones se ceñía en los muslos y caderas y cada paso resultaba muy sensual. Cada paso lo acercaba más adonde estaba ella. Ariella sintió la boca seca.

Él tenía los ojos cerrados. Su expresión era concentrada, de placer. Una capa de sudor cubría su rostro. Cada pulgada de su anatomía resultaba visible con aquella camisa abierta y los pantalones de piel de cierva, y ella sentía un calor terrible.

Tragó saliva. No podía apartar la vista y no le importaba. Sabía que sus pensamientos se habían vuelto más que indecorosos. Pensaba en su virilidad y en su fuerza. Bailaba solo, pero su baile era terriblemente sugerente, como si pronto se fuera a llevar una amante a su cama.

No sabía lo que le ocurría. Nunca había pensado en un hombre de ese modo. Lo que hiciera o dejara de hacer él después de bailar no era de su incumbencia.

Él abrió los ojos de pronto. Aunque ahora bailaba mucha gente y lo rodeaban unas cuantas mujeres exóticas, la mirada de él fue directa a ella.

¿Sabía que estaba allí? El corazón le explotó en el pecho. Sabía que debía agacharse, pero, sin saber cómo, se encontró incorporándose del todo. Sabía que debía apartar su atención del hermoso rostro de él, de su pecho desnudo, pero le era imposible. Se dio cuenta de que ya no estaba al lado del carromato, sino que se había colocado delante.

Los ojos grises de él miraron los suyos con ardor.

Ariella no pudo apartar la vista.

Sus miradas se cruzaron, él tenía los brazos levantados y giraba lentamente para ella. Sonrió seductor y bajó las pestañas negras y espesas, justo cuando cesaba la música.

Ariella temblaba y se preguntaba si él podría oír su corazón. Él alzó los ojos, viriles e intensos, a buscar los de ella.

Una mano tomó la de Ariella desde atrás.

—*Kon nos? Gadje romense? Nay!*

Un chico de unos dieciséis años la miraba con furia. La sacudió y volvió a hablar con rabia en su idioma. Ya no había música, risas ni conversación.

—No comprendo —susurró ella.

El chico tiró de ella. Ariella tropezó y se detuvo. Los bailarines los rodearon. Emilian se adelantó con ojos llameantes, con el cuerpo caliente y húmedo.

—*Dosta!*

El chico la soltó. Ariella temblaba. Su salvador estaba tan furioso como el chico. Miró a la multitud. Ojos hostiles se posaban en ella. Nadie se movía. Las posturas eran beligerantes. Ella quería que la tragara la tierra.

Él volvió a hablar, rápida y firmemente.

El chico la miró.

—Lo siento —dijo con fuerte acento.

Se volvió y se alejó.

Ariella estaba incrédula. Miró a Emilian y él le devolvió la mirada, mientras el hombre grande como un oso de antes daba unas palmadas y hablaba a la multitud. Alguien empezó a tocar una guitarra. Se reanudaron las conversaciones, aunque en tonos más bajos y susurros, y se fueron alejando todos hasta dejarlos solos.

Ariella tenía la boca tan seca que tuvo que humedecerse los labios. Bajó la vista al pecho desnudo y sudoroso de él. No pudo evitarlo. Miró un instante las líneas duras de su abdomen. Sabía que no se atrevía a mirar más abajo; sabía lo que vería allí.

—¿Qué? —volvió a lamerse los labios—. No estaba espiando.
Él achicó los ojos.
—Lo juro —respiraba con fuerza, temblorosa—. He oído la música y no he podido resistirme.
La mirada de él seguía siendo enigmática.
—¿Y os ha divertido? ¿Os entretienen nuestras costumbres primitivas?
Ella respiró con fuerza.
—La música... el baile... son maravillosos.
Él bajó la vista al escote de ella.
—¿No es un poco tarde para salir a dar un paseo, señorita de Warenne?
Estaba muy cerca. Ella podía sentir su calor y oler su aroma. Podía tocarlo fácilmente si quería. Su ansiedad aumentaba por momentos.
—Sí, tengo que irme. Perdonad la intromisión.
Echó a andar, pero él la retuvo por la muñeca.
—Pero sois mi invitada.
Su brazo entero, desnudo hasta la manga del vestido, se apretaba contra la piel húmeda del pecho de él. Se sentía mareada, al borde del desmayo.
—¿Eso es lo que les habéis dicho?
—No nos gustan los payos entre nosotros —sonrió él de pronto—. Pero vos sois una excepción a esa regla.
¿No le importaba ir vestido de un modo indecente, prácticamente desnudo? ¿No sabía que sostenía el brazo entero de ella contra su pecho? ¿No la sentía temblar con algo más que miedo?
—¿De verdad queréis iros? —murmuró él, con voz acariciadora.
Ella miró sus ojos cálidos. No quería marcharse y los dos lo sabían.
—La noche no ha hecho nada más que empezar.
—No sé... sólo he venido a investigar.
—Pocas damas decentes se arriesgarían a una investigación así a estas horas.

Le soltó el brazo y ella podía haberse apartado, pero no lo hizo. En lugar de ello, miró el pecho musculoso de él y se llevó una mano a la mejilla, que estaba muy caliente. Su cuerpo ahora sudaba tanto como el de él.

Él sonrió de nuevo. Se acercó más.

—Pero una dama indecente sí podría aventurarse a estas horas. ¿Puedo ayudaros con vuestra investigación?

—No lo decía en ese sentido.

—Pues claro que sí. Queréis comparar —le sonrió con frialdad y la tomó del brazo.

La llevó a una mesita cerca de uno de los carromatos, alejados de los bailarines. Sirvió dos vasos de vino de una jarra y le tendió uno. Bebió el suyo con avidez, como si fuera agua. Posó los ojos en la línea del escote de ella.

A Ariella se le endurecieron los pezones. Aquella mirada era tan osada como si la tocara por dentro del vestido, más allá de la camisola y el corsé.

—No me refería a investigar en ese sentido.

—Pues claro que sí. Bebed el vino. Disfrutaréis más de la noche.

—Ya he tomado vino en la cena.

A él le brillaron los dientes.

—Pero estáis tan nerviosa como una colegiala o una debutante. Yo no muerdo, señorita de Warenne. No engaño ni seduzco a damas que no lo desean. Porque sois señorita de Warenne, ¿no es así? —fijó la vista en la mano izquierda de ella.

—Sí, soy señorita —ella recuperó el sentido común—. Yo no creo en estereotipos. Por supuesto que no engañáis ni robáis y no seducís a mujeres contra su voluntad —se ruborizó. Aquel hombre tenía la habilidad de conseguir que todas sus palabras sonaran sexualmente sugerentes.

Él enarcó las cejas.

—¿O sea que vos sois la única paya que no tiene prejuicios? ¡Qué elogiable!

—Los prejuicios son malos y yo no soy una persona prejuiciosa.

Él le dirigió una mirada larga y luego apartó la vista.

Ariella tomó un buen trago de vino. ¿Esa mirada significaba lo que ella creía? Había visto a su padre, a sus tíos y también a su hermano y sus primos mirar así a mujeres. Esa mirada tenía un significado. ¿Qué debía hacer?

Debía quedarse y dejar que la besara.

Tomó otro sorbo de vino, casi con incredulidad. Ella era una mujer racional. No le importaba lo que la sociedad consideraba decente y nunca antes le había interesado un beso. Pero no había dudas de que ahora sentía un gran interés.

—Si vos no habéis venido a investigar, yo sí deseo hacerlo —murmuró él. Y le puso la mano en la cintura.

Ariella se puso tensa, pero no de miedo; le palpitaba el cuerpo.

—¿Qué queréis decir?

—Quiero decir que deseo comprender por qué una dama hermosa y soltera de vuestra edad se aventura a venir a mi campamento en plena noche.

—Soy una apasionada del conocimiento —susurró ella—. Quiero saber más del pueblo gitano.

—¿Del pueblo gitano o de mí?

Ella se quedó inmóvil.

—Dejad de fingir —murmuró él. Subió la mano por el costado de ella en una caricia—. Habéis venido por mí. Yo soy vuestra investigación.

Ariella no podía hablar. Él tenía razón.

Sonrió y la atrajo más hacia sí.

—No sois la primera inglesa que desea un amante cíngaro.

Ella empezó a protestar, pero él la interrumpió.

—¿Por qué otra cosa ibais a venir a mí a estas horas?

Ariella no tenía respuesta a eso.

—No sé... —tartamudeó—. Quería venir... me sentía arrastrada.

—Bien. Dejaos arrastrar. Yo quiero que me deseéis —a él le

ardían los ojos–. Nosotros somos abiertos con nuestras pasiones. Esperad aquí.

Ariella lo miró volver con los demás. Lo vio detenerse delante del violinista, un hombre de pelo blanco. Se dio cuenta de que no era la única mujer que lo miraba anhelante. Las jóvenes cíngaras eran hermosas, y unas cuantas estaban tan pendientes de Emilian como ella.

Pero él volvió sonriente y le tomó la mano.

–Bailad conmigo.

Nunca le había interesado bailar y no lo hacía bien. ¿Pretendía hacerla girar como las mujeres gitanas? Sería el hazmerreír de todos.

–No sé bailar.

–Todas las mujeres saben bailar –murmuró él, con mucha suavidad. Del violín empezaron a salir las notas de un vals–. Esta música es para nosotros.

Le tomó la mano y tiró de ella. Y un instante después estaban muslo con muslo, con las manos de él en su espalda. Él se movía y la movía con él. Ella no había conocido una sensación tal de fuerza masculina y promesa viril.

Sus cuerpos estaban casi fusionados. Su mejilla había encontrado la piel desnuda del pecho de él. Se estremeció. Sólo podía pensar en el aliento suave de él en su oído y en su virilidad dura contra la cadera de ella. Eso no era un vals, era una pareja girando al ritmo de una música suave, con los pechos rozándose y las caderas y la ingle apretadas juntas. Eso era un preludio de la pasión.

–Ésta es una noche para los amantes –le dijo él al oído.

Ella no quería apartar la mejilla de la piel húmeda, pero levantó la vista. La había llevado hasta los árboles, donde la noche era pesada y oscura.

–¿Sentís la música en el cuerpo, contra vuestra piel? –susurró él–. ¿La sentís en la sangre? Palpita ahí con necesidad, con pasión –sonrió–. ¿Queréis besar a un gitano?

Ahora no se movían. Estaban quietos en un abrazo y ella sentía que el corazón le latía con fuerza... ¿o era el de él?

Asintió con la cabeza. Pensó que podía morir por aquel beso.

—Eso me parecía —él le tomó el rostro en las manos—. Os advierto que yo nunca hago nada a medias.

Ariella susurró:

—Emilian.

A él le ardieron los ojos. Le cubrió la boca con la suya y ella se puso rígida, pues sus labios eran duros, fieros y exigentes. Dio un respingo cuando la presión se volvió dolorosa; él emitió un ruidito y, antes de que ella se diera cuenta, le deslizó la lengua en la boca. Se asustó y le empujó los hombros. Aquél no era el tipo de beso que esperaba... ni siquiera estaba segura de que fuera un beso. Había rabia en la caricia.

Él se quedó inmóvil.

Ella empezó a temblar, asustada, porque al fin se daba cuenta de que estaba a su merced. Su fuerza no podía nada contra la de él.

Emilian apartó la boca de la suya. Ariella intentó empujarlo de nuevo. Aquello había sido un terrible error. Pero él la sujetó fuerte contra sí, con el cuerpo temblando.

—No os vayáis.

Ella seguía muy asustada. Pero allí, aferrada a él, empezó a respirar con más calma. Se dijo que no le había hecho daño, aunque hubiera sentido por un momento que era inminente una explosión de brutalidad, una violencia para la que no estaba preparada.

El tono de él era suave.

—No os haré daño. Quiero amaros. Dejadme.

Ella sintió que un escalofrío recorría el cuerpo de él.

La miró y sus ojos no eran fríos ni burlones, ni ardían con un calor que era casi furia. Eran ojos que buscaban su permiso.

La sensación de vacío en su interior se hizo muy intensa. Tenía los pechos muy rígidos y era muy consciente de la erección de él entre los dos. Se movió. Llamas. Llamas cruzaban su cuerpo y se instalaban entre sus muslos. Él emitió un sonido duro.

Y antes de que ella pudiera decidir si permitirle más privilegios, Emilian bajó la boca hacia la suya muy despacio.

Sus labios rozaron los de ella suavemente, como el contacto de una pluma. A ella le explotó el corazón, embargado por tantas sensaciones que dejó de pensar. Él le rozó los labios una y otra vez y ella cerró los ojos y empezó a sumergirse en la sensación de placer y pasión. Emilian repasaba sus labios una y otra vez, probando y saboreando, hasta que los labios de ella estuvieron suaves y abiertos.

Él deslizó la lengua entre los labios y Ariella dio un respingo al sentir la lengua en la suya. Él cerró la boca sobre los labios de ella para un beso largo, profundo, interminable.

La fiebre en el cuerpo de ella se convirtió en una conflagración; gimió y él gimió con su lengua. Ella se apretó ahora contra su erección con desvergüenza. Él rió y le agarró las nalgas con fuerza a través de las faldas y las enaguas. La levantó contra sí.

Ella gimió y se agarró, con las bocas de ambos unidas. De algún modo, él se había colocado exactamente donde ella necesitaba que estuviera y Ariella se sentía ahora enloquecida de deseo. Se movía con frenesí sobre él.

El beso se prolongaba. Sintió vagamente la mano de él subiendo por su pierna, dentro del muslo, debajo de las faldas y encima de los calzones de seda. Supo vagamente que aquello era algo más que un simple beso, pero no le importó.

Los dedos de él se deslizaron sin vacilar en la ranura de sus calzones, en su piel desnuda y húmeda. Ariella gimió, apartó la boca y apretó la cara en el pecho duro y húmedo de él. Ahora estaba cegada. No sabía lo que quería... aparte de seguir frotándose más. Lloró.

Él le habló en su idioma, deslizó la mano entera en sus calzones y la acarició. Ella se sintió más mareada aún. Él le habló en inglés.

—Disfruta para mí.

Ella no comprendía. ¿Pero a quién le importaba? Los árboles giraban y ella mordió con fuerza, saboreando la piel sudorosa y la sangre de él.

La cabeza le daba vueltas todavía cuando se dio cuenta de que la había depositado en el suelo, sobre la hierba húmeda. Los terribles y maravillosos espasmos se iban haciendo más lentos y perdían intensidad. Su respiración seguía siendo jadeante. Sentía los dedos de él en la piel desnuda de la espalda. Intentaba comprender el placer y la pasión que acababa de vivir. Ahora entendía por qué el amor era algo tan codiciado.

Los dedos de él bajaban por su espalda. Ariella parpadeó y abrió los ojos. Emilian se arrodilló a su lado con el rostro crispado por la pasión. Intentaba quitarle el vestido. Ella le levantó la muñeca en un gesto reflexivo.

Los ardientes ojos grises se posaron en los de ella. La sorpresa tiñó el deseo que brillaba en ellos.

Ella respiró con fuerza.

—Esperad.

Él achicó los ojos con recelo.

—¿Qué... qué hacéis?

Ariella tenía las faldas enredadas en torno a la cintura y yacía tumbada como una muñeca de trapo. Se sentó y se bajó las faldas. El corpiño cayó hacia abajo, pero ella se lo subió y miró a Emilian.

Él se sentó sobre los talones, peligrosamente irritado.

—¿Queréis parar ahora? —preguntó con voz engañosamente suave.

—Yo... no he venido por esto.

—Pues claro que sí —sus ojos brillaban de furia—. Habéis venido a buscar pasión. Queréis compararme con vuestros amantes ingleses. Yo no estoy satisfecho —añadió con voz sombría.

Ariella quería hablar, pero no podía.

—Ese placer no es nada comparado con el que tendremos

cuando esté dentro de vuestro cuerpo –tendió una mano y le acarició la cara–. Dejadme que os haga gritar de placer otra vez. Dejadme gritar también a mí de placer.

Ella se quedó inmóvil.

Él empezó a sonreír.

–Los dos sabemos que habéis venido a mí por eso.

Tendió la mano y agarró el corpiño de ella.

Ariella sabía que sería muy fácil ceder ante ese hombre. Sus palabras y su aspecto eran embaucadores. Pero un beso era una cosa. Y eso era otra. Quería ir más lejos, pero también quería mantenerlo a raya hasta que comprendiera lo que sucedía.

–Esto es un malentendido –susurró.

Él abrió mucho los ojos.

–No he venido a compararos con mis otros amantes –ella sujetó su corpiño con fiereza–. No hay otros amantes.

Él la miró con una expresión tan incierta que casi resultaba cómica.

–Ni siquiera estoy casada –susurró–. Nadie de mi edad tiene amantes. Las mujeres de mi edad tienen antes marido.

Siguió un silencio terrible.

Ella se puso nerviosa. ¿Por qué había asumido él que era una mujer que buscaba una aventura ilícita?

–No me digáis que sois virgen. Las vírgenes no salen a pasear de noche para citarse y coquetear con desconocidos.

Ella vaciló. Él parecía tan salvaje como un león despertado de un sueño profundo en su guarida.

–No sé por qué he venido. Para veros...Yo sólo quería un beso.

CAPÍTULO 4

Sus pasos eran tan largos y precipitados que ella tenía que correr para no quedarse atrás. Ariella tropezó.

—¡Esperad!

Él no contestó ni se detuvo. Su perfil era una máscara tensa de frustración y rabia. Avanzaban colina arriba, hacia la casa dormida. Era obvio que deseaba que ella volviera al hogar y ése era su modo de devolverla sana y salva.

—Lo siento mucho —gritó ella, esforzándose por alcanzarlo. Entendía que él había esperado una aventura, pues el comportamiento de ella había sido muy atrevido. ¿Pero por qué estaba enfadado ahora?—. No era mi intención confundiros.

Él la miró al fin; se detuvo con tal brusquedad que ella pasó delante. La agarró del brazo y la atrajo a su lado.

—Si no queréis confundir a un hombre, os quedáis en vuestra casa elegante y en vuestra cama elegante, donde todas las vírgenes bien educadas están a estas horas.

Ella temblaba.

—Me ha podido la curiosidad. He oído música y era encantadora y... —vaciló, porque aquello era sólo la mitad de la verdad. Había sentido curiosidad por él—. Sólo pretendía mirar a cierta distancia, no quería inmiscuirme... Pensaba que nadie me vería. No pretendía que... ocurriera... nada.

Él sonrió, pero sin alegría.
—¿Seguro?
—Pues claro.
—El modo en que me habéis mirado esta tarde, y esta noche, me ha llevado a una conclusión inevitable.
—Os equivocáis —dijo ella. Pero él tenía razón y los dos lo sabían.

La expresión de él se endureció.

Ariella se ruborizó.

—Está bien. Admito que os he mirado, pero supongo que estáis habituado a que os admiren las mujeres. No pretendía coquetear, yo no he coqueteado en mi vida.

—Eso no me lo creo —repuso él con dureza—. Yo creo que sabéis muy bien usar esos ojos azules para inflamar a los hombres y que lo habéis hecho con un propósito. A mí me habéis inflamado.

Ella estaba ya sin aliento. El pulso le latía con fuerza. Recordaba muy bien estar en sus brazos, la sensación del beso. No quería irse todavía. De hecho, una parte nueva y lasciva de ella deseaba explorar lo que habían empezado.

La risa de él era dura, como si supiera lo que ella pensaba y sentía.

—Tenéis que iros antes de que mis bajos instintos se impongan a mi sentido del honor. Está amaneciendo. Tenéis una reputación que mantener y yo no me siento inclinado a mantenerla por vos.

El cielo comenzaba a aclararse, pero ella no se movió. No podían separarse así, sobre todo porque él se iría pronto de allí.

—¿Por qué estáis tan enfadado? Ya os he dicho dos veces que lo siento. ¿No queréis aceptar mis disculpas?

—¿Por qué iba a hacerlo? No me gusta que jueguen conmigo, señorita de Warenne —rió con dureza—. ¿Soy el primer hombre que no hace lo que deseáis cuando lo miráis moviendo las pestañas?

—Yo no soy una coqueta —repitió ella.

—Buenas noches —él señaló la casa con brusquedad, deseando claramente que se fuera.

Ariella respiró hondo con decisión.

—Hemos empezado con muy mal pie —le sonrió—. Es obvio que una tercera disculpa no os calmará, así que no os la ofreceré. ¿Pero podemos volver a empezar? Apenas nos conocemos. A mí me gustaría conoceros mejor, si eso es posible.

Él abrió mucho los ojos y luego los entrecerró.

—¿De veras? ¡Qué extraño! Las damas decentes, las vírgenes decentes, no tienen conocidos gitanos. De hecho, las damas que desean mi trato buscan una cosa y sólo una, que vos habéis rehusado claramente.

—Eso no me lo creo —susurró ella, sorprendida. Seguro que exageraba.

Él se encogió de hombros.

—Me da igual lo que creáis. Ahora que nuestra aventura ha terminado, no me importáis en absoluto, señorita de Warenne.

Sus palabras la hirieron. Después de lo que acababan de compartir, no podía creer que hablara en serio.

—Creo que habéis decidido que yo os desagrade, aunque no puedo entender por qué. Creo que lo habéis decidido esta tarde, casi a primera vista, aunque yo intentaba ayudaros a convencer a mi padre de que os dejara pasar la noche aquí. Sin embargo, sí os gustaba hace un momento.

Él la miró de hito en hito.

—Habláis con tal ingenuidad, que casi podría creeros.

—No soy nada ingenua.

—Yo no he pedido esto —prosiguió él con dureza—. No he pedido que una hermosa princesa de cuento de hadas apareciera en mi vida a ofrecerme una tentación que apenas puedo rehusar. Sois una mujer noble, una heredera. Algún día os casaréis con un príncipe inglés y él os quitará la inocencia en una torre de marfil. Idos a casa, señorita de Warenne.

Se volvió para marcharse.

Ella había terminado por enfadarse y lo agarró del brazo. No era lo bastante fuerte para detenerlo, pero él la miró con ojos fríos y turbulentos como una tormenta de invierno.

—Si yo me niego a juzgaros, ¿por qué insistís vos en juzgarme a mí? No sabéis nada de mí. No soy como otras mujeres de mi clase y edad, desesperada por un buen marido y un hogar, y aunque parezca que soy como esas damas que buscan vuestras atenciones, tampoco lo soy. Yo no os he buscado por una aventura amorosa.

—No, pero me habéis buscado —él se cruzó de brazos—. Vamos al grano. ¿Qué queréis de mí, señorita de Warenne?

Ella respiró hondo. Aunque recordó instantáneamente sus tórridos besos y sus caricias sensuales, no vaciló.

—Quiero vuestra amistad.

Él se echó a reír.

—Imposible.

—¿Por qué? Sé que os marcháis mañana, pero podemos escribirnos. Podemos vernos unas cuantas veces antes de que salgáis de Derbyshire.

—¿Escribirnos? ¿Vernos? —él la miró como si estuviera loca.

—Me interesaría conoceros y las cartas son el modo perfecto de ampliar nuestra relación. En cuanto a vernos, ¿por qué os sorprende eso? Supongo que os gusta conversar.

—¿Queréis que nos veamos y conversemos?

—Es lo que hacen los amigos —le sonrió ella.

—No somos amigos —replicó él con dureza—. Yo no tengo amigos ni los quiero.

Ariella lo miró con incredulidad.

—Todo el mundo tiene amigos.

—Vos no queréis mi amistad y los dos lo sabemos —él la saludó con el dedo. Le temblaba la mano—. Vos sois una de Warenne. Vuestros amigos son de la buena sociedad.

—Yo tengo muchos amigos excéntricos en la ciudad.

—Cuando os he pedido que fuerais al grano, sólo sentía curiosidad por ver cómo responderíais... y con qué subterfugio. Sé por qué habéis venido esta noche al campamento. Me habéis buscado por pasión, no por amistad. Queríais estar en mis brazos, aunque no en mi cama. ¿Queréis intercambiar cartas? ¿Queréis conversar? Me parece que no. De hecho, no creo que seáis muy distinta a mis amigas payas. La diferencia es que vos sólo queréis besos seguros —le llameaban los ojos—. Y el tipo de placer que os he dado hace poco.

Ariella lo miró sorprendida. Era cierto que anhelaba estar en sus brazos. ¿Pero por qué no podía creer que le interesaba también su amistad? Estaba deseando saber lo que pensaba él del mundo.

—He sido un objeto sexual para las damas de la buena sociedad y ahora soy un objeto de fascinación sexual para una princesita virgen —parecía disgustado.

Ariella no estaba segura de lo que significaba aquella declaración, pero ya pensaría en eso más tarde.

—Yo no puedo olvidar nuestro beso —repuso con calma—. ¿Cómo iba a hacerlo? No sabía que un beso pudiera ser tan maravilloso. Pero quiero que seamos amigos. Yo siempre digo la verdad. Tengo muchos amigos poco corrientes en la ciudad. Si de verdad no tenéis amigos, seré la primera.

—¿Qué queréis decir con que no sabíais que un beso podía ser tan maravilloso? —quiso saber él—. Espero que no iréis a decirme que ha sido vuestro primer beso.

—¿Por qué os molestaría eso?

Él abrió mucho los ojos.

—¿No os habían besado nunca?

—No. Vos me habéis dado mi primer beso. Y no me arrepiento para nada —se ruborizó ella.

Él hizo una mueca.

—Entonces ya me arrepiento yo por los dos.

Ariella respiró con fuerza.

—No lo decís en serio.

—Idos a casa y esperad a vuestro príncipe encantado. Y quedaos allí... con vuestros amigos poco corrientes.

Rechazaba su oferta de amistad. Ariella no podía creerlo.

—Pero os marcháis hoy. No podemos separarnos así.
—¿Por qué no?
Ella se humedeció los labios.
—No está bien —replicó—. Acabamos de compartir pasión, Emilian.
—Hemos compartido un simple beso, que olvidaréis pronto.
La joven negó con la cabeza.
—No, no lo olvidaré. Por favor, considerad un intercambio de correspondencia.
—Idos —rugió él.
Ella se encogió, pero no podía moverse. ¿Cómo podía ocurrir aquello?
Emilian se volvió con furia y se alejó colina abajo sin volver la vista atrás ni una sola vez.

Se sintió atraído de nuevo al pie de la colina como un mosquito atrapado en una telaraña. Alzó la vista a la casa.
Hacía una hora que había salido el sol, pero el campamento apenas se movía, debido a la celebración de la noche anterior. Él no había dormido. Ni siquiera se le había ocurrido intentarlo. Miró la mansión. No quería desear a Ariella de Warenne, y menos en ese momento. Había demasiada rabia en él.
Se giró y volvió hacia el campamento. Esperaba no volver a verla nunca. Mariko podía ocuparse de sus necesidades, ella y una docena de esposas más de Derbyshire. Había hablado en serio. Lo de esa mañana había sido una despedida. No habría intercambio de correspondencia ni encuentros. No había pedido que apareciera una mujer como ella en su vida, y menos ahora, que estaba sufriendo y rabioso.
Ella era el tipo de dama joven que nunca le presentaban por tener sangre mezclada. Era hermosa, rica y bien educada. Era, en cierto sentido, inocente a pesar de su naturaleza apasionada, porque su naturaleza era apasionada, de eso

no había duda. A él lo consideraban digno de las gordas, las mayores, las enfermas, las feas... las que todos los demás rechazaban. A una dama como la señorita de Warenne no la presentarían nunca a un hombre que llevaba sangre gitana en las venas por mucho título y riqueza que tuviera. Un día la presentarían a un inglés de verdad, con tanta sangre azul como ella. Su pretendiente la miraría y quedaría embaucado. Cualquier hombre en su sano juicio vería al instante que la hermosa y gentil señorita de Warenne sería la esposa perfecta.

Y no la habían besado nunca.

Era increíble.

Él le había dado placer por primera vez. Recordaba muy bien sus gritos. Tenía todavía la piel marcada por sus uñas y sus dientes.

Al verla, había deseado sus atenciones a pesar de que suponía que no estaba casada. Él nunca perseguía a mujeres solteras, pero ella era hermosa, inglesa y fuera de su alcance. Quizá para provocar a su padre, la había mirado deliberadamente con interés sexual. Y no le había sorprendido que ella fuera a él por la noche. Podía declarar que había ido por la música, pero había ido por él. Y él había asumido que era una mujer con experiencia, una mujer con amantes.

Las damas jóvenes solteras permanecían en los salones de sus mansiones, tomando té y esperando la visita de sus pretendientes. Ella afirmaba que era diferente. Obviamente, se aferraba a su condición de mujer decente y Emilian se preguntó si conseguiría hacerlo hasta su noche de bodas. De pronto odió la idea de que fuera un inglés el que le enseñara a llegar hasta el fin.

Él podía haberla hecho suya. ¿Por qué no lo había hecho?

Porque era más inglés que cíngaro. Como caballero, tenía un fuerte sentido del honor. Los ingleses valoraban la inocencia, los cíngaros no. Nunca se había revolcado con una virgen, ni siquiera en su estancia con los cíngaros ocho años atrás. No sólo porque prefería mujeres experimentadas en la cama, sino porque el inglés en el que se había convertido, el hombre que era vizconde de Woodland e hijo de Edmund, no podía destruir la inocencia de una mujer. Era así de sencillo.

Aunque en ese momento no se sentía muy inglés.

Y no se lo había sentido en toda la noche.

Había llegado a los primeros carromatos. Lloraba un niño, que tal vez fuera su primo recién nacido. La cabeza le palpitaba con tanta fuerza que creía que podía partirse por la mitad. Le ardía el cuerpo con una mezcla de deseo y rabia. Ni siquiera estaba seguro de que quisiera seguir siendo inglés. Sólo sabía que quería vengar a Raiza y, en el fondo, una parte de él lamentaba ya no haberse acostado con la princesa paya.

Pero pensaba más en sus ojos azules que en su cara o en su cuerpo. Sus ojos lo perturbaban porque habían mirado los de él como si pudieran encontrar alguna verdad antigua sobre él allí.

Sacudió la cabeza. Ella decía que quería ser su amiga. Se echó a reír.

Él no tenía amigos. Tenía hermanos... todos los gitanos de la caravana eran sus hermanos. Tenía familia, Stevan, sus primos y Jaelle. Hasta Robert, por mucho que se despreciaran mutuamente, era familia. Tenía enemigos, casi todos los payos podían entrar en esa categoría. Pero no tenía amigos. Ni siquiera estaba seguro de lo que era un amigo ni de por qué alguien quería serlo.

¿Qué le pasaba a esa joven? Él se acostaba con mujeres, no les brindaba su amistad.

Tal vez ella fuera distinta a las payas con las que fornicaba. Ella decía que no lo juzgaba. Pero lo había buscado por la pasión, igual que hacían sus amantes. De haber estado casada, se habría acostado con él. Eso no la hacía distinta a las demás. Y un día le daría la espalda y la oiría hablar de él con condescendencia y desdén. De eso no le cabía duda.

Su furia iba en aumento. Odiaba a los payos, a todos ellos... incluso a ella.

—Pareces dispuesto a partir a alguien en dos.

Emilian respiró hondo para relajar los músculos y se volvió hacia su tío.

—¿Sí?

—Antes de contarte lo de Raiza, ya vi las nubes oscuras en tus ojos. ¿Quieres hablarme de tus problemas? —preguntó Stevan con calma.

—Tengo preocupaciones en Woodland —mintió él—. Tonterías de payos.

Stevan sonrió; estaba claro que no lo creía.

—Pero quiero hablar contigo —dijo Emilian—. Debo ir a la tumba de Raiza.

—Es lo apropiado —asintió su tío—. Está enterrada en Trabbochburn, no lejos de donde naciste tú. ¿Cuándo irás?

No había tenido tiempo de llorar ni de pensar. Acababa de enterarse del asesinato de Raiza cuando había empezado la celebración por su primo y luego había llegado Ariella de Warenne a distraerlo. Pero tenía que ir a la tumba de su madre a presentar sus respetos. Por otra parte, Raiza querría que se ocupara de Jaelle.

—Creo que me uniré a vosotros cuando viajéis al norte —dijo.

Stevan se sorprendió.

—Es tu pena la que habla, ¿no?

—Tal vez.

Pero la idea lo atraía mucho. Al elegir quedarse con Edmund, había renunciado a los cíngaros y su modo de vida. Y entonces era muy joven para tomar esa decisión. ¿No debería intentar comprender a los cíngaros, ahora que su parte gitana ardía de odio por los ingleses y de necesidad de venganza?

Y podría llegar a conocer a su hermana, quien lo necesitaba.

—Sabes que siempre eres bienvenido. ¿Pero por qué no te

llevas tu lujoso carruaje y tus sirvientes? ¿Por qué viajar como un gitano cuando hace tanto tiempo que nos dejaste para hacerte inglés?

—Porque he olvidado lo que significa ser gitano —Emilian hablaba con cautela, intentando comprender los impulsos de su corazón y de su alma. Porque siento que le debo a Raiza algo más que presentar mis respetos en su tumba. Todo ha cambiado, Stevan. Estoy furioso con los payos.

—Eres su hijo y es normal que así sea. No creo que sepas lo que quieres. Pero tú hablas de una visita con nosotros, ¿no?

—Soy tan gitano como inglés —repuso Emilian.

—¿De verdad? Porque yo veo a un inglés delante de mí, aunque bailes como un gitano —Stevan sonrió pero Emilian no pudo imitarlo—. Mi hermana estaba orgullosa del hombre en el que te has convertido. Quería que tuvieras una buena vida con una buena casa llena de sirvientes. Si viviera, no te pediría que renunciaras a tu vida inglesa por la vida de los cíngaros.

—¿A qué renuncio? —preguntó Emilian—. Sé que ella quería algo más para mí que la vida de los cíngaros. Recuerdo muy bien que quería que viviera con mi padre, pero también lloró mi pérdida. Yo elegí quedarme en Woodland cuando era demasiado joven para comprender. ¿Elegí bien? Mis vecinos me desdeñan tanto como a ti.

Stevan estaba pensativo.

—Creo que empiezo a entender. Porque la mitad de tu sangre es cíngara y nada puede cambiar eso. Pero sigo pensando que te cansarás pronto de nuestra vida. Ha habido demasiados cambios a lo largo de los años.

—Puede que tengas razón o puede que te equivoques. Quizá dentro de un par de meses escupa sobre los payos y su modo de vida y no quiera volver nunca a casa —temblaba de rabia y volvió la vista a la colina, hacia la enorme mansión de Warenne.

Stevan lo miró y Emilian se ruborizó. Acababa de llamar a Woodland su casa.

—Creo que los dos sabemos que tu destino se selló el día que el payo te separó de Raiza.

Emilian se puso rígido.

—Yo no creo en el destino.

—Entonces es que eres muy payo.

Emilian pensó en cómo la noche anterior había entregado mucho más que su cuerpo a la música cíngara. Se había sentido consumido por la pasión fiera del baile; había sido como si la grieta de dieciocho años hubiera dejado de existir. Como si nunca hubiera dejado a los gitanos.

—Anoche fui cíngaro.

Stevan le puso una mano en el hombro.

—Sí, lo fuiste. ¿Cuándo estarás dispuesto a partir?

—Necesito una semana, tal vez más —sentía la llamada del camino no sólo en la mente sino también en el corazón—. Tengo que contratar a un administrador de la hacienda, un hombre en el que pueda confiar. ¿Podéis esperar tanto? La caravana es bienvenida en mis tierras.

—Esperaremos lo que sea preciso —sonrió Stevan—. Me complace mucho que vengas con nosotros.

Emilian estaba seguro de pronto de que esa vez tomaba la decisión correcta.

Porque ahora, con el camino esperándolo, podía mirar la vida inglesa y cuestionarla. Estaba cansado del desfile de mujeres payas que lo miraban como si fuera un espécimen exótico y esperaban que fuera insaciable porque era gitano. Si se aburría después de una o dos horas, sus amantes lo consideraban una afrenta. Esperaban que estuviera muy bien dotado y se morían de ganas de comprobar si los gitanos estaban formados de otro modo. Había visto a sus amantes comprobar sus joyas por la mañana para ver si les había robado alguna.

Y todos los payos con los que hacía tratos esperaban que los engañara, aunque aquéllos con los que llevaba años tratando sabían que era un hombre honrado.

Nunca se había entregado al odio. Esperaba encontrarse prejuicios porque había crecido con ellos. No recordaba la última vez que lo habían herido las palabras «asqueroso gitano». Tal vez cuando era muy joven, o cuando acababa de llegar a Woodland. Hacía tiempo que su corazón se había convertido en piedra. Él era diferente y siempre lo había sabido y aceptado.

Pero ya no aceptaría más sus prejuicios.

Porque su odio y su desdén habían matado a Raiza.

Tenía que vengarse.

Miraba la mansión de Warenne. La mujer de Warenne era inocente, pero era una de ellos. De hecho, ella personificaba la sociedad inglesa, con su belleza, su herencia y su riqueza. Le había enviado una invitación sexual aunque no lo supiera. Él era lo bastante inglés para haberla rechazado, pero su parte cíngara no podía evitar calcular la seducción y visualizar la conquista. Tomar a una virgen como Ariella de Warenne, utilizarla y devolverla luego a su casa era más que *budjo*... era venganza.

¡Y sería tan fácil!

Su parte inglesa se sentía horrorizada.

Ariella estaba sentada en el alféizar de la ventana. Los jardines se extendían debajo, pero ella no los veía. Miraba el campamento gitano, que se veía claramente desde allí.

Los caballos estaban sueltos y pastaban a voluntad. Los carromatos permanecían en el mismo lugar que la noche anterior. No había muestra de que prepararan la partida.

Se abrazó las rodillas contra el pecho. No había dormido nada; ni siquiera lo había intentado. Se había cambiado de ropa y colocado allí. Estaba preocupada. Emilian era un desconocido, pero había bailado en sus brazos y él le había dejado entrever lo que era la pasión. Nunca la había atraído ningún hombre y ahora la atraía él como a una polilla la llama. ¿No le ocurría a él lo mismo?

Él pensaba simplemente alejarse como si no hubiera pasado nada entre ellos.

Eso le dolía. Aunque la sociedad la considerara rara, su estatus de heredera de Warenne le garantizaba aceptación dondequiera que fuera. Había caballeros que la deseaban y la temían, pero Emilian la había rechazado.

¿Cómo podía convencerlo de que fuera su amigo? Porque si había algo que ella sabía de cierto era que no podía alejarse de él, todavía no.

Y tampoco podía dejar que él saliera de su vida con la misma brusquedad con la que había entrado.

¿Qué le ocurría? ¿Era posible que se hubiera enamorado? Había unos cuantos miembros de la familia que se habían enamorado a primera vista, o eso afirmaba el mito. Los de Warenne eran famosos por enamorarse locamente y para toda la vida.

—¡Ariella! —Dianna llamó a su puerta—. ¿Puedo entrar? ¿Estás despierta? Ha llegado Alexi. Ha venido con tía Lizzie y Margery.

Dianna entró en la estancia sin esperar respuesta.

—Despierta, dormilona —se detuvo—. Estás levantada, claro. Siempre eres la primera que se levanta —dejó de sonreír y la miró con atención.

Ariella comprendió que la tensión y preocupación se le notaban en la cara. Forzó una sonrisa. Alexi descubriría su secreto si no tenía cuidado.

Era hermano de padre suyo y dos años mayor que ella. Su madre rusa, una condesa, lo había entregado a su padre al nacer, pues ni su esposo ni ella deseaban conservar un hijo bastardo en la familia. Habían crecido juntos con su padre en la isla de Jamaica y estaban muy unidos. Era su amigo querido, su hermano, su protector. En cuanto la viera querría saber qué le ocurría.

Le entró pánico. Si se enteraba de su aventura con Emilian, intentaría matarlo. Hasta tal punto se sentía su protector.

—¿Qué pasa, estás enferma? —preguntó Dianna, que se acercó a tocarle la mejilla.

—No he dormido nada.

Dianna la miró un instante como si sospechara la verdad.

—Ha sido la música, ¿verdad? Yo también la oía y me costó quedarme dormida. Debían estar bailando.

—No lo sé —repuso Ariella.

Dianna se sentó en una otomana de rayas blancas y azules.

—Dicen que eso es lo que hacen, bailar y cantar toda la noche.

—No creo que debamos creer todos los rumores —repuso Ariella.

En cuanto habló, se dio cuenta de lo enfadada que parecía. Se incorporó con la esperanza de que su hermana no hubiera notado la dureza de su tono.

—Vaya, estás muy gruñona hoy. ¿Vas a bajar a ver a Alexi?

—Por supuesto.

Pero cuando seguía a Dianna por la escalinata cubierta con una alfombra persa roja y dorada, oyó la voz de su hermano y su tono era duro.

—No puedo creer que padre les permitiera quedarse en nuestra propiedad.

Ariella se puso tensa. Era obvio que Alexi se refería a los cíngaros. Viajaba a menudo por el mundo, pues tenía negocios navieros, y hablaba con interés de otras culturas sin recelos ni prejuicios. Por eso le sorprendieron sus palabras y su tono.

Él se giró sonriente.

—¡Ahí está!

Sus dientes blancos brillaban en su rostro moreno y atractivo. Alto y ancho de hombros, tenía los ojos azules de muchos de los de Warenne. Al igual que sus primos, había sido un libertino notorio antes de su matrimonio y, a diferencia de ellos, había seguido siéndolo después. Cinco años atrás se había casado con su amiga de la infancia, Elysse O'Neil, para salvarla del escándalo y la había abandonado en el altar inmediatamente después de pronunciar los votos. Por supuesto, eso había causado un escándalo aún mayor. Hasta donde Ariella sabía, marido y mujer no habían vuelto a verse más.

Se acercó a ella, pero antes de abrazarla, dejó de sonreír y la miró con atención.

—¿Qué te sucede?

—¿Viene Elysse contigo? —preguntó ella, con la esperanza de distraerlo. Además, ella quería a Elysse como a una hermana y le hubiera gustado que fuera feliz con Alexi.

El rostro de él se endureció.

—No empieces.

Nada había cambiado. Fuera lo que fuera lo que había pasado, Alexi jamás perdonaría a Elysse. Ariella suspiró y se puso de puntillas para abrazarlo.

—Eres un hombre imposible, pero te quiero de todos modos —sonrió al fin y la sonrisa fue casi genuina—. Prometiste venir a Londres por mi cumpleaños y, en vez de eso, me enviaste un regalo —le había mandado una caja de música incrustada de piedras semipreciosas y con filigranas de oro desde Estambul. Debía haberle costado una fortuna.

Alexi la apartó para mirarla.

—Siento haberme perdido tu cumpleaños, pero ya te explicaba en mi nota que estábamos sin viento. No te veo feliz.

Ariella pasó a su lado. Miró a su tía Lizzie, la condesa de Adare, que charlaba alegremente con Amanda en la sala contigua. Su prima Margery le sonrió y se abrazaron.

—Me alegro mucho de verte —Margery, como su madre, era rubia y bonita—. Aunque sólo han pasado unas semanas, tengo mucho que contarte.

Margery también pasaba la mayor parte del año en Londres.

—¿Qué tal el viaje? Habéis llegado muy pronto —comentó Ariella.

—Ha sido un viaje fácil, gracias al nuevo ferrocarril —repuso su prima—. Tú pareces un poco pálida. ¿Estás bien?

—No he podido dormir en toda la noche —Ariella tenía miedo de mirar a Alexi, que la observaba con demasiada atención.

—La música de los cíngaros la ha tenido despierta —explicó Dianna—. A mí también me costó dormirme.

Ariella sintió que se sonrojaba. Miró de soslayo a su hermano, pero él se había acercado a las puertas de la terraza y observaba los carromatos de colores brillantes de los gitanos.

—Hace un año vino una gitana a nuestra casa de Harmon House —intervino Margery—. Estaba yo sola y me fijé en lo pobremente vestida que iba antes de que el mayordomo la echara. Me pidió que le dejara leerme la buenaventura. Yo sólo quería darle de comer, pero ella me leyó la mano.

—¿Y se cumplió lo que te dijo? —preguntó Dianna.

—Bueno, me predijo un hombre muy atractivo y oscuro como la noche montado en un caballo blanco —rió Margery—. Y por desgracia, no.

Alexi se volvió.

—Te estaba engatusando.

—Era demasiado orgullosa para aceptar la comida sin ofrecerle un servicio —refutó Ariella. Su tono debió sonar bastante tajante, pues todos la miraron.

El interés de Alexi se había intensificado.

—Fui a su campamento con papá —explicó la joven—. No había visto cíngaros desde que era pequeña. Los vimos en Irlanda, Alexi, ¿te acuerdas?

—Sí. Robaron el alazán de papá y él estuvo furioso una semana.

Ariella se cruzó de brazos.

—Eso fue mala suerte.

—Fue un delito —repuso su hermano.

Ariella se acercó a él con rabia. Sabía que debía controlarla, pues ella jamás perdía los estribos y todos sabrían que pasaba algo raro. Pero no pudo reprimirse.

—¿O sea que todos los gitanos son ladrones de caballos, leedores de la buenaventura, timadores y criminales?

Alexi no se amilanó.

—Yo no he dicho tal cosa. He conocido gitanos por todo el mundo. Son muy buenos músicos. En Rusia la Corona tiene un coro de gitanos, al igual que muchos nobles. En Hungría están de moda los músicos cíngaros y tocan en las mejores casas y en los teatros. Muchos se ganan la vida honradamente. Son quinquilleros, herreros, trabajan el mimbre y arreglan sillas. Pero —añadió con énfasis— son nómadas y un número desproporcionado de ellos prefiere cualquier otra actividad a una que conlleve una paga honrada.

Ariella sabía que debía ceder.

—No puedo creer que haya más ladrones entre los cíngaros que entre los ingleses.

—Yo no he dicho eso.

—Su música es extraña pero agradable —intervino Dianna con ansiedad. Sonrió a los dos—. Es exótica pero llena de pasión, como puede ser una ópera.

Ni Ariella ni Alexi le hicieron caso.

—¿Desde cuándo te has vuelto defensora de las tribus gitanas? —preguntó el segundo.

Ariella consideró varias respuestas apaciguadoras.

—Desde que fui con nuestro padre a su campamento y vi madres cuidando a niños y preparando la cena para sus familias igual que hacemos nosotros.

—Su cultura es muy diferente a la nuestra —él se mantenía firme—. No me gusta que acampen aquí.

—¿Por qué no?

Alexi la miró.

—Habrá problemas.

Ariella no podía creer que se hubiera vuelto tan intolerante.

—Su jefe juró que no habría robos de caballos ni de ganado.

—¿En serio? ¡Qué extraño! Lo suyo es una hermandad. Dudo de que su *vaida* pueda hablar en nombre de sus hermanos. ¿Te has enamorado de los cíngaros?

A Ariella se le paró el corazón. Respiró hondo.

—Sí, quiero estudiar sus costumbres y aprender todo lo que pueda de ellos.

—Anoche no dejabas de hablar de los mongoles —comentó Dianna.

Ariella se dio cuenta de que ahora tenía la excusa perfecta para ver a Emilian, pero su ansiedad no disminuyó.

—Los mongoles están muy lejos. Cuando vi el campamento gitano con papá, me fascinaron. Quiero saber qué parte es leyenda y qué parte son hechos.

Miró a Alexi para ver si la creía. Él lanzó un gemido, pero luego sonrió.

—Tenía que haberlo supuesto. ¿O sea que han sido los mongoles hasta ahora? Bueno, bien mirado, tienes una caravana gitana aquí mismo en Rose Hill y puedes hacer investigación de campo —la atrajo hacia sí y la besó en la mejilla—. A ti, querida, te timarán antes de que acabe el día —se echó a reír y salió fuera.

Ariella sintió que se le doblaban las rodillas. Se acercó a la silla más cercana y se sentó.

—¿Qué ha querido decir? —preguntó Dianna.

Ariella apenas podía creer su buena suerte. Su familia no consideraría que su interés por Emilian era distinto a su reciente pasión por Genghis Khan.

—Que tu hermana es muy ingenua para su edad y la van a engañar —sonrió Margery—. A menos, claro, que podamos disuadirla de su nueva obsesión.

—Eso no ocurrirá —sonrió también Dianna—. Es imposible.

—A mí me parece que sus carromatos son obras de arte. ¿Quieres dar un paseo hasta el campamento? Podemos admirar de cerca la artesanía y las decoraciones —a Margery le brillaban los ojos.

Ariella se puso en pie.
—Es una idea maravillosa.
—Sabía que te gustaría —Margery le guiñó un ojo a Dianna—. Quizá podamos salvarla de un gitano peligroso.

CAPÍTULO 5

Mientras Margery y Dianna se paraban a admirar un carromato pintado de rojo, verde y azul y adornado con una cabeza de caballo de madera tallada, Ariella se ponía de puntillas y observaba el campamento en busca de Emilian.

Habían reunido los caballos y a unos pocos los llevaban a los tiros, señal de que los cíngaros se disponían a marcharse. Entonces lo vio.

Estaba al lado de un fuego, a poca distancia de allí, y sujetaba una herradura en las llamas con unas tenazas largas. A poca distancia de él había un caballo negro atado a un carromato.

A la luz del día, su pelo era de un color castaño claro, entreverado de ámbar y oro. No llevaba camisa y su perfil era todo lo clásico y lo noble como podía ser el de un hombre.

—¡Oh! —exclamó Dianna.

—¡Oh, vaya... vaya! —murmuró Margery.

Ariella se giró a mirarlas.

—Creo que va a salir el sol. Hará una tarde hermosa —él era aún más guapo de lo que recordaba.

Margery la miró mientras Dianna contemplaba a Emilian con ojos muy abiertos. Ariella sabía que su prima estaba pensando en su repentina pasión por el pueblo gitano... y el hombre situado a pocos pasos de ellas.

—Debería llevar camisa. Hay mujeres y niños por todas partes —murmuró Dianna con voz ronca.

Margery seguía pendiente de Ariella.

Ésta apartó la vista. Dianna estaba muy roja y parecía transfigurada por Emilian, que acababa de retirar la herradura del fuego. Se volvió y la depositó en un tronco bajo y su perfil mostró su pecho duro y el estómago plano. Pero Ariella sólo veía los arañazos en el hombro derecho.

¿Se los había hecho ella?

Él colocó un pie en el tronco y empezó a manejar el martillo. Se tensaron los músculos de sus brazos y espalda.

Dianna tragó saliva con fuerza.

Ariella la miró y comprendió que su hermana no era precisamente una puritana.

—Es un hombre muy atractivo —comentó Margery.

Ariella notó que se sonrojaba.

—¿Quién? Oh, ¿te refieres al herrero? —su voz sonaba demasiado aguda.

—Tenemos que irnos —dijo Dianna, nerviosa—. ¿Cómo puede ser tan inmodesto?

—No podemos irnos —Margery señaló la cesta con panes, pasteles, galletas y bizcochos que habían llevado con ellas. Había sido idea suya llevar regalos para los niños—. Tenemos que darle esto a uno de los adultos —miró a Emilian—. ¡Buen hombre! —llamó con tono autoritario pero no brusco.

Emilian dejó el martillo y se volvió. Miró con indiferencia a Margery y luego sus ojos se posaron en Ariella, que decidió en el acto que aquello no había sido buena idea.

—Señor, soy lady de Warenne. Hemos traído pan y bizcochos para los niños —dijo Margery con una sonrisa amable.

Emilian seguía con la vista clavada en Ariella. Ésta vio que sus ojos estaban llenos de furia.

Pero él saludó a Margery con una inclinación de la cabeza.

—Disculpad —dijo.

Cuando se ponía una camisa, Ariella vio la marca en su

pecho brillante de sudor. Cerró los ojos y recordó que lo había mordido accidentalmente en el calor del momento más intenso.

—No te culpo —susurró Dianna.

Ariella la miró con pánico. ¿Ella también había adivinado la verdad?

—Yo también estoy muy afectada.

Ariella apenas podía creer lo que oía, pero fijó la atención en la conversación de su prima con Emilian.

—Sois muy generosas, lady Warenne —Emilian se abotonó la camisa hasta la mitad y tomó un chaleco de brocado verde oscuro bordado con plata y oro—. Podéis dejarme la cesta a mí. Estoy seguro de que los niños disfrutarán mucho.

—Eso espero —sonrió Margery—. Vuestros carromatos son muy hermosos, señor. Nunca había visto uno tan de cerca. La artesanía es soberbia.

—Desgraciadamente, no podemos arrogarnos ese mérito —sonrió él—. Nuestros carromatos los hacen ingleses.

—Pero alguien ha tenido que diseñarlos así —comentó Margery. Se volvió—. Creo que ya conocéis a mi prima, la señorita Ariella de Warenne.

Ariella se puso tensa bajo la mirada de él, que parecía desnudarla. Se tocó la falda de seda sin darse cuenta, confiando en que todo estuviera en orden, y deseó haberse puesto algo más bonito que un sencillo vestido de manga larga.

Él la sorprendió inclinando la cabeza.

—Me temo que no he tenido el placer.

Ella suspiró aliviada.

Margery le presentó a Dianna.

—Veo que están preparando algunos carromatos. ¿Os vais a poner en camino? —preguntó luego.

—Me temo que nos han negado permiso para seguir aquí —repuso él.

—¿En serio? El capitán de Warenne es un hombre muy generoso y abierto. Me sorprende.

Emilian guardó silencio.

A Ariella le costaba creer lo educado y respetuoso que se mostraba con su prima. A ella no la había tratado tan cordialmente en ningún momento; pero con Margery se portaba como un caballero bien nacido, noble y educado.

Margery le deseó un feliz viaje y se volvió.

—¿Regresamos a la casa? Todavía tengo que hablar con tu madrastra, Ariella, y luego creo que voy a descansar antes de comer.

Ariella miró a Emilian.

Él le dedicó una mirada fría. Tomó de nuevo la herradura con las tenazas y la devolvió al fuego.

Quería que se marchara. Ariella tragó saliva.

—Creo que yo me quedaré un rato.

Emilian no levantó la cabeza.

—Me gustaría conversar con algunas de las mujeres antes de que se marchen, y puede que no vuelva a tener otra ocasión.

A Margery le bailaron los ojos.

—¿Investigación de campo? —se burló.

—Es una oportunidad única —repuso Ariella, que sabía que Emilian escuchaba todas sus palabras.

—Muy bien, pero creo que tú también deberías descansar esta tarde. No olvides que esta noche es el baile de mayo de los Simmons.

—No, lo han cambiado a finales de la semana —intervino Dianna.

—Supongo que estoy equivocada. ¿Dianna?

La chica le dio el brazo y se alejaron las dos.

Ariella no se movió.

Emilian sacó la herradura del fuego y la depositó en el tronco. Dejó a un lado las tenazas, se abrió la camisa y levantó el martillo. Golpeó con él la herradura.

—Acercaos más y os quemaréis —dijo.

Ariella estaba segura de que no se refería al fuego.

—¿Nerviosa, señorita de Warenne? —se burló él, que al fin se dignó a mirarla.

—Sí, mucho.

—Habéis vuelto, así que sólo me queda asumir que deseáis quemaros. Debo advertiros que, si os quedáis por aquí, sufriréis las consecuencias.

—Creo que vos ladráis más que mordéis —contestó ella—. A pesar de lo que pudo haber pasado anoche, os portasteis como un caballero en cuanto comprendisteis mi posición.

Él la miró con dureza.

—Está claro que no sabéis nada de los gitanos ni mucho menos de mí.

—Tenéis razón —vaciló ella—. Yo esperaba que a la luz del día pudiéramos hablar de todo con más calma.

—No hay nada que hablar —él se volvió.

¿La iba a rechazar otra vez? ¿No había sentido lo mismo que ella la noche anterior? Se mordió el labio inferior.

—Yo confiaba en aprender algo de vuestra cultura. Me ha alegrado ver que no os habíais marchado todavía.

Él se puso tenso. Se volvió despacio a mirarla. Tenía la boca apretada.

—Yo no seré parte de vuestra *investigación de campo*, señorita de Warenne.

—Eso no es justo, pues no sabéis a lo que se refería Margery.

—Creo que quería decir lo que ha dicho.

—No negaré mi curiosidad. Me gustaría saber más de vuestro modo de vida. Pero he vuelto porque anoche discutimos —sus ojos se encontraron—. Y no deseo discutir con vos.

—Querréis decir esta mañana —él apartó la vista y tomó la herradura con los guantes. Una yegua negra estaba atada al carro y se acercó a acariciarle la grupa. Le levantó uno de los cascos traseros y colocó la herradura.

—Ya sabéis a lo que me refiero —dijo Ariella—. Confiaba en que unas horas de sueño hubieran mejorado vuestro temperamento de anoche. Pero veo que esa esperanza era vana.

Él se enderezó y le lanzó una mirada penetrante.

—No he dormido, señorita de Warenne. Mi temperamento nunca ha sido peor.

Ariella estaba segura de que su encuentro era el causante de que él tampoco hubiera podido dormir y eso la alegraba. Podía fingir indiferencia, pero también se sentía afectado por ella.

—Entonces ya somos dos —murmuró.

El rostro de él se endureció.

—¿Intentáis provocarme? ¿No os basta con lo de anoche? ¿O esto es una seducción de virgen?

Ella se sorprendió.

—Yo no sabría cómo llevar a cabo una seducción.

Él se quitó los guantes.

—Anoche queríais que os persiguiera, no lo neguéis. Queríais que os tomara en mis brazos y queríais mis besos. Sé cuándo una mujer envía una invitación así, señorita. Anoche no confundí vuestro deseo. Y no me cabe duda de que vos nacisteis seductora.

A ella le sorprendía que la encontrara seductora cuando la sociedad la consideraba demasiado independiente, demasiado inteligente y demasiado educada.

—Sois el primer hombre que me ha hecho pensar en besos —comentó—. Y el primero que me ha hecho sentir pasión. Sois el único hombre al que he querido besar. No entendía a qué viene tanto alboroto ni por qué mi hermano y mis primos van de conquista en conquista. Creo que anoche no sabía lo que hacía. Pero cuando nos conocimos, a mí me sucedió algo... no voy a negarlo. Y es maravilloso —declaró con pasión.

Siguió un silencio.

Ariella temblaba.

—Y yo esperaba que pudiéramos volver a empezar esta mañana.

—Ah, sí, lo había olvidado. Vos queréis algo más que mis besos. Queréis conocerme mejor... como amigos. Quizá queráis citaros conmigo esta noche en nuestro próximo campamento, pero aunque afirméis que es para conversar, los dos sabemos que habrá poca conversación.

Ariella comprendió que el temperamento de él no había mejorado nada. Estaba tan en contra de ella como unas horas atrás.

—¡Pero hay tanto de lo que hablar! Podríamos cotillear y debatir. Compartir historias. Yo me crié en las Indias Occidentales, tengo muchas historias que contar. Y seguro que vos también, pues habéis viajado aún más que yo. Que yo haya soñado con vuestros besos, y quizá vos con los míos, no significa que tengamos que cumplir ese deseo —pero se ruborizó, porque ella deseaba hacer justamente eso.

Él respiró hondo.

—Las damas no admiten esos sentimientos... ni tampoco se relacionan con gitanos y desean ser amigas suyas.

Ariella se preguntó si había una pregunta oculta en aquel comentario.

—Emilian, yo soy muy directa y la sociedad me considera excéntrica. También soy una persona sincera. ¿No podemos hablar de esto con sinceridad? ¿No merezco eso después de la pasión que compartimos anoche? Con mi prima Margery habéis sido amable y respetuoso.

—A vuestra prima no la deseo —repuso él—. Y compartimos un simple beso, nada más.

A ella le latía con fuerza el corazón.

—Fue mucho más que un beso.

—Para vos, una mujer sin experiencia.

—Así es. No tengo experiencia en besos ni en el amor. Lo que sucedió anoche fue terriblemente importante para mí. Y espero que fuera también importante para vos.

Los ojos de él eran oscuros e infelices.

—¿Habéis pasado la noche en vela por mi causa?

—Quedaos más y lo descubriréis.

Ariella sintió alegría a pesar de la animosidad procedente de él.

—¿Qué puedo hacer para establecer una tregua entre nosotros, para que tengamos un comienzo de verdad? —sonrió.
—Marcharos. Olvidar lo de anoche y encontrar a otro que satisfaga vuestros deseos recién despertados. Si queréis acostaros con un gitano, se puede arreglar. Hay muchos hombres seductores en la caravana.
—¡No habláis en serio!
—Sí. Nunca he hablado más en serio —se volvió con el rostro oscurecido por la rabia y buscó unos clavos. Acarició a la yegua una vez más y le levantó la pata trasera, pero había tensión en su gesto. Ariella lo observó clavar la herradura. No podía comprenderlo. Él era un extraño de una cultura diferente y ella no sabía nada de sus esperanzas y sueños. No sabía por qué estaba tan enfadado.

El día anterior se había mostrado ya enfadado antes de que ella dijera una palabra, como si odiara a todo el mundo... o al menos a todos los ingleses.

Confiaba en que no fuera así, pero si de verdad estaba empeñado en no verla más, no había mucho que ella pudiera hacer. Ya lo había perseguido desvergonzadamente. Las damas no perseguían a los caballeros.

Pero ella no era como Margery, Dianna ni ninguna otra persona. Su instinto le decía que no lo dejara escapar. Su corazón le exigía perseguirlo, aunque eso implicara ser una desvergonzada. Quería calmar su furia... y quería comprenderla.

¿Acaso las mujeres de su familia no habían luchado siempre por los hombres a los que amaban?

Se quedó inmóvil. Un hombre y una mujer podían enamorarse a primera vista; eso era algo que abundaba en su familia. Empezaba a creer que le había ocurrido a ella, ya que le importaba tanto aquello.

—Os echaré de menos cuando os vayáis. Sé que es absurdo, pero es lo que siento —susurró al fin.

Él siguió clavando la herradura.

—¿Creéis en el destino?

Él no contestó.

—Aunque he leído bastante y me considero una mujer racional, yo sí creo en el destino. Yo nunca vengo a Rose Hill. No he estado en Derbyshire en años. Pero nos hemos conocido en mi primera noche aquí.

—Eso difícilmente es el destino —murmuró él, que seguía con el martillo.

Ella habló con suavidad.

—¿Creéis en el amor a primera vista?

El martillo cayó fuera de la herradura, golpeándole el pulgar, y él lanzó un grito. Soltó la pata de la yegua y el martillo y se enderezó. Su expresión era de desmayo.

—Sé que es una locura, porque acabamos de conocernos —continuó ella—. Pero es una tradición familiar y creo que estoy siguiendo los pasos de mis ancestros.

Él se acercó a ella y la agarró por los hombros.

—No os habéis enamorado de mí. Un día os enamoraréis de un aristócrata rico y encantador. Lo que sentís es lujuria, Ariella, y nada más. Ni siquiera me conocéis.

—Quiero conoceros, pero vos os negáis.

—Sois una tonta romántica —él la soltó—. ¿No os habéis fijado en nuestras diferencias?

—No me importa. Mis mejores amigos después de mis hermanos y mis primos son profesores universitarios, escolares, abogados y un escritor radical. Ninguno de ellos es de cuna noble.

Él movió la cabeza.

—Ninguno de ellos es gitano. ¿Qué clase de mujer confiesa algo así? ¿Es que no tenéis orgullo? Soy gitano, Ariella. Gitano.

Ella levantó la barbilla.

—Tengo mucho orgullo. Me enorgullece no ser como las demás mujeres de mi clase y condición. Y no me importa que seáis gitano —le tocó la mejilla—. ¿Por eso rehusáis mi amistad? ¿Porque una amistad entre nosotros está prohibida?

Él se apartó y se cruzó de brazos.

—Lo que yo soy importa mucho. El hecho de que hayáis tardado tanto en despertar sexualmente y que os atreváis a vagar sola de noche, no os hace tan diferente. Seguís siendo una princesa paya.

—Yo no soy princesa —protestó ella—. Es cierto que soy rica, ¿y qué? Vivo en Londres bastante independiente por elección. Leo mucho. Paso casi todo el tiempo leyendo. Hablo cuatro...

Se interrumpió. ¿Qué hacía? A él no le iba a impresionar su obsesión por la historia, las biografías y la filosofía, su defensa del cambio y las reformas sociales ni su educación poco habitual. Las mujeres que eran admiradas y perseguidas sólo leían novelas de amor y literatura de viajes, no llevaban una vida independiente y tenían, como máximo, una educación a nivel de escuela elemental. Las mujeres a las que los hombres perseguían y amaban sabían coser y bordar y vivían la moda con pasión. Sólo deseaban un marido y una familia.

—Por favor, continuad —se burló él—. ¿Vivís independiente y leéis y por eso estáis capacitada para ser la enamorada de un gitano?

—Prefiero Londres al campo y, como mis tíos pasan mucho tiempo allí, suelo estar con ellos. Leo mucho. Leo... novelas de amor. Y guías de viajes —comentó sin mirarlo.

—Sí, eso os hace muy original.

El desdén de él le dolía.

—Odio los bailes y los tés —aquello era cierto—. Odio las conversaciones frívolas sobre croquet y carreras de obstáculos. Estoy capacitada para ser vuestra amiga, y quizá incluso vuestra amante, si una progresión natural nos lleva en esa dirección.

Él la miraba con ojos muy abiertos.

Ella no se había sentido nunca tan decidida.

—¿Lo veis?, soy muy diferente a otras damas jóvenes. No he descartado una aventura amorosa con vos.

—Estáis loca. No puedo comprender cómo habéis conseguido mantener vuestra inocencia hasta ahora.

—Ya os lo he dicho, nunca he deseado a ningún otro hombre. Pero lo primero tiene que ser la amistad, Emilian —temblaba porque sabía que había hecho una proposición sorprendente.

—Si una progresión natural os lleva a mi cama, os llenaréis de remordimientos —dijo él con dureza.

—Al contrario —susurró ella—. Probablemente estaré muy satisfecha —sentía en las entrañas el anhelo que ya empezaba a resultarle tan familiar—. Me estoy habituando a vuestras amenazas —susurró—. Ya no me asustáis.

—¿De verdad? En ese caso, venid a mí esta noche. Porque os aseguro que os asustaréis y mañana tendréis remordimientos.

Ariella lo miró fijamente; no quería creerlo.

—¿Cuándo lo entenderéis? —preguntó él—. Sois una gran tentación, tentación que no deseo resistir. Quiero deshonraros. Pero cuando os robe la inocencia, no os daré amor. No seremos amigos... jamás seremos amigos. No os daré nada excepto pasión, placer... y luego nos despediremos.

Ella se estremeció. En ese momento creía todas sus palabras. ¿Era posible que nunca hubiera tenido un amigo? ¿Era posible que sus amantes fueran sólo eso? Había dicho que las mujeres lo utilizaban.

—¿Por qué tenéis miedo de intentar que seamos amigos?

—No tengo miedo, intento hacer que huyáis de mí. Intento protegeros, no de vos sino de mí —se giró y empezó a desatar la yegua negra.

Ariella se dio cuenta de que tenía los ojos llenos de lágrimas. Se las secó.

—O sea que no volveré a veros nunca.

Él la miró con la correa de la yegua en la mano.

—Esta noche estaremos en Woodland. Si venís, os seduciré despiadadamente y os llevaré a la cama. Si venís, no habrá conversación ni amistad. Si os estáis enamorando, sugiero que recuperéis inmediatamente el sentido común. Si os reunís conmigo para una noche de pasión y placer, será sólo eso. No seréis diferente a las damas payas que se acuestan conmigo. Pensad bien si queréis convertiros en una de ellas. Oh. Y por si no he hablado claro, cuando salga el sol y abandonéis mi lecho, no recordaré vuestro nombre.

La miró con dureza y se alejó con la yegua.

Ariella se sentó en el suelo. Levantó las rodillas y las abrazó contra su pecho, estremecida hasta el fondo de su ser. Tenía la sensación de haber ofrecido un regalo maravilloso a alguien y que se lo hubieran tirado a la cara.

¿Pero no era eso lo que había ocurrido?

¿De verdad le robaría él su inocencia para luego olvidarla?

¿Era posible que fuera un hombre tan frío?

Su corazón gritaba en protesta. No quería creer que fuera tan crudo e innoble. Había dicho que quería asustarla. Intentaba protegerla. Eso era noble. Y la noche anterior había aceptado su decisión en vez de deshonrarla. Eso también era noble. Claramente tenía conciencia. Pero resultaba igual de claro que no sería fácil domar a la bestia... si es que alguna vez se atrevía a acercarse a él.

Sin embargo, no creía que pudiera mantenerse alejada. No había ido nunca a Woodland pero conocía la hacienda de oídas. Estaba a una hora de camino de Rose Hill. ¿Cuánto tiempo estarían allí los cíngaros? Si iba, ¿cumpliría él su amenaza de seducirla o sólo lo había dicho para espantarla?

Cuando estaba a punto de levantarse, se quedó inmóvil. Emilian hablaba con una hermosa joven. Los dos sonreían y su cariño resultaba palpable. La asaltaron los celos con una intensidad que la sobresaltó, pero también había incertidumbre y miedo.

Emilian se alejó y la gitana echó a andar hacia ella. Ariella se puso en pie. Si aquella mujer era una rival, era demasiado guapa. Era joven, de unos veinte años, pelo rojizo y ojos ámbar. Llevaba faldas color púrpura y una blusa verde claro con una faja dorada que realzaba la pequeña cintura.

Era bajita pero exuberante. Ariella la miró con desmayo. Ni siquiera se le había ocurrido que un hombre como Emilian tuviera ya una amante fija. Por lo que sabía, aquella mujer podía ser incluso su esposa.

La gitana se detuvo. Su mirada era curiosa, no hostil.

—Soy Jaelle. Anoche os vi aquí con mi hermano.

Ariella se sintió aliviada.

—Soy Ariella de Warenne. Jaelle es un nombre muy hermoso.

—¿Tan hermoso como Emilian?

Ariella se sobresaltó.

—Su nombre también es hermoso —repuso con cautela.

—Todos os vimos con él anoche. Mi hermano es fuerte, atractivo y rico como un rey. Muchas mujeres lo desean. Serían tontas si no fuera así. Hoy están celosas de vos.

Ariella estaba sorprendida.

—Pero acabamos de conocernos.

—Un hombre no necesita conocer a una mujer para desearla —sonrió Jaelle—. Emilian anoche os eligió a vos por encima de las otras.

—No sé si debo sentirme halagada.

—Deberíais estar muy complacida.

Ariella empezaba a relajarse.

—Hace un momento no ha estado muy amable.

Jaelle se echó a reír.

—Vos lo rehusasteis y tuvo que irse solo a la cama. Por eso está enfadado con vos. A ningún hombre le gusta que se burlen de él.

Ariella dio un respingo.

—A los cíngaros les gustan las mujeres payas y Emilian es mitad y mitad —Jaelle se encogió de hombros—. No me sorprendería que un día eligiera una esposa paya —miró la casa sobre la colina—. Vos vivís como una reina.

Ariella respiró hondo e intentó aparentar calma.

—No soy una reina —repuso—. ¿Está pensando en casarse? —preguntó.

—No sé. Todos los hombres se casan, antes o después —Jaelle la miró con astucia—. ¿Vos os casaríais con él? ¿Os casaríais con un cíngaro?

—Si decidiéramos casarnos, no me importaría que fuera cíngaro —Ariella se sonrojó—. Acabamos de conocernos y ni siquiera quiere que seamos amigos. Y se marcha pronto.

Jaelle sonrió confusa.

—¿Qué tiene que ver la amistad con mi hermano? Él quiere una mujer en su cama, no una amiga.

Ariella movió la cabeza.

—No sé por qué no son posibles ambas cosas.

Jaelle le tocó el brazo.

—¿Ya lo amáis? —preguntó con suavidad—. Porque yo lo he visto miraros como si fuerais una reina. Y vos lo miráis como si él fuera un príncipe.

Ariella no vaciló.

—Nunca había sentido esto. Creo que me estoy enamorando.

—No debéis negaros a él mucho tiempo —le aconsejó Jaelle—. A los cíngaros les gusta tener a sus mujeres en la cama mucho antes de las bendiciones matrimoniales.

Ariella sintió que se le aceleraba el pulso.

—Ahora nos vamos a Woodland —dijo Jaelle—. Estaremos allí una semana. Mi tío Stevan ha tenido un hijo, el primer chico —señaló a un hombre grande al que Ariella reconoció de la noche anterior—. Un primer hijo es causa para celebrarlo muchas noches. Deberíais venir a Woodland.

Ariella imaginó a Emilian bailando apasionadamente bajo las estrellas, cada movimiento una invitación sensual, cada paso una demostración de virilidad. Se puso tensa. Esa noche bailarían con él otras mujeres, que intentarían llevarlo a sus lechos. No le gustaba la idea.

¿Se atrevería a ir a Woodland?

¿Cómo no ir?

—Me alegro de que nos hayamos conocido —dijo—. Que tengáis buen viaje, Jaelle.

La chica sonrió.
—*Dianna'bika t'maya.*

Emilian dejó atrás la caravana, pues galopaba con fuerza. Pero por muy rápido que corriera, no podía dejar atrás las palabras de ella. «¿Creéis en el amor a primera vista?»

Ella confundía el deseo con amor, lo cual sólo probaba lo inexperta que era. Demasiado inexperta para él, cosa que él no debía olvidar.

¿Iría a buscarlo en Woodland?

Esperaba no volver a verla nunca. Si ella acudía a él esa noche o al día siguiente, perdería su conciencia de inglés y cumpliría sus amenazas. Y disfrutaría deshonrándola. Sería despiadado. Sería *budjo* y sería venganza.

Ella no merecía que la utilizara de ese modo.

Detuvo el galope del caballo y lo puso al paso. Confiaba en que ella se mantuviera alejada, lo cual probaba que era más inglés que cíngaro.

El camino a Woodland pasaba por la aldea de Kenilworth. Cruzó delante de casas enjalbegadas de blanco con tejados de pizarra, una vieja capilla normanda en ruinas y una iglesia anglicana más nueva hecha de piedra. La calle principal, donde había docena de tiendas, dos posadas y una taberna, constaba apenas de dos manzanas. En la calle había algunos carros y carruajes y varios tenderos barrían la acera o esperaban tras el mostrador. Aparte de eso, sólo había un puñado de peatones y vio a un grupo de hombres que bajaban por la calle.

De pronto detuvo el caballo con tal brusquedad que el animal levantó la cabeza en señal de protesta. Miró el cartel que ocupaba una tienda de telas. *No se admiten gitanos.*

Lo miró con incredulidad y luego vio que el panadero tenía el mismo cartel en la ventana. Se volvió a la acera de enfrente, donde vio que ocurría lo mismo en la puerta verde de la posada, pero con letras más grandes. *No se admiten gitanos.*

En la taberna Morgan vio las mismas palabras escritas con letras rojas en otro cartel. Aquel aviso abominable aparecía en todas las puertas y ventanas y en todos los lugares públicos que podía ver.

Se volvió y galopó de vuelta hasta la iglesia de piedra donde solía ir alguna vez a los servicios, normalmente en Nochebuena y domingo de Pascua. *No se admiten gitanos.*

Sintió una rabia inmensa.

Aquellos carteles no existían la última vez que había ido al pueblo, hacía sólo unos días. Se quedó mirando las puertas de la iglesia y la imagen de Ariella acudió a su mente. Esperó que fuera tan tonta como para ir a verlo a Woodland.

La parte inglesa de él había muerto.

Arreó al caballo y se acercó a la puerta de la iglesia, donde arrancó el cartel. Giró la montura y galopó hacia la posada.

Esa vez saltó al suelo y llegó a la puerta de una zancada. Mientras rompía el cartel, maldecía a los payos por su intolerancia y su odio. Entonces sintió las miradas de la gente.

—Tan gitano como todos ellos.

Se volvió despacio y vio a cinco hombres del pueblo en la acera opuesta. Apartaron la vista inmediatamente y echaron a andar hacia el centro del pueblo. Él no supo quién de ellos había murmurado aquellas palabras con tanto desdén.

Pero había oído el mismo comentario cientos de veces.

Respiró con fuerza, necesitaba controlarse. Podía arrancar todos los carteles, pero eso no borraría los prejuicios ni el odio y los carteles volverían hasta que la caravana se marchara. Pero tampoco podía no hacer nada.

Detuvo el caballo en la tienda de mercancías importadas, donde había productos exóticos como especias del Lejano Oriente, abrecartas hechos de colmillos de marfil o tabaco americano, así como muebles de los mejores ebanistas, relojes de pared y de bolsillo, juegos de escribir, urnas y jarrones, lámparas y candelabros. Él había comprado muchas cosas allí a lo largo de los años.

Miró el cartel, sintiéndose enfermo en el alma, y entró en la tienda amplia.

Dentro había poca luz. Miró a su alrededor, consciente de la furia que necesitaba enmascarar a toda costa.

—¿No habéis visto el cartel? No permitimos la entrada a gitanos.

Seguía llevando el chaleco verde esmeralda bordado en oro. Se volvió despacio y miró al pomposo hijo de Hawks, el dueño.

Edgar Hawks palideció.

—Señor St Xavier —inclinó la cabeza—. Os ruego que me perdonéis.

—Me llevaré esos dos jarrones de cristal.

—Sí, señor. Son los mejores que se pueden encontrar en Irlanda y...

Emilian lo interrumpió.

—Y ese par de alfombras.

—Son turcas, señor, y muy costosas. ¿Queréis que las desenrolle?

—No —él se acercó a un baúl que sin duda había sido importado de España—. También quiero eso.

—Esperad que traiga mi cuaderno de anotar —dijo Edgar con ansiedad. Desapareció en la trastienda.

Emilian estaba inmóvil, despreciando al tendero, y pensó de nuevo en Ariella de Warenne. «¿Creéis en el amor a primera vista?»

Lanzó una maldición. Cuanto antes encontrara un buen administrador, antes podrían irse de Derbyshire la caravana y él.

Edgar volvió resoplando, acompañado de su padre, todavía más grueso.

—Lord St Xavier. Es un placer veros, señor. No veníais por aquí desde el invierno pasado —sonrió Jonathon Hawks.

Emilian miró el techo, donde colgaba una araña de cristal que sabía era parte del decorado de la tienda.

—También me llevaré eso.

—No está a la venta —dijo Edgar, con el labio superior cubierto de sudor.

Emilian lo miró con ganas de echarle las manos al cuello y apretar.

Edgar palideció.

—Pues claro que os la venderemos a vos —intervino Jonathon.

—Muy bien. Eso es todo por ahora. Podéis anotarlo todo a mi cuenta.

—Por supuesto —dijo el más viejo—. Me llevará un momento sumar la cantidad de vuestras compras.

—Es un placer comprar en vuestra tienda —sonrió Edmund con frialdad.

—Me complace, señor —comentó Jonathon.

—¿De verdad? Porque no me gustaría tener que ir a hacer mis compras a Sheffield's, en Manchester.

Jonathon lo miró fijamente.

Emilian le devolvió la mirada. Siguió un largo silencio.

—Sugiero que retiréis ese cartel. También sugiero que alentéis a vuestros vecinos a hacer lo mismo.

Jonathon palideció.

—Creo que el cartel ha sido un malentendido —dijo al fin.

—Bien —Emilian salió de la tienda.

CAPÍTULO 6

Cuando Emilian entró en su casa, oyó las voces de su primo y sus dos amigos. Estaban en el gran salón y era imposible evitarlos. Casi esperó que se metieran con él. Había hecho gala de un gran control en la tienda de Hawks y ahora estaba a punto de explotar. Sólo necesitaba una excusa.

Pero en cuanto entró en el salón se detuvo, vacilante. Había amueblado la habitación en los últimos años y ahora era el salón lujoso de un inglés. Sofás nuevos, sillones, mesas y lámparas llenaban la estancia. La única pared de piedra vista, en la que estaba la chimenea, contenía el escudo de armas de la familia y los retratos de los antepasados St Xavier. Encima de la chimenea había dos espadas cruzadas que según Edmund se habían usado en las Guerras Civiles. Una mesa antigua con dos sillones de respaldo alto de cuero viejo ocupaban el extremo más alejado. Según su padre, esa mesa había estado en la casa desde su construcción a finales del siglo XVI.

Aquél era su hogar y había dedicado años a convertirlo en una buena propiedad. Pero era el hogar de un inglés, y él ya no era inglés.

No se admiten gitanos.

Recordó los carteles llenos de odio y vio a Raiza tendida

en una calle de Edimburgo. Respiró con fuerza, ya sin incertidumbre. La necesidad de venganza era tan fuerte como antes.

Miró fríamente a su primo. Robert lo había despreciado desde que llegara a Woodland con sólo doce años.

Ahora estaba sentado con sus amigos alrededor de una mesa en la que había dos botellas de vino, una de ellas vacía. Jugaban a las cartas. Eran las tres de la tarde, muy temprano para beber y jugar, pero ninguno de ellos entendía nada de responsabilidades ni deberes. Se sintió disgustado. Los amigos de Robert eran unos vagos, hijos de nobles con pocos medios.

Recordó los abominables carteles. Robert era el tipo de persona que pondría esos carteles o alentaría a otros a hacerlo. De hecho, no era imposible que sus amigos y él estuvieran detrás de esos actos de odio e intolerancia.

Robert lo vio y se puso en pie.

—¡Emilian! —sonrió ampliamente—. Has vuelto —miró su camisa amarilla amplia, regalo de Jaelle, y el chaleco verde, regalo de la esposa de Stevan.

Emilian esperaba fervientemente que uno de ellos osara burlarse de él.

—Claro que he vuelto, ésta es mi casa —dijo con suavidad.

—Me alegro —comentó Robert—. Tu ama de llaves y otra sirvienta han dejado su empleo y parece haber cierto caos entre la servidumbre.

La furia de Emilian creció peligrosamente.

—Sólo he pasado una noche fuera. ¿Habéis abusado de mis empleados? ¿Qué sirvienta se ha ido con la señora Dodd? Oh, a ver si lo adivino. ¿Su hija la pelirroja?

Robert se sonrojó.

Emilian adivinó que sus amigos y él habían intentado algo con la hija de la señora Dodd, que sólo tenía dieciséis años. Tembló de rabia.

—¿Yo te doy una suma de dinero que puede durarte un año y tú abusas de mis empleados a mis espaldas?

Robert palideció.

—Perdóname. La chica se metió en mi cama por voluntad propia y la madre nos sorprendió.

Emilian lanzó el brazo sobre la mesa y tiró las botellas, los vasos y las cartas al suelo. Los amigos de Robert se levantaron de un salto y se apartaron como los cobardes que eran. Emilian sintió ganas de atacar a cada uno de ellos por turno.

—¿Y también estás detrás de lo que pasa en el pueblo? —preguntó con frialdad.

—No hemos ido al pueblo —contestó Robert con ansiedad—. No sé lo que pasa allí.

Emilian respiró con fuerza.

—Recoged vuestras cosas mientras yo intento convencer a la señora Dodd. Espero que salgáis de aquí antes de una hora.

No esperó respuesta. Fue a la biblioteca y cerró la puerta con fuerza.

Permaneció un momento inmóvil, luchando por controlarse. Recordó la noche anterior. La música se había apoderado de su cuerpo y de su alma, y se había sentido bien. Al empezar a bailar, había perdido al inglés. En el baile había sido sólo gitano. Había conocido mucha libertad.

No necesitaba esa vida y tenía intención de probárselo así a la memoria de Raiza... y a sí mismo. Ahora, cuando ya era tarde, se daba cuenta de que, al convertirse en inglés, había perdido la parte más importante de sí mismo. Había perdido algo más que su identidad... había perdido su alma gitana.

Pero la recuperaría.

«Esta noche estaremos en Woodland».

Ariella estaba sentada al lado de Margery y Dianna en el carruaje, con Alexi enfrente, pero no veía el campo por el que cruzaban; sólo veía a Emilian y su rostro tenso por una furia que no podía comprender.

«Venid a Woodland esta noche y os seduciré...»

Respiró hondo. Por supuesto, no iría. Sería muy difícil escabullirse después de medianoche y que no la sorprendieran. Por otra parte, no sería difícil contratar a un cochero en el pueblo más cercano y pagarle bien por su silencio. ¡Santo Cielo! ¿De verdad estaba considerando la idea de ver a Emilian en Woodland después de que le había dicho que huyera de él?

«No os daré nada excepto pasión y placer... y luego nos despediremos».

Se negaba a creer que fuera capaz de hacerle el amor y después alejarse. Había hablado con crueldad y dureza, pero sólo porque quería espantarla... y así lo había admitido. No era despiadado. Ella no habría podido sentirse atraída por un hombre cruel.

«Los cíngaros quieren a las mujeres en su lecho antes de que les echen las bendiciones».

¿Se atrevía a tener una aventura con él? No era la costumbre inglesa, pero sí la costumbre cíngara. Y aunque él parecía creer que una amistad era imposible, ella creía que una aventura amorosa y una amistad no eran excluyentes.

¿Y si los cíngaros se marchaban al día siguiente, aunque Jaelle le había dicho que estarían allí unos cuantos días?

—¿Qué te ocurre hoy?

Ariella se sobresaltó. Había olvidado dónde estaba. Sonrió a su hermano. El pueblo estaba ya cerca. A lo largo del camino pastaban vacas.

—Estoy pensando.

—Dianna te ha preguntado tres veces qué vas a llevar al baile de los Simmons —él la miró con atención—. Sé que te da igual lo que lleves, pero estás muy distraída. ¿Te preocupa algo?

Ella sonrió ampliamente.

—¿Qué podría preocuparme? Estoy con mi hermano, al que adoro y al que he echado mucho de menos; con mi hermana, a la que también he echado mucho de menos. Y nos acompaña Margery. La tarde es perfecta.

Ahora la miraron Margery y Dianna. Alexi frunció el ceño.

—Ahora sé que te preocupa algo. Tú odias ir de compras. Normalmente hay que sacarte a rastras de la biblioteca para algo así. Hoy has venido sin protestar. Sabes que ellas quieren hacer compras en Hawks, ¿verdad?

Ariella mantuvo la sonrisa en su sitio.

—Por supuesto.

—Mientes —comentó Alexi—. Y no lo haces bien —le dedicó una sonrisa peligrosa—. A ti te pasa algo y pienso descubrir de qué se trata.

—No me pasa nada —replicó Ariella—. ¿Es que no puedo disfrutar de mi familia?

—Son los gitanos —musitó Dianna.

A Ariella le latió con fuerza el corazón. Miró a su hermana, pero Dianna se encogió de hombros, obviamente inconsciente del desastre que podía causar.

A Alexi le brillaron los ojos.

—¿Cómo has dicho?

Dianna se sonrojó.

—Tienen un herrero muy apuesto. Margery charló con él. A mí me impactó mucho. Y a ella también.

Alexi la miró.

Ariella sintió que se sonrojaba.

—Dianna tiene razón —dijo con rapidez—. El herrero era muy atractivo. Las dos nos lo comimos con los ojos mientras Margery le preguntaba dónde podíamos dejar algunas cosas para los niños.

—¿Estás soñando con un gitano? —quiso saber Alexi.

Ariella se irguió en el asiento.

—Estoy pensando en la conversación que he tenido con una chica gitana... ha sido muy educativa.

«Los hombres cíngaros quieren a las mujeres en su lecho...»

Ariella miró rápidamente por la ventanilla del carruaje. Las primeras casas del pueblo estaban ya cerca.

—¿Qué vas a llevar a casa de los Simmons? —Margery le tocó la mano—. Lo llaman un «baile campestre».

—No lo he pensado. Esperaba no tener que ir —repuso Ariella con sinceridad.

—Ah, ahora ha vuelto mi hermana —sonrió Alexi.

Miró por la ventanilla y su rostro se endureció.

Ariella adivinó que ocurría algo raro. Siguió la dirección de su mirada y vio un cartel delante de la puerta de los establos, pero no pudo leerlo.

Alexi la miró.

—No hacía falta una bola de cristal para saber que habría problemas, y esto es un paso más en esa dirección.

—¿A qué te refieres?

Pero ahora ella también vio el cartel. *No se permiten gitanos.*

—¡Eso es terrible! —gritó.

—¡Oh, vaya! —murmuró Margery—. ¡Qué grosería!

—Mirad —dijo Dianna.

Los demás siguieron su mirada. Dos muchachos gitanos estaban de pie en una esquina, uno tocaba el violín y el otro tenía el sombrero colocado boca arriba en el suelo. El sombrero estaba vacío. Los peatones los ignoraban, a pesar de que el chico más mayor tocaba muy bien. El más joven se acercaba a la gente que pasaba y pedía una moneda. Ariella vio que un caballero grueso lo apartaba con el codo, como si fuera un leproso.

—¡Para inmediatamente el carruaje! —gritó con furia.

El cochero obedeció.

Alexi la agarró del brazo.

—¿Qué vas a hacer?

Ella intentó soltarse.

—Déjame. Quiero pagar por la música. Es hermosa.

Él la miró a los ojos y la soltó.

—Está bien.

Saltó al suelo y le tendió la mano.

Ariella bajó del carruaje con su ayuda. Margery y Dianna la siguieron. Se acercó a los muchachos levantándose las faldas para avanzar más deprisa. Reconoció al joven moreno de la noche anterior. Era el mismo que se había enfadado por su intromisión hasta que Emilian le había dicho que era su invitada.

Le sonrió sin aliento.

—Tocas muy bien.

Él no le devolvió la sonrisa. Era un chico atractivo, de pelo y ojos oscuros.

Ariella volvió a sonreír. Metió la mano en el bolso, con intención de vaciar todas sus monedas en el sombrero.

—Son orgullosos —le murmuró Alexi en tono de advertencia.

Ella pensó en Emilian. Su hermano tenía razón. Dejó un chelín en el sombrero.

—Gracias —gruñó el chico más mayor.

—De nada —le encantó que Alexi dejara otro chelín—. ¿Cómo te llamas?

—Djordi.

—Yo soy Ariella de Warenne y éstos son mi hermano, Alexi de Warenne, mi hermana, la señorita Dianna y lady Margery de Warenne.

El muchacho no dijo nada.

—Yo no he traído monedas —susurró Dianna.

—Yo le daré por las dos —Margery hizo lo que decía—. ¿Vamos andando a Hawks? Está ahí enfrente. Luego podemos tomar el té en una sala privada de la posada.

Ariella se volvió. En la puerta de la posada había un cartel de los que prohibían la entrada a los gitanos. Respiró con fuerza, se acercó a la puerta de la posada y tiró del cartel con ambas manos. No cedió.

La frustración se mezcló con su furia. Tiró con más fuerza y se clavó astillas en los guantes. Alexi le tomó las muñecas.

—Déjame a mí.

Ella se apartó secándose unas lágrimas. Él arrancó el cartel clavado y lo arrojó a la calle. Djordi y el chico más joven los miraban como si estuvieran locos.

Alexi se volvió.

—¿Los vamos a arrancar todos? Desde aquí veo media docena.

Ariella lo abrazó.

—Sí, vamos a hacerlo. Mejor dicho, vas tú. Gracias. Te quiero.

Él sonrió con una expresión pícara que Ariella sabía que hacía estragos entre las mujeres.

—¿Eso significa que me vas a confesar tu secreto?

Ella retrocedió.

—No tengo ningún secreto. Pero esto es obsceno. Y esos chicos están justo ahí.

—No creo que sepan leer inglés, pero seguro que saben muy bien lo que significa el cartel.

Ariella lo miró.

—¿Qué intentas decirme? ¿Qué los gitanos saben que no son queridos?

—Sí. Saben que los desdeñan y los desprecian.

Ella pensó en Emilian y se sintió enferma. Podía imaginar lo que debía sentir cuando se enfrentaba a ese tipo de odio y prejuicios. Era un hombre muy orgulloso. El ultraje que sentía ella no sería nada comparado con el suyo.

A los muchachos no parecían importarles los carteles. Pero, por otra, parte, Emilian probablemente fingiría también desinterés si iba al pueblo. Y eso no indicaría que no le importaban.

—No sólo quitaremos todos los carteles, sino que comunicaremos nuestro desagrado a todos los comerciantes. Dejaremos muy claro que, en el futuro, los gitanos serán tolerados cuando pasen por Kenilworth —suspiró ella—. Y no pienso poner el pie en esa posada. Estoy demasiado ofendida.

—Es una lástima que una mujer no pueda ser alcalde del pueblo —sonrió Alexi.

—Las mujeres han gobernado reinos, tronos y grandes estados —repuso Ariella, pensando en mujeres como la reina Isabel o Eleanor de Aquitania.

—Las mujeres a menudo gobiernan a los hombres desde su lecho.

Ariella lo miró.

—Todos los días —añadió él, encogiéndose de hombros—. Pero tú no puedes saber eso, ¿verdad? Nadie te ha llegado al corazón todavía.

Ariella creía entenderlo. Su padre, un hombre grande y poderoso, hincaba la rodilla delante de Amanda. Su tío el conde hacía lo mismo con la condesa. Y lady Harrington gobernaba sin disimulo a su esposo, tío de Ariella, aunque con gentileza.

Miró a su hermano.

—A lo mejor esas mujeres gobiernan con el amor.

Él se echó a reír.

—Oh, no. Extraen su poder de la cama.

Los cíngaros no valoraban la virginidad y la castidad. Pensó en Emilian. «Venid esta noche a Woodland y os seduciré...»

—Mientras vosotros debatís el tema de las mujeres en el poder, Dianna y yo vamos a entrar en Hawks —intervino Margery. Sonrió a Ariella—. Tomaremos el té en otra parte o en Rose Hill.

Ariella la abrazó.

—Gracias.

Pero Margery le lanzó una mirada rara antes de alejarse con Dianna. A Ariella le gustó ver que no había cartel en la puerta de Hawks.

Alexi le tiró de la manga.

—¿Y bien?

—Tenemos que quitar los carteles y hablar con los comerciantes —contestó ella con firmeza.

Pero él la tomó del brazo antes de que pudiera apartarse.

—¿Tu corazón está intacto, hermanita?

Ella abrió mucho los ojos. ¿Acaso era adivino?

—¿Por fin piensas en alguien? —él achicó los ojos.

A ella se le aceleró el corazón.

—Si me gustara alguien, lo llevaría a casa —dijo. Y le horrorizó que su voz sonara ronca.

Alexi abrió los ojos sorprendido.

—¿Quién es? —preguntó.

No podía saberlo. La protegía demasiado y, a menos que Emilian quisiera cortejarla con vistas al matrimonio, no daría su aprobación. Ariella se puso seria. Por muy abierta que fuera su familia, un pretendiente gitano no era lo que esperaban... y Emilian ni siquiera era un pretendiente. Tendría que convencerlos a todos de que aquello era el famoso gran amor de los de Warenne, el amor que sólo aparecía una vez en la vida.

¿Pero lo era?

—Estás equivocado —dijo.

En ese momento se abrió de golpe la puerta de la posada y una mujer salió corriendo. Cuando pasó a su lado, Ariella vio su rostro asustado, su pelo largo cobrizo y las faldas color púrpura. Era Jaelle. Alexi la tomó del brazo para impedir que cayera al suelo de cabeza.

Pero la chica se soltó y saltó a la calle.

Se acercaba un carruaje y estaba a punto de atropellarla. Ariella gritó horrorizada.

—¡Jaelle!

Pero ella se las arregló para esquivar al caballo por los pelos. El cochero tiró bruscamente de las riendas y el animal se encabritó. Ariella estaba segura de que el caballo golpearía a Jaelle al bajar, pero ella escapó de los cascos y cruzó la calle corriendo.

—¡Santo Cielo! —exclamó Alexi, horrorizado.

Dos hombres salieron corriendo de la posada.

Jaelle se había parado jadeante, casi doblada. Vio a los hombres y se metió corriendo en un callejón entre una casa y la iglesia.

—Ve detrás de la iglesia. Yo seguiré a esa zorra tramposa —gritó uno de ellos.

Era un hombre grande y grueso, que echó a correr en pos de Jaelle mientras el otro corría hacia la iglesia.

Alexi saltó hacia delante y agarró al segundo hombre por detrás con tal fuerza que le hizo tambalearse.

—¿Queréis pensarlo dos veces antes de perseguir a una señorita? —preguntó con suavidad.

El hombre se enderezó y se puso colorado.

—No es una señorita —gritó. Abrió mucho los ojos al ver, por la ropa de Alexi, que se trataba de un noble—. Disculpad, señor.

—Capitán de Warenne —dijo Alexi. Lo empujó en dirección a la posada—. Sugiero que guardéis vuestras manos sólo para vos.

Ariella quería aplaudir, pero el primer hombre había desaparecido en el callejón detrás de Jaelle. Alexi saltaba ya a un caballo atado fuera de la posada. Ariella sabía que su hermano rescataría a Jaelle.

—¡Corre! —le dijo.

Él no contestó, pero entró galopando en el callejón.

Ariella entró corriendo en el carruaje.

—Síguelos, Henry —ordenó.

El cochero azotó a la yegua, que inició un galope loco y entró con tal fuerza en el callejón que Ariella se vio arrojada al otro lado del asiento. Cuando se enderezó, vio que el hombre corpulento estaba en el patio de la iglesia, jadeante y furioso pero solo. Alexi movía el caballo prestado buscando a Jaelle. Muros altos de piedra rodeaban tres lados del patio, convirtiéndolo en un callejón sin salida. El carruaje se detuvo. Ella no vio a Jaelle, pero era imposible que hubiera podido escapar.

—¿Se ha subido a un árbol la maldita? —gritó el hombre de pelo blanco, mirando uno de los dos olmos altos que crecían a lo largo de la pared trasera.

Alexi acercó el caballo a él.

El hombre se puso rígido y se quitó la gorra.

—¡Capitán de Warenne!

Alexi le dedicó una sonrisa despiadada.

—Sois muy hombre, Tollman, dando caza a una mujer pequeña e indefensa.

—Esa perra gitana no está indefensa. Ha preguntado si podía decirles la buenaventura a mis parroquianos y yo le he dicho que sí. Pero luego los ha timado uno por uno.

—Es una mujer —musitó Alexi, con suavidad engañosa.

—Es una gitana. No son mejores que animales salvajes —respondió Tollman.

Ariella veía que su hermano estaba a punto de explotar.

—Encuentro imposible no defender a una mujer hermosa y no creo que deseéis que sea vuestro rival, Jack —dijo con mucha suavidad.

Tollman miró detrás de sí, como si esperara al amigo que no aparecía. Asintió con la cabeza y al fin se volvió y echó a andar por el callejón. Cuando pasó al lado del carruaje, Ariella le vio claramente la cara. Estaba furioso y murmuraba para sí. Ella oyó las palabras «gitana», «ramera» y «de Warenne».

¿Qué había hecho Jaelle?

Ariella miró los dos olmos. Era imposible que una mujer pequeña pudiera alcanzar la primera rama para subirse a ellos. Miró la puerta de atrás de la iglesia.

—Está cerrada con llave —comentó Alexi.

Bajó del caballo y estudió la pared.

—Ya podéis salir. Nosotros no os haremos daño.

Ariella abrió mucho los ojos. Había una rejilla para desagüe construida baja en la pared. Su hermano se arrodilló y retiró la rejilla. Extendió el brazo.

Ariella vio una mano pequeña que se aferraba a la de Alexi y éste tiró y sacó a Jaelle.

Estaba llena de barro, pero se enderezó, se echó atrás el pelo y lo miró como si fuera una reina. Luego miró el callejón.

—Se han ido —musitó Alexi.

Jaelle empezó a sacudirse las faldas. Aunque intentaba mantener su orgullo, Ariella vio que le temblaban las manos y sintió compasión.

Alexi le tocó el brazo y ella se encogió.

—¿Por qué no os sentáis un momento con mi hermana?
Jaelle le sonrió con desdén.

—¿Y luego qué? ¿Pediréis a vuestra hermana que se marche para cobraros el precio por haberme rescatado?

Él se puso rígido.

—No espero que me paguéis nada —repuso—. Y menos del modo que insinuáis.

Ella se echó atrás el pelo.

—Todos los payos son iguales —ahora miraba a Ariella.

Ésta bajó del carruaje.

—¿Estáis bien?

—Por supuesto.

Alexi las miró sorprendido.

—He hablado con ella esta mañana en el campamento —le explicó su hermana. Observó a Jaelle preocupada. Le sangraban los brazos—. Eso no lo han hecho ellos, ¿verdad?

—No, los arañazos son de estar ahí —la chica señaló el desagüe.

Ariella la miró a los ojos. Intentaba mostrarse orgullosa, pero estaba alterada. Ella la consideraba muy fuerte y valiente. Cualquier otra mujer en su situación estaría llorando... y probablemente en brazos de su rescatador.

—Hay que limpiar esos cortes —dijo—. ¿Por qué no venís conmigo a Rose Hill para que podamos curarlos?

Jaelle se puso firme como un soldado.

—Voy a ir a Woodland.

Siguió un silencio. Ariella estaba a punto de ofrecerle un carruaje cuando Alexi se colocó directamente delante de ella.

—Mi hermana os ofrece llevaros a casa para limpiaros los cortes. ¿Por qué rehusáis?

Jaelle alzó la vista despacio y Ariella notó que luchaba valientemente por mantener la compostura.

El rostro de Alexi mostraba tal dureza que su hermana apenas lo reconocía.

—¿Os han hecho daño? —preguntó con brusquedad.

—No —repuso la chica.

Él la miró con expresión de duda.

—Querían hacerlo —los ojos de ella se oscurecieron. Al fin derramó una lágrima—. Vos sabéis lo que querían.

Alexi se volvió. Ariella sabía que estaba furioso.

—Llévala a Rose Hill —ordenó—. Y luego asegúrate de que llegue a Woodland.

Ariella ahora estaba asustada.

—¿Qué vas a hacer tú?

—¡Es una mujer! —exclamó él con furia—. Esos crápulas necesitan una lección de buenos modales.

Saltó al caballo y se alejó al trote.

Ariella miró a Jaelle.

—¿Qué ha pasado?

—Yo sólo quería decirles la buenaventura —dijo la chica—. Pero todos ellos querían más. Todos pensaban que les leería la mano y les calentaría la cama —se secó otra lágrima con furia—. El gordo me agarró. ¡Bastardo! Me agarró y empezó a besarme. Yo me solté y me escapé. ¡Los odio a todos!

Ariella la abrazó horrorizada. Esperaba que Alexi les diera una buena paliza.

—Gracias a Dios que ya ha pasado —sonrió—. Venid a casa conmigo para que os limpiemos esos cortes y luego un carruaje os llevará a Woodland.

Jaelle la miró a los ojos.

—Vos sois buena y me alegro de que seamos amigas —se apartó—. Pero no necesito vuestra ayuda.

—¡Jaelle! —protestó Ariella.

Pero era demasiado tarde. La muchacha salía ya corriendo del patio.

Emilian terminó la carta a su abogado, en la que le pedía que buscara varios candidatos posibles para administrar sus negocios. Le había indicado que el asunto era urgente. Selló el sobre con cera y miró el emblema familiar del sello. No volvería a usarlo en algún tiempo, tal vez nunca.

Se negaba a pensar en Edmund en ese momento.

Le dolían las sienes. Se levantó y se sirvió una copa de brandy, insatisfecho consigo mismo. No había modo de evitar el hecho de que una parte de él se sentía vinculada a la hacienda. Había empezado a preocuparse por sus inquilinos, sus socios de negocios y varios contratos importantes. Pero había decidido ir a la tumba de Raiza con la caravana y buscar su alma gitana, y nada le haría cambiar de idea.

Pensó en la señorita de Warenne.

No era la primera vez, pues pensaba en ella a menudo. La deseaba y la lujuria interfería con su dolor y se mezclaba con su rabia. La lujuria era aceptable... él era un hombre... pero nunca antes había pensado en sus amantes fuera del dormitorio. Ella era diferente después de todo.

A ninguna de sus amantes les interesaba su amistad. Querían sólo una cosa de él... y él quería lo mismo a su vez. ¿Por qué quería ella su amistad? Era algo extraño, inexplicable.

Empezaba a entender que la sociedad la considerara excéntrica. Ella quería una progresión natural; él quería sexo y venganza por todas las injusticias que sufrían los gitanos. Esperaba que se mantuviera alejada, como le había advertido, pues sabía que ella no resistiría su venganza.

También sabía que era inocente de esa tragedia y que él debería buscar un blanco mejor para su venganza. Y eso significaba que seguía siendo muy inglés. Algo inaceptable.

Bebió el brandy y sintió una presencia a sus espaldas. Se volvió y vio a Jaelle. Al instante notó que tenía la nariz roja, como si hubiera llorado.

—¿Estás bien? —preguntó preocupado.

Ella sonrió.

—Muy bien. ¿Puedo entrar?

—Por supuesto —la miró mejor y le pareció que los ojos de ella estaban llenos de sombras. ¿Era su imaginación? Le habría gustado conocerla mejor—. ¿Seguro que estás bien?

—Sí. ¡Qué casa tan lujosa! Tal vez seas demasiado payo para venir al norte con nosotros.

Emilian se puso serio.

–Ése no es el caso.

Ella lo miró con curiosidad y entró en la estancia; caminó entre las mesas, tocando los jarrones, los candelabros y las cajitas pintadas que había coleccionado la esposa de Edmund.

–¿Eres tú demasiado gitana para quedarte aquí conmigo hasta que nos vayamos? –preguntó él.

Jaelle sonrió.

–No puedo dormir en una cama de payo –su sonrisa se apagó y miró las estanterías–. Tú sabes leer, ¿verdad?

–Sí. ¿Quieres que te enseñe?

–Sé leer inglés –se volvió a él–. Soy lista. Sería estúpida si no leyera el idioma del lugar donde vivimos –miró las licoreras en la consola–. ¿Tu whisky de payo es mejor que el nuestro?

Él no vaciló.

–Sí.

Ella se acercó allí y empezó a servirse una copa.

–Desde luego que no –él intentó agarrar el vaso, pero ella se le adelantó.

–Ya soy una mujer adulta; tengo veinte años –lo saludó con el vaso.

Llevaba manga larga, pero la manga le subió hasta el codo al alzar el vaso y él vio los arañazos en el brazo.

Se quedó inmóvil, inmerso en una calma terrible. Alguien le había hecho eso y alguien pagaría por ello.

Ella palideció al darse cuenta de lo que él había visto.

–¿Qué ha pasado? –preguntó él con calma–. ¿Quién te ha hecho eso?

–No es nada –se apresuró a decir ella.

–Tienes que limpiar esos cortes y untarles ungüento. ¿Qué ha pasado?

Ella no contestó.

–Ya sé lo que ha pasado –Emilian se apartó de ella–. Payos. Eres demasiado guapa. Dime cómo ha sido.

—Estoy bien.
—Yo decidiré si estás bien o no.
Ella levantó la barbilla.
—Estaba diciendo la buenaventura. Tienes razón. Han sido payos. Querían más —se encogió de hombros con desprecio.
—¿Te han atado? ¿Esos cortes son de ligaduras? —preguntó él, a punto de perder la calma.
—No. Me he escapado y me he escondido debajo de una pared de piedra. Me he arañado con las piedras. Me ha salvado otro payo —se sonrojó—. Pero los odio a todos.
Él la abrazó.
—¿Qué payos han intentado forzarte?
Vio que ella vacilaba.
—Estoy aquí para protegerte. Lo descubriré aunque no me lo digas tú.
—Eres tonto. Si persigues a un inglés, te echarán encima a la ley.
—A mí no me pasará nada —mintió él—. Soy vizconde.
Ella vaciló.
—Han sido el posadero de El Venado Blanco y un payo gordo que se llama Bill.
—Vamos a limpiar esos arañazos —dijo él.
Y al fin se dejó llevar por la rabia.
No esperaría más para vengarse.
Lo haría del primer inglés, o inglesa, que osara cruzarse en su camino.

CAPÍTULO 7

El libro estaba abierto e ignorado sobre la cama. Había intentado leer, pero no veía las palabras, que bailaban y se desdibujaban como las llamas en el hogar del dormitorio.

Algo le había pasado.

Y ese algo era Emilian.

Ariella, ataviada aún con el vestido de seda y gasa color crema de la cena, adornada con perlas y diamantes y con el pelo recogido en un moño alto, estaba de pie ante la ventana abierta del dormitorio, con el pulso latiéndole con fuerza. Tenía calor aunque el aire de la noche era frío.

El cochero al que había contratado en secreto esa tarde la esperaba más allá de la verja de Rose Hill. No había decidido ir con Emilian, pero había alquilado al cochero por si acaso.

La decisión que tenía que tomar era muy importante. Él la había amenazado, le había dicho francamente que no fuera. Sabía que se sentía tan atraído por ella como ella por él. Pero aquello no era sólo físico... había una carga casi magnética entre ellos. Y no podía ser unilateral. En la familia de Warenne, eso era el comienzo del amor. Pero Emilian no podía saber eso.

¿Cómo no ir con él cuando ella sentía así, cuando estaba casi segura de que se amarían si es que no se amaban ya, cuando había empezado a creer que aquel hombre estaba destinado para ella?

Miró por la ventana, al lugar donde habían estado la noche anterior. Cerró luego los ojos y casi sintió las manos de él en su piel cálida.

Lo imaginó de pie al lado de una hoguera, mirando hacia el este, y estuvo segura de que él también pensaba en ella. Estaba en Woodland, esperándola, tan enfebrecido como ella.

Se volvió y se sentó en la cama. Se estaba enamorando de un desconocido, un hombre de otra cultura. Tenía que luchar por él, por ellos. Aquello tenía que ser un comienzo, no un interludio seguido de un final. Tenía que asegurarse de que, cuando se marcharan los cíngaros, él se quedara.

Se estremeció. ¿Se atrevería a ir a él? ¿Pero por qué no? Su intención era que fueran amigos además de amantes. Después de la tarde en el pueblo, empezaba a entender la vida de él. Los gitanos sufrían todos los días de su existencia. Su madre también había sufrido así. Parecía haber muchas similitudes trágicas entre la historia de los gitanos y la de los judíos.

Él era orgulloso y fuerte, ¿pero qué se ocultaba tras ese exterior de dureza? Nadie podía no sentirse afectado por el odio y los prejuicios.

«Pero no os daré amor cuando os robe la inocencia. No seremos amigos... nunca seremos amigos. No os daré nada más que pasión, placer... y luego será la despedida».

Se equivocaba. Si se atrevían a hacerse amantes, una noche juntos lo cambiaría todo. ¿No había dicho Alexi que las mujeres gobernaban a los hombres desde el lecho? Si se convertía en su amante, él se ablandaría hacia ella. Sería el principio que ella anhelaba. Tal vez hasta se ablandara del todo, como su padre con Amanda, como su tío Ty con Lizzie. A partir de esa noche habría mucho amor y podrían tener un futuro.

La decisión estaba tomada. Se acercó al vestidor, tomó

una toquilla y se la echó por los hombros. Si alguien la sorprendía rondando por la casa, diría que había ido a buscar un dulce a la cocina. Después de esa noche, él no querría abandonar el condado... no querría dejarla a ella.

Ariella golpeó con los nudillos la ventana de cristal que había entre el cochero y ella y el hombre detuvo el carruaje.

La luna estaba llena y brillaba plateada en una noche cuajada de estrellas. Woodland era una sombra gris oscura situada al final de un camino largo, con otros edificios más pequeños esparcidos cerca del camino público. Delante vio los fuegos brillantes del campamento gitano. Oyó las guitarras y el violín. La música era aún más sensual de lo que recordaba.

Respiró con fuerza. Cuando saliera del carruaje y despidiera al cochero, ya no habría vuelta atrás. Pero no tenía intención de echarse atrás ahora. Iría hacia delante... con Emilian.

Abrió la puerta del coche y bajó temblorosa. A pesar de su decisión, nunca había estado tan nerviosa y ansiosa. Había mucho en juego.

—Gracias —dijo al cochero.

Él le sonrió con picardía.

—¿Queréis que espere, señorita?

Ariella no le había dado su nombre. Suponía que, a poco que se esforzara, él podía saber quién era, pero confiaba en que pensara que era una invitada en Rose Hill. Si adivinaba su identidad, su reputación quedaría arruinada, pues sólo había una razón para que una dama saliera en secreto a esas horas de la noche. A ella no le importaba mucho, pero sus padres sufrirían si se enteraban de la aventura.

Pero ya se preocuparía de eso más tarde. Ahora negó con la cabeza.

Él volvió a sonreír, levantó las riendas y se alejó.

Ariella sentía el pulso muy rápido y tenía sudor entre los pechos. Su cuerpo parecía zumbar a causa de la tensión. Miró adelante sin aliento y echó a andar. Las estrechas zapatillas de tacón fino le hacían tropezar, pero no importaba. Lo que importaba era ese nuevo comienzo.

Apretó el paso y al final echó a correr. A medida que se acercaba a los carromatos, se intensificaba la luz y le permitía ver el suelo con más claridad.

Pasó el primer carro. Cuando se acercaba al círculo de luz de las hogueras, no se le ocurrió esconderse. Se detuvo con brusquedad, respirando con fuerza, y vio media docena de bailarines. Emilian no estaba entre ellos.

La música era más exótica, apagada y sensual que la noche anterior y el ritmo más lento... como el de dos amantes que se tocaran y acariciaran lentamente en un preludio de la tormenta del amor.

Y entonces lo vio. La miraba desde el otro lado del claro. Sus ojos se encontraron.

Ariella olvidó respirar.

Emilian echó a andar hacia ella, dejando atrás el campamento.

La música pareció detenerse. Los pasos de él eran largos y decididos, pero no apresurados. La sonrisa de seducción con la que ella había soñado entreabría sus labios, llena de promesas sensuales.

Respiró hondo. Lo observó. Llevaba una camisa roja de mangas amplias, pantalones negros estrechos y botas negras. La camisa roja tenía un lazo abierto en el cuello y, cuando él se movía, se apartaba de la piel y mostraba parte del pecho.

Se detuvo ante ella, que olió a whisky, a cítrico, a hombre. Aunque no se tocaban, sentía un calor que llegaba de él en oleadas. Emilian bajó las pestañas.

—Veo que has mordido el cebo —murmuró.

Ella no estaba segura de poder hablar.

—Tenía miedo de que... te hubieras ido... por la mañana.

Él la miró con intensidad.

—¿Has pensado en mis advertencias? —levantó la mano y le acarició la mejilla.

El placer saltaba en ella en forma de chispas de un nervio a otro, de la cara al cuello y a los pechos. Sus pezones se endurecieron. No pudo contestar.

Él lo sabía. Bajó un dedo por la garganta de ella.

—Quería que vinieras —susurró.

Ella se humedeció los labios y tragó saliva.

—No puedo dejar que te vayas —murmuró.

—Esta noche no iré a ninguna parte sin ti.

Ella no se refería a eso, pero no importaba.

—¿Sabías que vendría esta noche?

Él le acarició la mejilla.

—Sí.

Ariella acercó los labios a la mano de él y le besó la palma.

—Hermosa —susurró él—. Valiente... y osada.

Ella cerró los ojos; sentía la piel de la mano de él salada en la lengua y se creía al borde del desmayo, consumida por el deseo acumulado. Le costaba trabajo pensar y hablar.

—Nunca antes he sido atrevida —lo miró y él bajó la mano al cuello de ella.

—Lo sé —sus dedos jugaron con el escote—. ¿Puedo enseñarte a ser atrevida antes de que termine la noche?

—Puedes enseñarme todo lo que quieras —musitó ella.

Emilian sonrió y le brillaron los ojos. Le tomó la mano y la levantó. Acarició con la boca las yemas de los dedos.

—Una invitación que jamás podría rehusar.

Pasó los labios con sensualidad por la palma de la mano de ella. Se enderezó despacio y tiró de ella con gentileza. Le rodeó la espalda con el brazo y su palma se movió por los pechos de ella, encima de la ropa. Sus dedos rozaron la garganta de ella, que inhaló hondo. Él le quitó una horquilla del pelo y le sonrió. A continuación le quitó otra.

Le estaba soltando el pelo y ella temblaba.

Retiró más horquillas y las dejó a un lado.

—Hay un límite a lo que puedo hacer en una noche —murmuró, con una sonrisa llena de secretos que ella no comprendía–, pero te enseñaré lo que pueda –soltó más horquillas–. Espero que estés preparada para un placer interminable.

Deslizó las manos en los rizos de ella para soltarlos y Ariella sintió aumentar la tensión de su cuerpo. Notaba las rodillas débiles... hasta que él la sostuvo.

–Entonces una noche no será suficiente –susurró ella.

Las manos de él bajaron a la parte inferior de su espalda. No la abrazó, pero daba igual. El calor procedente de él era muy intenso.

–Quizá tengas razón –musitó–. Puede que una noche no sea bastante para nosotros, princesa.

–¿Me vas a besar? –preguntó ella, con el pulso a punto de explotar.

Él se echó a reír.

–Lo primero que tienes que aprender es a tener paciencia –se puso serio–. Creo que quizá podría darte placer ahora mismo. ¿Lo descubrimos?

Ella no supo qué contestar.

Emilian la agarró por la cintura, la atrajo hacia sí y acercó la boca a su cuello. Ariella cerró los ojos y tembló con violencia.

Él bajó las manos a las nalgas, la izó hacia él y ella sintió su dureza y dio un respingo.

La lengua de él le acariciaba la garganta mientras le clavaba los dedos en la cintura y frotaba su erección en la falda de ella. Al fin la besó en los labios.

Ella le echó los brazos al cuello y lo sintió gruñir de satisfacción. El placer la cegó; le abrazó la cintura con una pierna y él apartó las faldas entre ellos y la empujó. Su espalda encontró algo duro... un carromato. Y él apretó su ingle contra la de ella, abrió con los dedos la ranura de sus calzones y tiró de ellos, rompiendo fácilmente la tela.

Ella lloró de placer cuando la acarició. Los espasmos se hicieron más lentos. Su corazón galopante se frenó un tanto. Se sentía casi incorpórea. Él la deslizó por su cuerpo abajo, con la piel de ella inflamada y ardiente, hasta que sus pies tocaron el suelo. Y la sostuvo así un momento.

Empezó a recuperar la cordura y sintió el cuerpo caliente y duro de él palpitar sin descanso contra ella, que también lo deseaba todavía.

—¡Oh! —susurró.

Él la tomó en brazos.

—Eso es sólo el principio —dijo con voz espesa, pero como advirtiéndola.

Se alejó del campamento en dirección a la casa. Sus pasos ahora eran largos y rápidos. Ariella se aferró a él.

—Ya es demasiado tarde para cambiar de idea —comentó Emilian.

Había malinterpretado su gesto.

—No cambio de idea —dijo ella—. ¿Adónde vamos?

Él le lanzó una mirada ardiente.

—Te voy a hacer el amor en una cama.

Ariella lo miró alarmada.

—No podemos entrar sin más y ocupar una habitación.

Él le lanzó la sonrisa más prometedora que podía recibir una mujer.

—¿Por qué no? El señor de Woodland pasa la noche fuera.

Ella empezaba a sentirse mareada de nuevo, y él debía conocer el efecto que producía, pues sonrió con satisfacción y aceleró el paso. La joven volvió la cara para besarle el pecho y lo sintió tensarse por la sorpresa.

Su piel sabía salada. Besó uno de los músculos y dejó los labios allí un momento. Luego frotó la cara allí. Antes de que acabara la noche, quería frotar con la cara todos los centímetros de la piel de él.

Emilian respiraba ahora con más fuerza. Subió un tramo de escaleras hasta una terraza.

—¿Estás segura de que no tienes experiencia?

Ariella le besó el pezón, que estaba duro y erecto.

—No quiero hablar —lo saboreó con la lengua.

Él abrió una puerta con el hombro.

—Puedo andar —musitó ella en un susurro para que no los descubrieran.

—Me gusta que sigas donde estás —dijo él con firmeza, sin molestarse en bajar la voz.

No parecía importarle que los sorprendieran. Ariella pensó que además conocía bien la casa, pero no se atrevió a preguntarle cómo. Tenía miedo de hablar por si los oían. Vio la forma en penumbra de una estantería y adivinó que cruzaban la biblioteca.

Salieron a un pasillo bien iluminado; él giró a la izquierda sin vacilar. Un momento después abría una puerta con la rodilla.

—Ahora puedes estar de pie, pero sólo un instante —murmuró.

La depositó en el suelo y ella se encontró en un dormitorio. Miró la cama grande de columnas. Él sonrió y cerró la puerta con llave.

—¿Hago fuego? —preguntó.

La joven negó con la cabeza.

—No. Yo tengo calor.

Él le retiró el corpiño de seda y ella se echó a temblar, mirando el pecho de él, que subía y bajaba dentro de la camisa roja. A la luz de la única lámpara, la piel de él tenía el color del cobre. Bajó más la vista. El bulto de los pantalones negros era tan grande que la tela atrapaba la luz en ese punto.

—Nunca he visto a un hombre desnudo —susurró ella, que sabía que se había puesto colorada—. Pero he visto estatuas.

La sonrisa de él reapareció.

—Esta noche no verás ni tocarás una estatua.

Los pulmones de ella se quedaron sin aire.

—Quiero tocarte. Lo deseo mucho.

El rostro de él se endureció.

—Lo sé.

—Emilian, no más juegos.

—Pero esto no es un juego —susurró él. Buscó los botones en la parte de atrás del vestido–. Son preliminares, querida.

La besó en el cuello mientras le desabrochaba el vestido de un modo tan experto que ella supo que había hecho lo mismo con docenas de amantes. Odiaba aquella idea. ¿A las demás también las llamaba «querida» y «princesa»? Pero eso no importaba ahora, no con los dedos de él rozándole la columna.

–Tú no quieres a un chico inexperto en tu cama –dijo él, como si le leyera el pensamiento. El cuerpo del vestido cayó hasta la cintura.

Él examinó sus pechos, que sobresalían por encima del corsé de ballena, claramente visibles a través de la fina camisola de seda. Apoyó los dedos en sus hombros desnudos y la besó en la boca. Sus labios eran firmes, alentándola a responder pero con un control sorprendente. Ella se abrió al instante y lo dejó entrar. No había otra elección, ella no quería que la hubiera. Lo deseaba.

La lengua de él se deslizó en su boca, despacio y profundo. Le deslizó los dedos en el pelo y la movió contra la pared. Ella gimió de placer y sintió la erección de él a través de las faldas. Emilian inició un movimiento rítmico en ese punto.

Ella se sentía mareada; quería algo más que sus besos.

La boca de él abandonó la suya.

–¡Cuánta pasión, paya! –susurró.

Ariella levantó la vista y su cuerpo se tensó. La voz de él era suave y seductora, pero sus ojos tenían tal fiereza que casi resultaban maníacos. Se sintió un momento confusa.

¿La estaba seduciendo despiadadamente?

Pero antes de que pudiera considerar esa idea desagradable, la boca de él volvió a besar la suya con urgencia.

–No –musitó. Y de pronto las faldas de ella cayeron al suelo entre los dos–. Ya no habrá escape.

Le besó el pulso del cuello y bajó los labios por su garganta.

El placer era tan fuerte que ella olvidó dudar y pasó las

manos por los brazos musculosos de él, que se había quitado la camisa mientras la besaba. Antes de que pudiera explorar la carne firme de su espalda, él le besó los pezones por turno y luego fue bajando por su cuerpo hasta dejarse caer de rodillas con las caderas de ella clavadas a la pared.

Ariella se quedó inmóvil; se daba cuenta de su intención y tenía el corazón desbocado. Y entonces él acercó más la cara y ella sintió su aliento a través del agujero de los calzones rotos como una caricia sedosa que la hizo estremecerse de placer. Acercó la mejilla a la carne palpitante de ella y Ariella dejó de pensar y se aferró a sus hombros con fuerza.

Lo sintió sonreír y entonces la rozó con la boca. Ella soltó un grito. Emilian apretó los labios con firmeza en la piel caliente y húmeda de ella.

—Disfruta ahora para mí —dijo con rudeza.

La acarició con la lengua y ella gimió desesperadamente y apenas pudo resistir la exquisita sensación. Nunca había imaginado algo así. Él volvió la caricia más suave, rítmica y exquisita y la repitió muchas, muchas veces, hasta que el placer la cegó.

Poco después volvía a la realidad y a la habitación mientras él, de pie, la acariciaba con la mano. La abrazó un momento y le susurró en romaní palabras que ella no podía entender pero que sabía que eran términos cariñosos y sensuales. Y luego la besó en la boca y ella notó que su cuerpo se estremecía.

La tomó en brazos y la llevó a la cama.

—Eres una paya muy hermosa, la princesa de los sueños de un hombre —susurró.

Ariella no sabía qué pensar. La expresión de él era dura y su mirada fría.

—¿Emilian?

Él se sentó a su lado, sonriente. La besó en los labios.

—No pienses... esto es lo que has venido a buscar.

Ariella vaciló. Había ido a buscar un nuevo comienzo, uno de amistad y pasión, de amor. Ahora dudaba, pero él le quitó la ropa interior, siguiendo con la boca el camino de las manos. Ella se abrazó a él, incierta todavía. Y él se incorporó y tiró de su faja.

Ariella se dio cuenta de que ella estaba desnuda y él seguía parcialmente vestido. Se quitó la faja y la echó a un lado, pero tenía los ojos fijos en el cuerpo de ella.

—Hazme el amor —susurró Ariella.

Él se quitó las botas y los pantalones.

—Yo nunca me apresuro en la cama.

Ella no podía hablar; sólo podía mirar su cuerpo duro y perfecto.

—No me importa.

La sonrisa de él parecía divertida.

—Puedes mirar todo lo que quieras —comentó—. Aunque yo tengo otros planes.

Su voz era tranquila y sus ojos volvían a ser despiadados. Por un momento tenía la expresión de un hombre que va a la batalla, no la de un amante que va al lecho. ¿Dónde estaba la sonrisa seductora cuajada de promesas sensuales? ¿Por qué no temblaba con el mismo deseo terrible que la consumía a ella?

«No os daré amor cuando os robe la inocencia».

Ariella sintió un momento de pánico.

Las manos de él la acariciaron y su expresión cambió; se hizo caliente y suave a la vez. Dejó de sonreír.

—No dudes de que te necesito —dijo de pronto.

Su mirada ahora era primitiva, hambrienta. Ella le tocó la mejilla.

—Yo también te necesito —susurró, aliviada por su confesión.

La mirada de él ganó en intensidad.

—Estoy intentando controlarme. Quiero abalanzarme sobre ti —susurró. Cuando digo que eres la princesa de los sueños de un hombre, hablo en serio.

Ariella sintió más alivio aún. No la estaba utilizando cruelmente.

—Puedes cambiar de idea, pero tienes que hacerlo ahora mismo.

A ella le sorprendió. Tardó un momento en comprender que le estaba ofreciendo una salida. Sonrió, le tocó la mejilla y bajó la mano por su pecho hasta el vientre. Rozó su pene con los dedos.

Emilian soltó un gemido y se colocó encima de ella apoyado en los brazos. Sin dejar de mirarla a los ojos, empezó a acariciarla con la punta de su erección. Estaba húmedo, resbaladizo y muy caliente. La fricción resultaba estimulante y sorprendente. Ariella no sabía cuánto tiempo podría resistir aquello.

Él la besó, pero esa vez con frenesí. Ariella lo abrazó y apretó con fuerza. Se arqueó para él y susurró su nombre. Él le levantó las caderas de modo que no pudiera moverlas y le murmuró algo en su lengua romaní.

La besó de nuevo en la boca. El calor entre ellos era explosivo. Ella empezó a sollozar por la urgencia que sentía en la ingle. Se tensó instintivamente.

—No —dijo él con voz ronca; levantó la cabeza—. Déjame entrar.

Ella lo miró. Le pedía permiso. Asintió, consciente de las lágrimas que bajaban por sus mejillas. No se negaría a él.

Emilian emitió un sonido duro y la penetró con brusquedad.

Lanzó un gemido. El placer era tan intenso que ella apenas sintió el dolor cuando se hundió en ella. Todo su cuerpo se aferró al de él.

La presión era increíble, imposible, y seguía escalando. Ariella se entregó a ella. Notaba que él se movía deprisa ahora y sus gemidos llenaban la estancia. Lo oyó gritar y miró un instante su rostro. La pasión... en parte salvaje y en parte gentil... el triunfo... el deseo... Él era muy hermoso. Aquello era muy hermoso.

—Te amo —le susurró, abrazándolo con fuerza.

Él la abrazó a su vez y enterró su rostro en la mejilla de ella. Si la oyó, no dio muestras de ello. Ariella le acarició el pelo largo castaño, flotando de felicidad.

Él se colocó a su lado.

Ella se volvió a mirar y disfrutar de su hermosa sonrisa, pero se encontró sólo su perfil, que miraba el techo. Él no parecía nada feliz.

Se volvió hacia ella.

—¿Te he hecho daño? —preguntó con dureza.

¿Cómo era posible que no estuviera maravillado?

—No, ha sido fantástico —sonrió ella. Tendió una mano para acariciarle la mejilla y él bajó las pestañas y ocultó los ojos.

—Emilian, estoy bien. Soy muy feliz —susurró ella.

Le habría gustado saber lo que pensaba él. Al principio pensó que no iba a contestar, pero luego le tomó la mano y se la llevó a los labios. Levantó los párpados y le sonrió.

Ella se disponía a preguntarle qué le pasaba cuando él le tomó una mano, la colocó sobre su pecho y la fue bajando desde allí. Al fin la miró.

Ariella abrió mucho los ojos. El mensaje estaba claro.

—¿No hemos terminado?

Él sonrió.

—Acabamos de empezar. ¿O te he agotado ya? —le brillaban los ojos.

Ella se atrevió a bajar la mano por su vientre y notó que el cuerpo de él se tensaba y que su virilidad hacía por buscarla. Olvidó su preocupación y sus preguntas. Olvidó su miedo.

—Algunas inglesas también son apasionadas como las gitanas —comentó.

Emilian se colocó de espaldas y se quedó muy quieto.

—Entonces esto es una prueba —dijo con suavidad—. Una prueba de tu pasión... y la mía.

CAPÍTULO 8

Ariella despertó con la sensación de que estaba drogada y con el cuerpo perezoso y dolorido. Abrió los ojos alarmada.

Estaba desnuda en brazos de Emilian en un cuarto de invitados de Woodland y recordó al instante que habían hecho el amor despacio y repetidamente.

Nunca había sido tan feliz. Notó la luz gris pálida que se filtraba en el dormitorio y una sensación de alarma se abrió paso entre su felicidad, pero antes de que pudiera sentarse, él la abrazó con más fuerza. Se volvió y vio que estaba despierto y la miraba con atención.

Sonrió, pero él no le devolvió la sonrisa, sino que le miró la cara, el pelo y los pechos.

—Tengo que irme —susurró ella, que comprendió que él estaba preparado para amarla otra vez.

Al fin él sonrió.

—¿De verdad? —la atrajo hacia sí y se colocó sobre ella.

—Emilian...

Pronto saldría el sol y ella tenía que estar en Rose Hill y en su propia cama. Los sirvientes no tardarían en empezar sus tareas diarias y tanto sus padres como Alexi eran madrugadores.

—Tengo que ir a casa.

Él le separó las rodillas mientras le mordisqueaba el cuello.

—¿Cómo puedes dejarme así? —murmuró con tono seductor.

La penetró antes de terminar de hablar.

El cuerpo de ella respondió al instante con pasión. Lo sintió sonreír contra su cuello. Tenía que irse... pero las olas cálidas de sensación la retenían. Le echó los brazos al cuello.

—Hazme el amor —susurró con fiereza.

Él la besó en la boca.

La luz brillante del sol la despertó.

Estaba muy cansada, así que gimió y se tapó los ojos con la mano. El brazo le dolía. Se dio cuenta de que le dolían más partes del cuerpo y abrió los ojos. El otro lado del lecho estaba vacío.

La luz del sol que entraba en la habitación indicaba que era media mañana por lo menos. Se incorporó asustada. ¿Por qué no la había despertado Emilian?

Recordó la noche anterior. No era de extrañar que estuviera dolorida. Emilian era un amante soberbio e insaciable, pero ella también se había mostrado bastante insaciable. Se sonrojó.

Permaneció sentada con el corazón latiéndole con fuerza y el cuerpo temblando, pensando en todo lo que habían hecho. Ahora eran amantes. Ése era el comienzo del resto de sus vidas, ¿no? Quería sonreír. El corazón amenazaba con salírsele del pecho, tan enamorada estaba.

¿Dónde estaba él? ¿Por qué la había dejado dormir tanto?

Vio su ropa interior en el suelo. El vestido estaba también allí, completamente arrugado. ¿Cómo se iba a atrever a ir a su casa con él? ¿Y si la veía alguien?

Alzó la vista. Encima de la cómoda situada en la pared adyacente había un gran espejo barroco y vio a una extraña en él.

No era posible que aquélla fuera ella. Estaba desnuda en la cama arrugada. Tenía el cuerpo acalorado, el pelo revuelto le caía por los hombros y los pechos; sus ojos azules eran muy brillantes; su boca, hinchada y roja.

Parecía una mujer que ha pasado la noche en brazos de su amante.

Crujió un sillón.

Ariella miró en esa dirección y abrió mucho los ojos. Emilian estaba sentado en un sillón grande de terciopelo verde y la miraba en silencio.

Ella sonrió, pero él mantuvo una expresión distante, dura y vigilante.

A ella le dio un vuelco el corazón. Tomó instintivamente la sábana y se tapó con ella hasta más arriba del pecho.

—Buenos días.

—Buenos días —él se levantó del sillón. Su expresión seguía siendo impenetrable. Estaba completamente vestido, pero no con la ropa de la noche anterior. Llevaba una camisa blanca, pantalones y botas de montar.

—¿Qué haces? —preguntó la joven, dolida. ¿Por qué no le sonreía?

—Te estaba observando.

—¿A mí? ¿Por qué me has dejado dormir? Tengo que ir a casa. ¿Qué hora es?

Él se cruzó de brazos y se acercó a los pies de la cama.

—Son las diez y media.

Ella soltó un grito, pero no se movió.

—Tengo que ir a casa. ¡Me van a descubrir! Emilian, ¿he hecho algo para enfurecerte?

—¿Cómo vas a hacer algo para enfurecerme? Hemos pasado una noche excelente.

Ariella empezaba a sentir dolor en el pecho. Hasta el momento, el tono de voz de él resultaba tan inexpresivo como su rostro.

—¿Hemos pasado una noche excelente? —repitió.

—Aprendes deprisa —él se encogió de hombros—. Sabía que serías una amante extraordinaria.

No hablaba como un hombre enamorado... ni como un

hombre al que le importara ella. Pero no podía considerarla como un objeto que había usado. ¡No podía compararla con otras!

—La noche ha sido maravillosa —dijo con nerviosismo, cada vez más asustada—. Ha sido maravillosa, ¿no es así?

—He ordenado que uno de los carruajes de Woodland te lleve a Rose Hill. Está esperando delante.

Ella abrió mucho los ojos.

—¡Sabes que no puedo ir a casa con esa ropa y con el pelo así! ¿Qué ocurre? ¿Por qué no sonríes? ¿Por qué hablas como si me estuvieras despidiendo?

—Es muy tarde. Debéis iros... señorita de Warenne.

Ella dio un respingo.

—Soy Ariella. Hemos vivido una noche maravillosa y es un comienzo maravilloso —gritó, y ella misma oyó la desesperación en su voz.

El rostro de él se endureció. Por primera vez vio furia en sus ojos.

—¿A qué comienzo os referís?

Ella no sabía qué pensar.

—Yo creía... que después de lo de esta noche... —no pudo continuar.

—Si estáis sugiriendo que prosigamos la aventura... —él se encogió de hombros—, eso se puede arreglar.

—¡No me refería a eso! Tú sabes a lo que me refiero. No he venido a tu cama por una aventura. He venido... —se detuvo. Se sentía herida en el corazón. Él no podía ser tan cruel.

—Os dije lo que ocurriría si veníais a mí anoche.

—Tú no me sedujiste sin compasión. Hicimos el amor.

—Os seduje fríamente. Lo que tuvimos fue sexo.

Ella saltó de la cama, olvidando la sábana.

—¿Por qué haces esto?

Él se cruzó de brazos y una mirada cruel asomó a sus ojos.

—¿Y qué hago exactamente, señorita de Warenne? Vos os arrojasteis en mis brazos. Yo acepté vuestra oferta de sexo. Durante la noche os habéis mostrado satisfecha... ocho veces, creo. Yo también he disfrutado. Y ahora daos prisa en vestiros; si no, no llegaréis a casa sin que os sorprenda vuestra familia. Ya deben de estar preocupados –sonrió por fin.

Ella temblaba de rabia y dolor.

–Hemos hecho el amor.

–¿Y vos cómo lo sabéis?

Ariella guardó silencio.

El se volvió de espaldas y echó a andar hacia la puerta, sin dar muestras de tener prisa.

–Veré si os puedo encontrar una doncella.

Ariella se cubrió la boca con las manos, pero no pudo reprimir un sollozo de angustia.

–¿Queréis deshonrarme?

Él se volvió.

–Yo no os he prometido nada –sus ojos brillaban de rabia–. Fui muy sincero con vos. Si teníais expectativas absurdas, lo siento. Os dije que huyerais de mí.

–Pero yo pensaba... pensaba que sentíais lo mismo por mí que yo por vos –suplicó ella. Se dio cuenta de que estaba llorando.

El rostro de él se endureció.

–Os equivocáis. Yo quería una noche de placer y nada más. Y nunca dije otra cosa –salió de la estancia.

Había cometido un error terrible. Las advertencias de Emilian habían ido en serio. Tendría que haberle creído. No sentía nada por ella. La había utilizado fría y despiadadamente.

Sintió que se le doblaban las piernas y no le importó. Se dejó caer al suelo, volcando en el proceso una mesa que cayó con fuerza sobre su hombro. Dio la bienvenida al dolor. Emilian tenía que haber oído el ruido, pero no volvió.

Ella se acurrucó formando una bola.

Emilian cerró con cuidado la puerta de la biblioteca y se apoyó en ella. El corazón le latía con fuerza y le costaba trabajo respirar.

Nunca olvidaría la expresión de la cara de Ariella.

Había buscado el *budjo*, la mejor venganza de un gitano por todos los males del mundo. De chico había robado una vaca, le había pintado la cara y se la había vendido de nuevo a su dueño. Stevan lo había alabado y Raiza había estado orgullosa. Él había disfrutado del engaño porque el dueño de la granja se había negado a permitirles pasar una noche en sus tierras. El granjero se merecía el *budjo*.

Había querido hacer lo mismo con Ariella de Warenne y vengarse en ella por lo de Raiza e incluso por lo de Jaelle. Sabía que sería fácil poseerla para luego devolvérsela a los payos maculada y usada. Algún imbécil se casaría con ella sin saber que había sido utilizada por un amante gitano.

Pero ella no se merecía esa venganza y él lo sabía muy bien.

La noche anterior le había dicho que lo amaba y él había fingido no oírlo.

No quería su amor. ¿Por qué no podía ser una mujer distinta, una mujer que sólo quisiera sexo? ¿Por qué tenía que tener esos ojos grandes azules capaces de mirar el alma vacía de un hombre y encontrar algo brillante y luminoso? Sabía que estaba confundida, que equivocaba deseo por amor. Él no creía en el amor a primera vista.

¿Por qué tenía que ser virgen? ¿Por qué tenía que decirle que lo amaba?

Se acercó a la estantería más próxima y tiró con todas sus fuerzas, empleando en ello toda su rabia. La madera cayó al suelo con estrépito, se astilló y volaron libros por todas partes. Siguió un silencio terrible.

Sólo había querido poseerla y devolverla a los payos. De haber sido ella una mujer diferente, con experiencia, el *budjo* habría sido fácil y ella no habría sufrido mucho. Tal y como era, la había destrozado.

Se daba cuenta demasiado tarde de que no había tenido en cuenta las consecuencias de sus actos. Sabía demasiado tarde que no quería abusar y herir a una mujer así.

Le costaba trabajo respirar. Era como si sufriera con ella. Y entonces oyó el piano.

Se puso rígido. Nunca había oído una música tan hermosa y sentida. Él tocaba a menudo de oído, según su estado de ánimo. No sabía quién tocaba ahora una melodía tan profundamente triste y llena de anhelo.

Reconoció la profundidad del dolor que oía y permaneció un momento paralizado.

Y entonces la melodía cambió. Se volvió ligera, animosa, llena de esperanza y alegría.

Abrió la puerta y corrió a la sala de música. Se detuvo. Las dos puertas estaban abiertas y Jaelle, sentada al piano, movía rápidamente los dedos por las teclas. Sonreía, pero las lágrimas caían por su rostro.

Emilian cerró los ojos. Ella había encontrado alegría en ese momento, pero la suya era una vida de dolor.

Todos los cíngaros vivían así.

Había hecho bien en usar a la señorita de Warenne.

—¡Dios mío! ¿Qué ha pasado? —gritó Margery.

—Cierra la puerta —susurró Ariella, sentada en el alféizar de la ventana envuelta en una sábana.

Ahora estaba atontada; suponía que se encontraba traumatizada. Había conseguido enviar recado a Margery, pero desde entonces no había hecho otra cosa que mirar el vacío.

Margery cerró la puerta. Llevaba un paquete en los brazos. Miró sorprendida la cama revuelta y la ropa de Ariella esparcida por el suelo. Sus ojos volvieron al rostro de Ariella.

—¿Quién te ha hecho esto?

Ariella miró a su prima.

—Estoy bien.

Era mentira. Nunca volvería a estar bien.

Recordó a Emilian como lo había visto la última vez... frío, impasible y despiadado.

Sintió una puñalada de dolor.

Se daba cuenta demasiado tarde de que había sido una tonta romántica.

Margery dejó el paquete en la cama y corrió a abrazarla. A Ariella no le quedaban lágrimas, pero el dolor seguía allí, abrasándole el pecho. Tal vez un día pudiera odiarlo, de no ser porque él le había dicho exactamente lo que pasaría si se revolcaba con él.

—Querida —Margery miró la cama—. ¿Quién ha hecho esto?

Ariella no podía contestar. Por horrible que fuera Emilian, le costaba dar su nombre incluso a Margery, a la que podía confiar un secreto tan terrible.

Su prima luchaba claramente por conservar la calma.

—¿Por qué no me cuentas lo que ha pasado y quién te ha hecho esto?

Ariella suspiró.

—Vine aquí a por una aventura. Pensaba que estaba enamorada y que él también me amaba. Me equivocaba.

Margery dio un respingo.

—¿Cuándo te has enamorado de St Xavier? Mejor dicho, ¿de qué lo conoces?

Ariella sentía aumentar el dolor. Su amor había sido unilateral. Ahora ya no podría amarlo. Le resultaba difícil analizar sus sentimientos, pues estaba consumida por el dolor.

—Es casi mediodía. ¿Me ayudarás a llegar a casa sin que me descubran?

—¿Sin que te descubran? Ariella, tu padre se encargará de que St Xavier se case contigo.

—Yo no quiero casarme con él. No ha sido St Xavier —gritó Ariella, a punto de perder la compostura—. Ha sido el cíngaro.

Margery dio un respingo.

—¿El gitano?

Ariella se acercó al paquete sujetando bien la sábana sobre su cuerpo. Se sentía destrozada física y emocionalmente.

—Sí, ha sido Emilian.

Margery la siguió. Tomó el paquete y lo abrió. Dejó el contenido sobre un sofá pequeño.

—No sé cómo has podido creerte enamorada de un hombre al que conociste hace dos días —comentó.

Ariella se secó los ojos.

—Todos en nuestra familia se enamoran repentinamente antes o después. Es obvio que yo no soy una excepción.

—Estás enamorada de Emilian —dijo Margery con lentitud, más pálida que antes.

—Creía estarlo —corrigió Ariella.

Su prima la abrazó.

—No sé qué decir. Has ido demasiado lejos, pero tu padre puede obligarlo a ir al altar.

—Nunca me he sentido tan atraída por nadie. En cuanto lo vi, me sentí conquistada —respiró hondo—. Supongo que él tenía razón. Me dijo que era deseo y no amor. Me advirtió que no me acercara a él. Yo no hice caso. Me dijo que, si hacíamos el amor, se marcharía al día siguiente —estaba temblando. ¿Por qué no había escuchado? —Al parecer, no era amor después de todo. Era deseo.

Margery la miraba con ojos muy abiertos. Siguió una pausa dolorosa.

—¿Te advirtió que te alejaras y tú viniste en su busca de todos modos? —preguntó con incredulidad.

—Cometí un terrible error —Ariella se mordió el labio inferior—. Él se irá pronto. Y yo pensaba que, si venía a Woodland, una aventura sería el comienzo para nosotros.

Margery se frotó la cara.

—Es un villano, pero al menos te contó sus intenciones, por deshonrosas que fueran. Parecía desear que te alejaras de él. Otra mujer le habría hecho caso.

Ariella cerró los ojos brevemente. Ella lo sabía mejor que nadie.

—Bien, todos los días se cometen errores y no es el fin del mundo. Vamos a vestirte y llevarte a casa y pensaremos juntas en la situación. Salvaremos tu reputación —añadió su prima con firmeza.

Ariella no estaba segura de que le importara su reputación, pero a sus padres les importaría mucho.

—Gracias —susurró.

Margery la ayudó a ponerse una camisola, enaguas y un vestido azul.

—¿Tú te casarías con él?

Ariella la miró. Tenía la mente en blanco.

—Lo que he dicho antes iba en serio. Si acudes a tu padre, obligará a Emilian a ir al altar y tú lo sabes.

Ariella no comprendía el torbellino que había en su corazón. Se cubrió el pecho con la mano.

—Estoy confusa. Hace una hora me he despertado llena de alegría y locamente enamorada.

Margery palideció aún más.

—¡Y él estaba tan frío, tan tranquilo... tan cruel!

Margery corrió a abrazarla de nuevo.

Ariella la apartó.

—No, soy una tonta. Creía que había encontrado lo que tienen todos los demás en la familia... amor verdadero que duraría para siempre. Pero, en vez de eso, he vivido una aventura sórdida. Estoy tan herida que no puedo pensar.

—Yo estoy muy cansada de ese mito familiar —declaró Margery con calor—. ¿Sabes cuándo se van los gitanos de Derbyshire?

Ariella comprendió que su prima pensaba en forzar un matrimonio por su bien, pero eso sería imposible si los cíngaros desaparecían y no podían encontrarlos.

—No sé cuándo se irán. No creo que nadie pueda obligar a Emilian a hacer algo, ni siquiera mi padre —de pronto se le doblaron las rodillas. Todo su plan había fallado y él se marchaba de todos modos—. Anoche hice el amor con él. Le dije que lo amaba. Pero él no me hizo el amor. No puedo casarme con un hombre que no me ama —quería que Margery la entendiera—. ¿Podrías tú?

—No —repuso su prima, sombría—. No podría.

—De todos modos, nunca he querido casarme.

—Tú te mereces amor verdadero, Ariella... y lo encontrarás, porque eres la mujer más extraordinaria de esta familia —declaró su prima—. Eres inteligente y buena. Nunca has sido mala con nadie. Ese hombre sufrirá por lo que ha hecho. Tú te mereces un caballero, Ariella, no un sinvergüenza.

Ariella movió la cabeza.

—Probablemente sufre todos los días de su vida.

Margery la miró sorprendida.

—Ayer estuviste en el pueblo. Es odiado y despreciado. Hay tiendas y posadas donde se le niega la entrada. Deberías haber visto al alcalde y sus amigotes en Rose Hill antes de que llegaras. Estaban frenéticos por echar a los gitanos.

—Por favor, no te permitas sentir compasión por él ahora.

—Si me estás diciendo que lo odie, no puedo. Ya lo odian otros por mí —en ese momento comprendió que acababa de decir la verdad.

—Ariella —dijo su prima—, tu compasión es peligrosa. ¿Y si se aprovecha de ella?

—No temas. No volveré a verlo. He aprendido la lección. Es demasiado dolorosa para no aprenderla —se alejaría de él. Su compasión no era peligrosa; lo peligroso era él.

Margery empezó a abrocharle el vestido.

—Necesitamos un plan. No se me ocurre cómo vamos a volver a Rose Hill. Tu desaparición no ha pasado desapercibida. Cuando yo salía, Amanda decía que seguro que habías salido con un libro y estabas leyendo en alguna parte.

Como ella desaparecía a menudo durante horas con un libro, aquello no resultaba tan descabellado.

—Tengo un plan, pero no es muy bueno —tomó un cepillo del pelo—. Voy a decir parte de la verdad y luego voy a mentir.

Margery la miró a los ojos.

—¿Y cuándo has mentido tú a tu familia?

—No tengo elección —respondió Ariella con firmeza—. Si no miento, mi padre lo matará.

Emilian detuvo el alazán gris delante de la posada El Venado Blanco. El odioso cartel seguía en su sitio. Bajó del caballo con rabia y recordó a su hermana sentada al piano llorando. Ató el caballo al poste y entró en el establecimiento.

La sala de la taberna estaba oscura y llena de humo. Había una docena de hombres sentados en varias mesas y en la barra. Se volvieron a mirarlo y cesaron las conversaciones. Él miró la barra, donde el posadero, Jack Tollman, servía ale.

Jack le sonrió.

—Bienvenido, señor. Hace una tarde hermosa para una jarra de ale, ¿verdad, muchachos?

Los dos hombres sentados en la barra asintieron con sonrisas obsequiosas.

Emilian sabía que, cuando les diera la espalda, murmurarían sobre él. Avanzó despacio, con los ojos fijos en Jack.

—¿Dónde está la chica que lee la buenaventura, Tollman? —preguntó con frialdad.

La sonrisa se borró del rostro del posadero.

—No la he visto, señor. Ayer estuvo aquí. Pero estafó a los clientes y tuve que echarla.

Emilian se inclinó sobre la barra, peligrosamente cerca de Jack, al que le olía el aliento a alcohol.

—Ella no estafó a nadie —dijo con suavidad.

—Disculpad —dijo Jack, obviamente nervioso—. Sí, creo que nos equivocamos con la chica gitana.

—La chica gitana es mi hermana.

Tollman palideció.

Emilian lo agarró por el cuello y apretó los dedos. Imaginó a Jaelle huyendo de esos hombres y aumentó la presión con placer.

—¡Bas... ta! —suplicó Tollman.

—¡Tu la tocaste, le hiciste daño! —rugió Emilian. Quería matar a aquel hombre por lo que había hecho.

Unas manos lo agarraron por detrás. No hizo caso y arrastró a Tollman encima de la barra mientras los clientes intentaban apartarlo con frenesí. El pánico agrandaba los ojos del posadero y Emilian oía que le gritaban que parara. Unas manos le tiraban de los hombros, los brazos y las muñecas, pero él rehusaba soltar a Tollman, consciente de que todos los hombres de la estancia intentaban ahora apartarlo. ¡Que lo intentaran! Tollman pagaría por lo que había tratado de hacerle a Jaelle y él lo vería morir lentamente.

Estaba a punto de cometer un asesinato.

Esa frase se instaló en su mente. Una parte distante de él quedó horrorizada.

Pero a su mente acudió la imagen de Raiza yaciendo sin vida en una calle adoquinada de Edimburgo, asesinada por los payos.

«Te amo, Emilian».

Oyó la declaración apasionada de Ariella, pero la vio tal y como la había dejado... dolida y pálida, con los ojos llenos de lágrimas de dolor.

«No lo hagas, Emilian».

Era casi como si ella estuviera a su lado, tan claramente la oía.

Vaciló y aflojó las manos. De pronto se vio apartado de Tollman y un puñetazo le golpeó la mandíbula. Se tambaleó, pero se recuperó enseguida. Vio que Tollman caía al suelo tosiendo.

—¡Ha intentado matar a Jack!

—¡Cerdo gitano asesino!

Ahora fue consciente de que la turba estaba dispuesta a ir a por él. Los desafió en silencio a decir una palabra más sobre él. Nadie habló. Todos lo miraban con hostilidad, dispuestos a atacarlo.

—Que nadie vuelva a tocarla o tendréis que responder

ante mí –se llevó un dedo al labio ensangrentado y, cuando salía, los oyó murmurar sobre gitanos y ladrones. Sintió que se movían detrás de él como lobos, que lo seguían con intención depredadora.

Sabía que, si echaba a correr, precipitaría la caza. Sabía que querían destrozarlo. Salió a la luz del día y casi tropezó con un caballero que se disponía a entrar. Los clientes lo siguieron al umbral.

–¿Qué pasa aquí? –preguntó el caballero moreno.

Emilian se detuvo al lado del poste respirando con fuerza, atónito por sus propias acciones. Nunca había sentido una violencia asesina de ese tipo.

–Ha intentado asesinar a Jack, capitán de Warenne –gritó alguien.

Emilian miró al caballero. Reconoció sus ojos azules y supuso que era hermano de Ariella.

–Esto ha terminado –dijo el capitán–. Volved adentro –ordenó a la gente.

Ellos obedecieron gruñendo, excepto Jack Tollman, que apareció en el umbral.

–Yo lucho mis propias batallas –dijo Emilian al caballero.

De Warenne lo miró como si fuera idiota.

–¿Ah, sí? Pues estaban a punto de atacaros y, teniendo en cuenta las probabilidades, creo que podríais haber acabado muerto –dijo con frialdad–. Soy Alexi de Warenne.

Emilian no tenía intención de presentarse. No necesitaba ayuda de Alexi de Warenne ni de nadie.

–Me ha atacado –Tollman respingó con furia–. Quiero que lo encierren. Quiero que lo acusen de asesinato.

Emilian volvió a sentir el impulso loco de la violencia. Adelantó un paso y sonrió.

–Bien, acúsame y yo te acusaré del intento de violación de mi hermana.

Tollman palideció.

Alexi de Warenne miró a uno y otro.

–Yo no sabía que era vuestra hermana –repuso Tollman–.

Y no hubo intento de nada. Ella leyó la mano a algunos parroquianos. Nada más.

Emilian respiraba con fuerza. Se limpió más sangre de la boca.

—Ella huía de vosotros, que queríais forzarla. Eso es un intento de violación.

—Eso no es cierto —contestó Tollman—. Decidle lo que pasó, capitán.

Emilian lo miró con fijeza.

—Yo estaba presente —dijo Alexi—. Vi la persecución y la paré antes de que hicieran un daño serio a vuestra hermana.

—¿Vos la parasteis? —Emilian estaba atónito.

—Sí —los ojos de Alexi se oscurecieron con furia—. Yo jamás permitiría que abusaran de una mujer. Quería que Jaelle fuera a Rose Hill con mi hermana, pero ella salió corriendo antes de que Ariella pudiera curarle las heridas.

Emilian lo miraba con incredulidad.

—¿Vos ayudasteis a mi hermana?

—Pues claro que sí. Ayudaría a cualquier mujer en su situación.

Emilian se volvió horrorizado. Alexi de Warenne había salvado a Jaelle de la deshonra y él, a cambio, había deshonrado a la hermana de Alexi.

Sentía náuseas y estaba mareado. Se agarró al poste y pensó que iba a vomitar. Se odiaba a sí mismo.

Alexi se volvió.

—Nadie va a acusar a nadie —dijo a Tollman—. Dejad en paz a los cíngaros y dejad en paz a sus mujeres. No necesitamos esa clase de odio y violencia en Derbyshire. Se marcharán pronto, os lo aseguro.

Pasaron las náuseas, pero no la tensión nueva y terrible. Emilian volvió la espalda al capitán y se acercó a su caballo. Su comportamiento iba más allá del deshonor. Debería haber elegido a otra persona para el *budjo* y la venganza.

Sintió que de Warenne caminaba tras él. Luchó por controlarse y se volvió.

—Puedo luchar mis propias batallas, pero os agradezco que ayudarais a mi hermana.

Alexi se encogió de hombros.

—Es lo que hace un caballero. Necesitáis un consejo. No os culpo por vuestra furia, yo haría lo mismo por mi hermana, pero yo no soy cíngaro. Enfrentarse a él en su posada ha sido una tontería. ¿Qué pensabais que ibais a ganar con eso? Si lo hubierais asesinado, os colgarían.

Emilian lo miró y vio a Ariella. Su hermano lo mataría si se enteraba de lo que había pasado entre ellos, y tendría todo el derecho.

—Intentaré recordar vuestro consejo en el futuro.

—Sólo pretendo ayudar.

—No necesito vuestra ayuda.

Alexi de Warenne lo miró un momento.

—Tenéis que iros con vuestra gente —dijo con firmeza—. Cuanto antes, mejor. La gente del pueblo está enfadada y recelosa. Están llenos de odio y miedo. Esto no acabará hasta que os vayáis.

—¿Y vos no estáis llenos de odio? —Emilian lo miró fijamente.

Alexi achicó los ojos.

—No, yo no estoy lleno de odio.

Emilian pensó que se parecía a su hermana. Tomó las riendas y montó, sin hacer caso ya del otro. Pero no podía ignorar sus remordimientos.

CAPÍTULO 9

−¿Has pasado la noche en el campamento de los cíngaros? −preguntó Cliff de Warenne con incredulidad.

Ariella estaba ante su padre, con Margery al lado y el pulso latiéndole con una fuerza alarmante. Nunca se había sentido tan mal. Su padre la adoraba; a sus ojos no podía hacer nada malo. Era muy consciente de que quedaría destrozado si sabía lo que había hecho. Peor, mataría a Emilian.

−Me invitó una de las mujeres −intentó sonreír.

Él se sentía tan incrédulo que no podía hablar. Amanda, a su lado, igualmente sorprendida, miraba preocupada a su esposo.

−¡Has ido demasiado lejos! −exclamó Cliff−. ¿Cómo llegaste allí? Espera, tú sabías que yo no lo permitiría, ¿y te escapaste de esta casa? A los cíngaros no les gustan los extraños, ¿pero una de las mujeres te invitó?

Recelaba y Ariella estaba muy tensa. Su relación siempre había sido de confianza absoluta; nunca había hecho nada para violar esa confianza.

−Sí −se humedeció los labios−. Ayer Alexi y yo ayudamos a Jaelle en el pueblo. La perseguían varios hombres. Y yo había hablado antes con ella, cuando llevamos dulces a los niños. Nos estamos haciendo amigas.

Su padre la observó detenidamente.

—Tú sabes que tengo amigos excéntricos en la ciudad —continuó ella sin aliento.

Su padre le dedicó una sonrisa tan peligrosa que ella se asustó.

—¿Qué ha pasado, Ariella?

Amanda le tocó el brazo en señal de advertencia. Él no hizo caso.

—Fue una noche de fiesta —la joven sintió calor en las mejillas—. Tocaron guitarras y violines, los hombres y las mujeres bailaron; algunos cantaban.

Él empezó a mover la cabeza.

—Una noche de fiesta —repitió.

Ariella nunca lo había visto tan enfadado con ella.

—Padre, era investigación de campo. Me interesa mucho la cultura gitana. ¿Cuándo volveré a tener una oportunidad así?

El rostro de él se endureció.

—¿Te abordaron?

—¿Abordarme?

—¿Dónde estaba su jefe anoche, Ariella? El *vaida* Emilian —preguntó con suavidad.

Ella se echó a temblar. No podía mentirle... pero tampoco podía decirle la verdad.

—Estaba allí, pero hablamos muy poco.

Él la miró fijamente y ella confió en no haberse sonrojado.

—¿De veras? —preguntó él con escepticismo.

—Hablamos muy poco —repitió ella—. La verdad es que a mí me habría gustado que pudiéramos tener una conversación seria, porque es un hombre muy poco corriente y estoy segura de que tiene muchas historias interesantes que contar. Después de todo, probablemente ha viajado tanto como tú. Pero no le interesaba conocerme más. Dejó el campamento poco después de que yo llegara.

—Si estás pensando hacerte amiga suya, te digo que es mala idea. No debes acercarte a él. Y no puedes salir simplemente de casa en plena noche para ir a investigar tu última pasión –dijo él con severidad.

Ariella se mordió la lengua. Había tenido muchos debates con su padre, y con los demás miembros de la familia, y le gustaban los intercambios de opiniones animados. Pero ése no era el momento para señalar que en Londres asistía a reuniones de radicales que se prolongaban más allá de la medianoche sin informar de sus actos a nadie aparte del cochero.

Cliff parecía ahora más tranquilo, pero sus ojos azules eran penetrantes.

–Me enteré de lo que pasó en el pueblo. Lo siento por la mujer y me alegro de que tu hermano y tú estuvierais allí para ayudarla. Y no me sorprende que sientas tanta empatía con los cíngaros, especialmente después del ataque a Jaelle. El pueblo de tu madre ha sufrido la misma persecución y el mismo odio. Pero tú llevas demasiado lejos tu interés y compasión. Te podían haber atacado en el camino o en el campamento. Eres una mujer soltera, joven e inexperta. Me da igual el mundo que hayas visto. Yo me he propuesto resguardarte como a una gema rara. Eres mi hija y, hasta que estés casada, es mi deber protegerte de todos los modos posibles. No puedes salir de esta casa a horas inaceptables sin mi permiso... y sin escolta.

La joven no tenía intención de discutir, y menos cuando parecía que podía salir ilesa de aquella confrontación.

–Padre –sonrió y le tocó la manga–. Me he equivocado y seré la primera en admitirlo –consiguió sonreír otra vez, aunque era muy consciente de que su corazón seguía siendo una herida abierta en el pecho–. Lo siento mucho.

–No quiero más investigaciones nocturnas, Ariella –él miró a su esposa y la besó brevemente–. Nos vemos luego –dijo, y salió.

Ariella miró a Margery, que parecía incrédula. La joven sabía que había escapado por los pelos.

Amanda la tomó del brazo.

—Ha debido ser una noche muy especial.
Los ojos verdes de su madrastra la miraban interrogantes.
—Ha sido muy educativa.
—Pareces agotada.
Ariella no supo qué contestar.
—Y pareces triste —sonrió Amanda con gentileza—. Si te pasa algo, sabes que puedes acudir a mí.

Ariella asintió, pero no en serio. Quería a su madrastra; no había conocido a su madre y tenía seis años cuando su padre se casó con Amanda. Ella era su madre en todos los sentidos. Pero estaba locamente enamorada de Cliff, aun después de tantos años. Ariella sabía que no había secretos entre ellos. Si Amanda se enteraba de la verdad, se vería obligada a decírsela a Cliff.

Amanda la besó en la mejilla y salió del salón.

Ariella estaba a punto de derrumbarse en el sillón más cercano cuando vio a Alexi de pie en el umbral de la habitación contigua y se puso rígida.

La expresión de él era muy recelosa. Se cruzó de brazos.
—¿Qué hiciste exactamente anoche?

Emilian caminaba por el pasillo. Habían pasado varios días y se alegraba de no haber matado a Jack Tollman. Él era muchas cosas, pero no un asesino. No obstante, ese día casi había perdido toda disciplina. No debía permitir que eso volviera a ocurrir. Era demasiado peligroso. Una cosa era venganza y otra asesinato.

Abrió las puertas de la biblioteca con las sienes palpitantes de dolor. Ir a diario a la biblioteca se había convertido en una tarea difícil. Era muy consciente de la puerta del dormitorio situada más abajo en el pasillo y de lo sucedido allí.

Pero evitar el dormitorio no borraba sus pensamientos, no cambiaba los recuerdos ni cambiaba los hechos.

Lanzó una maldición y se acercó al escritorio a ver el correo. Sabía que nunca olvidaría lo que había hecho. Debería haberse sentido triunfante, pero sólo sentía furia y remordimientos. Fue pasando los sobres en busca de la carta de su abogado. Cuando acercaba el abrecartas de marfil al sobre, la cara herida y acusadora de Ariella apareció en su mente.

Al menos ahora no lo amaba. Y probablemente tampoco lo había amado antes. Simplemente él había sido su primer amante, nada más.

Se obligó a concentrarse en la carta de su abogado. Brian O'Leary tenía varios candidatos para el puesto de administrador, todos muy bien recomendados. Enviaría a uno, o a todos, a Woodland para que los entrevistara cuando supiera qué fechas podían ser convenientes.

Emilian escribió una nota de respuesta, pero, cuando le puso la fecha, se quedó inmóvil.

Era el 22 de mayo. ¿De qué le sonaba aquella fecha?

Se levantó y fue a la puerta.

—¡Hoode!

Pasó un momento antes de que apareciera el mayordomo corriendo.

—¿Señor?

—¿Qué tiene de importante este día? —preguntó Emilian con brusquedad.

—No lo sé, señor.

—Es 22 de mayo. La fecha me suena de algo.

Hoode levantó las cejas.

—Lo único que yo sé que pase este día, señor, es que esta noche es el baile campestre de los Simmons.

Emilian se quedó paralizado. Había oído claramente a la prima de Ariella decir algo de aquel baile. Su familia estaría allí... ella también estaría allí.

El corazón empezó a latirle con fuerza.

Y supo muy bien lo que significaba aquella reacción. Era deseo.

—Gracias, Hoode —dijo, volviéndose.

Ella seguía excitándolo, pero no habría caza ni conquista.

Ya había hecho bastante. La había herido y no tendría que haberlo hecho. Debería haber buscado a otra persona para vengarse. Ahora estaba en deuda con su hermano.

«Ella estaría en el baile».

Casi sonrió. Ella no bailaba muy bien, pero la imaginó con un vestido de baile y joyas, girando en un vals en brazos de un caballero. Y entonces se dio cuenta de que el caballero era él y su excitación creció salvajemente.

Llevaba días pensando en ella, desde su seducción calculada. No quería seguir pensando en ella, en su sonrisa ni en sus ojos, y desde luego, no quería pensar en su pasión y no quería imaginarla bailando el vals con nadie y menos con él. Pero ella era como un faro de luz en un mar oscuro y peligroso. Era imposible ignorarla.

Se apoyó en la pared. Era muy hermosa y más tentadora que ninguna mujer a la que hubiera conocido, pero, por otra parte, había sido lo bastante excéntrica para reunirse con él en Woodland. Era una mujer poco corriente, de eso no había duda.

A él le gustaba disfrutar de las mujeres a las que encontraba deseables, pero nunca antes había perseguido a una mujer inocente. Ariella había sido la primera y lo había hecho por venganza. Tal vez ya no fuera virgen, pero seguía siendo ingenua e inexperta. Había abusado de ella una vez y no debía volver a hacerlo. Perseguirla no estaría bien.

Si volvía a tener la oportunidad de acostarse con ella, podía acabar perdiéndose del todo en sus brazos.

Tenía intención de terminar la carta a O'Leary, pero el pulso le latía con fuerza al imaginar a la joven seduciéndolo con los ojos, con su inocencia y su sonrisa. No sabía qué había sido de ella desde su encuentro. Probablemente ahora lo odiaba.

Esperaba que así fuera. De ese modo no se le acercaría para terminar lo que habían empezado. Sobre todo porque él no había tenido intención de empezar nada con ella.

Por otra parte... ¿Y si no lo odiaba?

Se volvió despacio, lleno de tensión. No analizaría sus motivos en ese momento.

—Hoode, preparadme la ropa de noche.

Esa vez era él el que no podía mantenerse alejado.

Había una luna llena creciente perfecta en un cielo nocturno cuajado de estrellas. Salió del carruaje, que se había detenido delante de la mansión de los Simmons. Tres docenas de vehículos se alineaban a lo largo del semicírculo que formaba el camino de entrada, en cuyo centro había una fuente. Emilian se detuvo un instante delante de los escalones de piedra que llevaban a la puerta principal. Raramente salía de noche, y menos para un baile. La longitud de la levita lo molestaba, el cuello postizo lo ahogaba y prefería las botas a los zapatos. Se aflojó un poco la corbata de seda negra. Sentía calor y sabía muy bien por qué.

Empezó a subir los escalones. Nunca había estado en casa de los Simmons, aunque le habían invitado docenas de veces. Ni siquiera se molestaba en mirar las invitaciones sociales que recibía; las descartaba y en paz. Mientras Hoode le ayudaba a vestirse, le había informado de que no había sido invitado a ese baile. Emilian se había sentido decepcionado, pero ya había tomado una decisión e iría de todos modos. No podía seguir negando que deseaba ver a la señorita de Warenne, pero no para perseguirla. Quería averiguar si se había recuperado del brutal episodio con él. Y le debía una disculpa, que pensaba transmitirle con discreción.

También quería saber si ella lo odiaba.

—Señor, estarán encantados de recibiros —le había insistido Hoode—. Sin duda no os han invitado porque piensan que no vais a aceptar ninguna invitación.

Emilian confiaba en que su mayordomo tuviera razón. Las palabras *No se admiten gitanos* cruzaron por su mente. Pero todas las grandes familias de Derbyshire lo habían invitado a sus fiestas en muchas ocasiones. Hoode probablemente tenía razón... esa noche sería bien recibido.

Los lacayos de la puerta lo saludaron con inclinaciones de cabeza cuando pasó ante ellos. Llegaba unos cuarenta minutos tarde y, cuando lo guiaban hacia el salón de baile, oyó conversaciones y también un piano y un harpa. En cuanto llegó al umbral del salón, la vio entre la multitud.

Estaba en la pista de baile, en brazos de otro hombre. Era tan hermosa y sus recuerdos tan terribles, que el corazón le dio un vuelco.

Se le ocurrió que estaba en apuros si ella era capaz de provocarle una reacción así después de sólo cinco días.

Pero no se movió. El corazón le latía con fuerza y no podía dejar de mirarla.

Llevaba un vestido verde pastel con escote bajo en forma de V y mangas pequeñas que descubrían los hombros. Llevaba el cabello al estilo inglés que tan poco atractivo le resultaba a él, muy rizado y recogido en alto, con varios rizos colgando sueltos alrededor de la cara. Pero no importaba. Ningún peinado podía disminuir su belleza... y él confió en que lo que le había hecho no hubiera disminuido su espíritu. Se dio cuenta de que sonreía a su compañero de baile.

Una rabia peligrosa lo embargó por dentro. Ella no era suya, así que no podía estar celoso. Luego su rabia se evaporó, pues ella bailaba con su hermano.

Aunque aliviado, estaba demasiado tenso para relajarse. Su sangre estaba demasiado caliente. Una noche de seducción no había sido suficiente.

Los observó moverse por la pista al ritmo del vals, un baile que consideraba elegante pero demasiado serio. Su hermano era un buen bailarín, pero ella no. Acababa de tropezar con el pie de su hermano. Emilian sonrió. Ella también reía de su error.

Estaba contenta y, curiosamente, eso le alegró. Los miró girar con pasos medidos, como si ella los contara. ¿Cómo podía ser tan rígida bailando con lo sensual que era en la cama?

—¡Milord St Xavier! —exclamó un hombre.

Se volvió. No reconoció al caballero que le tendía la mano con una sonrisa amplia. Inclinó la cabeza y estrechó la mano.

—Es un gran placer veros, señor —dijo el hombre.

A sus espaldas oyó que otro hombre decía con incredulidad.

—¿Ha venido St Xavier?

Sabía que empezaban las murmuraciones y que contenían algo más que especulaciones... contenían injurias.

—Señor, buenas noches —le sonrió una morena hermosa, acompañada de su esposo, bajo y calvo. Le tendió una mano enguantada y sus ojos brillaron con una invitación familiar.

Jane Addison había estado en su lecho todas las tardes del mes de abril, pero hacía tres semanas que no la veía... y no deseaba volver a disfrutar de sus favores. Tomó su mano y se inclinó sobre ella.

—Señor, es un gran placer —sonrió también su esposo.

Emilian le devolvió la sonrisa. Lo había visto de pasada a lo largo de los años, pero no había hablado con él. Asintió con la cabeza y oyó decir a alguien:

—No puedo creer que haya salido de su guarida.

El tono era mordaz.

Miró al marido de su ex amante sin remordimientos. Él no era la primera aventura adúltera de Jane ni sería la última. Además, cuando montaba a Jane en el suelo, sobre el escritorio o contra la puerta, no pensaba en ningún insulto. Había otras mujeres en la habitación de las que había disfrutado porque quería vengar en ellas el desdén o la condescendencia de sus maridos.

—¿Es cierto? —susurró una mujer.

Sabía, sin ninguna duda, que hablaban de su herencia gitana. Se volvió enojado. Tres jóvenes muy hermosas acompañaban a su primo Robert y los dos amigos de éste. Las mujeres se ruborizaron. Robert le sonrió y él supo que su primo disfrutaba del tema.

—Veo que por fin has salido —Robert le tomó la mano y se la estrechó como si fueran amigos—. ¿Puedo presentarte a las damas? La señorita Hamlin, la señorita Cutty y lady Haverford.

Ellas lo saludaron entre reverencias y risas. Eran muy tontas y él había olvidado lo irritantes que podían ser las vírgenes. Miró la pista. La pieza había terminado y Ariella se apartaba del abrazo de su hermano. El corazón le dio un vuelco.

Ella no era irritante.

Era orgullosa, inteligente, directa.

¿Y si no lo odiaba?

Se dio cuenta de que las tres jóvenes hablaban a la vez, pero no se molestó en mirarlas. Observó el salón. Una docena de caballeros miraban a Ariella. Él no era el único que la deseaba, por supuesto.

—Señor —una de las debutantes le tiró de la manga—. ¿Esto significa que ahora saldréis con nosotros? Nos encantaría disfrutar de vuestra compañía en la fiesta de junio.

Él no miró a la joven que hablaba, pero procuró no mostrar rechazo a su contacto. No debería haber ido allí, pues quería perseguir a Ariella. Peor, quería que desaparecieran todos los demás para poder observarla abiertamente.

No le importaría enseñarla a bailar.

Movió la cabeza. Bailar con ella sería ahora imposible después de la noche que habían pasado juntos.

Ella cruzaba la pista; su hermano la dejaba con su prima y su hermana y un grupo de hombres, la mayoría de los cuales la miraban sin reparo. Se cruzó de brazos. Debería irse. Quería tenerla de nuevo en su cama y eso era simplemente inaceptable. Esa noche pensaba comportarse con honor. Pero quizá se quedara toda la noche sólo para ver cuál de esos estúpidos llegaba más lejos con ella.

Ariella, que estaba de perfil, se puso rígida y él supo que había sentido su mirada.

Se volvió despacio, con expresión sorprendida. Su rostro

se quedó muy blanco. Margery la tomó del brazo. Entonces la prima también lo vio y lo miró con incredulidad.

Ariella se llevó una mano al escote, donde el corazón probablemente le latía con fuerza. Estaba alterada y no era de extrañar. Emilian se despreciaba a sí mismo.

Ariella se giró y salió del salón con su prima. Él las vio retirarse a una especie de terraza o jardín.

—¿Conoces a la señorita de Warenne? —preguntó Robert con curiosidad.

Ariella cruzó el patio oscuro apoyándose en Margery. No podía respirar. Llevaba cinco días intentando olvidarlo y ahora él aparecía en el baile vestido como un inglés.

—Tienes que sentarte —le dijo su prima.

Ariella luchaba por respirar con el corazón latiéndole con fuerza. Margery la llevó al borde de una fuente pequeña donde ella se sentó agradecida, pero seguía incrédula.

—¿Qué hace aquí?

Su prima se sentó a su lado y la rodeó con el brazo.

—No lo sé. Me aseguraré de que se marche —contestó con fiereza.

Ariella sentía que se le partía el corazón. Se lo cubrió con la mano.

—He intentado olvidar lo que pasó. He intentado olvidarlo a él. Estaba decidida a ser sensata. ¡Me he puesto a leer libros de los mongoles! —gritó.

—Lo sé —susurró Margery.

Pero su prima no sabía que las palabras resultaban borrosas y sólo podía ver a Emilian mirándola con ojos ardientes de deseo. Ni que lo veía también sentado en aquel sillón, mirándola distante y frío. Margery no podía saber que sus recuerdos eran tan vívidos que casi podía sentir sus manos en la piel y oír su voz suave alentándola... o su voz fría atacándola. No había conseguido ahogar los recuerdos. Peor aún, el recuerdo de la pasión excitaba su cuerpo a pesar de que ella no quería pasión nunca más. El recuerdo de su despedida brutal seguía hiriéndola.

Ariella se puso tensa al notar que se abría la puerta por la que habían salido. Emilian salió a su vez al patio.

Margery se levantó de un salto.

—¡Marchaos!

Ariella luchó por respirar mientras se incorporaba. ¿Qué quería? ¿Por qué hacía eso?

—Quiero hablar con la señorita de Warenne —dijo él con calma.

Margery se adelantó.

—¡Me parece que no!

Emilian no la miró. Miraba a Ariella, esperando su respuesta.

¿Quería clavar más hondo la navaja de su indiferencia en el corazón ya sangrante de ella? Ariella empezó a temblar.

—Déjanos —dijo a su prima.

Margery se giró.

—Ariella... —protestó.

—No, déjanos.

La rabia apareció de pronto, sorprendiéndola. En los últimos cinco días no había estado rabiosa ni una sola vez. En vez de eso, había hecho lo posible por racionalizar el dolor e intentar olvidar lo ocurrido. Pero Emilian no era un hombre al que pudiera olvidar fácilmente.

Margery se volvió a Emilian.

—No podéis volver a hacerle daño —le advirtió—. Y no me gusta esto.

Él la miró al fin.

—Sólo quiero decirle unas palabras. Vuestra prima está a salvo por el momento.

Margery entró en la casa.

Ariella no pensó. Se acercó a él y lo abofeteó con todas sus fuerzas. Él no parpadeó, pero la bofetada sonó fuerte y ella dio un respingo y se llevó la muñeca al pecho. Tenía lágrimas en los ojos.

—¡Maldita sea! Podríais haberos roto la muñeca —le tomó la mano y la sostuvo con firmeza.

Ella levantó la vista. La muñeca le dolía tanto que empezó a llorar.

—¡Soltadme! ¡No me toquéis! No puedo soportar que me toquéis —pero no era cierto. El contacto de él resultaba reconfortante.

Estaban tan cerca que su falda cubría los zapatos de él. Emilian la soltó y retrocedió.

¡Sus palabras lo habían herido! Ella no solía ser vengativa y casi se arrepintió de haberlas dicho.

—Tenéis que poneros hielo en la muñeca y vendarla con fuerza —dijo él con firmeza—. Dejadme ayudaros... Ariella.

—Creo que ya me habéis ayudado bastante —repuso ella.

La había herido, abusado de ella. Estaba enfadada, pero nunca la había afectado nadie como la afectaba él. Sabía que no era bueno prolongar aquel encuentro.

Él se había ruborizado.

—Os habéis lastimado la muñeca.

—No quiero hablar de mi muñeca.

A él le brillaban los ojos, pero era imposible leer en ellos.

—No os culpo por odiarme.

Ella lo miró fijamente. No lo odiaba, pero no tenía intención de decírselo.

—Lo siento —dijo él con brusquedad.

—¿Qué?

—He dicho que lo siento. He venido a pedirte disculpas. Estoy lleno de remordimientos.

Ella estaba atónita.

Emilian parecía ahora incómodo. Tiró del cuello duro, que ya llevaba demasiado suelto.

Ella respiró hondo.

—No comprendo. ¿Por qué has cambiado de idea?

—Yo no quería hacerte daño.

Ella pensó en la pasión de él y su respuesta exuberante.

Pensó en su despertar aquella mañana y en el daño que le había hecho su frialdad.

—No, sólo querías una noche de placer. Sólo querías que disfrutáramos físicamente y después olvidar mi nombre.

El rostro de él se puso tenso.

—Sí. Eso también.

Ariella sabía que debía irse. Su confesión le dolía, aunque no era nuevo. Pero marcharse le resultaba imposible.

—Me he dado cuenta de lo tonta que soy. Una mujer más experimentada, de una naturaleza distinta a la mía habría disfrutado del encuentro y escapado ilesa.

El pecho de él subía y bajaba con la respiración.

—Sí, eso es verdad. Pero yo conocía tu naturaleza. Tenía que haber rehusado tu oferta. En vez de eso, te seduje. Sé que no aceptarás mis disculpas, pero tengo que presentártelas.

Ella no estaba dispuesta a perdonarlo.

—¿Era imposible cierta amabilidad a la mañana siguiente?

A él le brillaron los ojos.

—Sí, era imposible.

Ella se estremeció.

—O sea que te juzgué mal. Eres cruel y despiadado.

Emilian no contestó.

—Sin embargo, te has vestido como un inglés y has entrado en una casa inglesa para pedirme disculpas.

No conseguía entenderlo. Sus esfuerzos por disculparse estaban en abierta contradicción con su comportamiento la mañana después de la aventura.

Él habló con lentitud.

—Nunca había seducido a una mujer inocente y soltera. Nunca me he considerado cruel, pero es evidente que lo soy. Pero he venido aquí esta noche para comprobar que te habías recuperado de nuestro encuentro y para transmitirte mis disculpas y remordimientos, aun estando seguro de que los rechazarías.

Ella se cruzó de brazos.

—Tus actos indican que no eres completamente despiadado.

—Puedes pensar lo que quieras —él parecía enfadado ahora—. No he venido a hablar de mi carácter. Me doy cuenta de que tú te sientes inclinada a pensar lo mejor de todo el mundo en vez de lo peor —se encogió de hombros—. Es un error.

Ariella lo miró y sólo vio dolor y remordimientos en sus ojos.

—No esperaba que aceptaras mis disculpas —él inclinó la cabeza y se giró.

Ella lo agarró por el codo, sorprendiéndolos a los dos.

Emilian se volvió lentamente.

—¿Qué haces?

Ariella miró un segundo su mano pequeña y pálida en el brazo de él. La retiró. No sabía lo que hacía.

—Todos hemos cometido errores.

¿Cómo no iba a aceptar sus remordimientos? Ella se había echado en sus brazos a pesar de sus advertencias. Había querido ir a su cama.

—Gracias por las disculpas. Las acepto.

Él abrió mucho los ojos. Ella respiró con fuerza.

—No soy rencorosa.

—No estamos hablando de algo baladí. Te quité la virginidad.

—He pensado mucho en eso —ella ya no vacilaba—. La tonta fui yo por albergar sentimientos románticos cuando tú me advertiste de que esto no era cuestión de amor. Me negué a oír tus advertencias —se sonrojó—. Me sentí impulsada a ir a ti.

Emilian la miró a los ojos y ella se preguntó si podría entender lo que le decía. Nada habría podido alejarla de él y de su cama aquella noche.

—La culpa es mía —declaró él con firmeza—. Sé cómo mirar a una mujer. La caza y la seducción no me son desconocidas.

—Sé muy bien que has seducido a docenas de mujeres. No quiero oír hablar de ello.

Él vaciló, sin dejar de mirarla a los ojos.

—Fue injusto por mi parte jugar con alguien tan inocente y romántica.

—Sí, lo fue. Pero ya estás perdonado.

Él parpadeó. Hubo una pausa.

—La verdad es que tu generosidad y amabilidad no me sorprenden. ¿Alguna vez eres mezquina?

¿De verdad estaban hablando sin hostilidad... sin rencor?

—No soy mezquina por naturaleza —repuso ella.

—Te he visto bailar con tu hermano —comentó él con suavidad—. Me ha alegrado verte sonreír —se encogió de hombros—. Está claro que no estás enamorada de mí después de todo. Se despertó tu pasión, pero no tu corazón.

Ariella se echó a temblar. Él estaba muy equivocado, pero no podía corregirlo. Porque de nuevo la invadía un torbellino de emociones, confusión e incluso esperanza.

¿Por qué le importaba a él si disfrutaba en el baile?

¿Quería que fuera feliz?

Recordó el modo en que la había alentado a sentir placer con él una y otra vez mientras él esperaba. Se volvió confundida. Aquello era diferente, ¿no?

Pero ahora no quería ni necesitaba esos recuerdos. Antes tenía que comprender mejor a Emilian.

Sintió su mirada en la espalda. Todo había cambiado. Su rabia se había evaporado y eso dejaba sin barreras la corriente que siempre parecía vibrar entre ellos. Estaba allí ahora, cálida, fuerte y tangible.

Se giró hacia él.

—Alexi baila bien. Siempre me gusta bailar con él y no le importa que lo pise.

Él sonrió. Le miró la boca y el corazón de ella inició un baile peligroso. Él alzó los ojos plateados y brillantes. Su magnetismo era inconfundible... y enteramente sexual.

¿Qué podía hacer?

Podía salir corriendo.

Porque no podía olvidar el rechazo que había sufrido ya una vez. ¿O sí?

—Has corrido un riesgo viniendo aquí —dijo.

Él tardó un momento en contestar.

—Aunque no me han invitado a este baile, sí me han invitado muchas veces a esta casa —dijo con suavidad—. Esperaba ser bien recibido.

—No comprendo —musitó ella, confusa.

—No es ningún secreto —él bajó la vista al escote de ella—. Aunque mi madre era cíngara, mi padre era St Xavier.

Ella dio un respingo.

—¿Eres miembro de la familia St Xavier? —comprendió entonces su aura de autoridad, sus modales y su habla impecables. Miró la mano de él y vio el anillo de esmeralda con el sello—. ¿Tú eres St Xavier?

Él hizo una reverencia.

—Vizconde de St Xavier a tu servicio.

Ella lo miró intentando entender aquello.

—Pero parecías estar con la caravana.

—Vinieron a buscarme para darme la noticia. Cuando nos conocimos, acababa de llegar al campamento.

—Tenía que haberlo adivinado. Tu inglés es demasiado perfecto —se apartó, confundida.

Todo el mundo sabía que St Xavier era raro.

No se permiten gitanos.

Se giró hacia él.

—¿Qué eres, inglés o gitano?

La expresión de él se volvió tensa.

—Entiendo. Querías un amante gitano y te sientes decepcionada.

—No —repuso ella, enfadada—. Quería que tú fueras mi amante... y mi amor. Pero ya estamos de acuerdo en que confundía amor con deseo.

Él bajó los párpados, ocultando los ojos.

Ariella lo miró. Alguien que no conociera los hechos lo

tomaría por un noble inglés. Pero ella lo había visto bailar bajo las estrellas, tan cíngaro como cualquiera de ellos. ¿Qué significaba todo aquello?

—¿Emilian?
—¿Sí?
—¿Te criaste aquí?
—Mi padre necesitaba un heredero. Contrató policías para que buscaran a mi madre y me trajeron a Woodland cuando tenía doce años.

El corazón de ella se ablandó como la mantequilla derretida.

—¿Y tu madre?
Él la miró.
—Era cíngara. Siguió con la caravana.

Ella se paró ante él e intentó imaginar lo que podía sentir un chico gitano al que separan de su madre y de su gente para que aprenda un modo de vida nuevo y quiera a una familia extraña.

—¿Tu padre era amable?
Él abrió más los ojos.
—No me golpeaba, si eso es lo que preguntas. Me trató con justicia y afecto.

Ella lo miró a los ojos, que eran abiertos y directos, ni osados por el deseo ni calientes por la furia. Era un momento raro.

—¿Por qué me miras como si fuera una criatura herida en una jaula? —preguntó Emilian.

¡Ella sabía tan poco de los gitanos! *No se permiten gitanos.*

—Fue duro el cambio, ¿verdad?
—¿Por qué hablamos de mi infancia? —preguntó él con irritación.

—Debió parecerse mucho a ser una criatura salvaje encerrada en una jaula —dijo ella, pensando en voz alta.

—Fue difícil —confesó él, con el cuello rígido por la tensión—. Al principio odiaba a Edmund y a todos los payos. Pero eso era entonces y esto es ahora.

Él la había llamado paya una docena de veces aquella noche y Ariella tenía la terrible sospecha de que no era un apelativo cariñoso.

—¿Qué? —preguntó él con dureza.

—¿Pretendías insultarme cuando me llamabas paya?

—Eres paya, y nada podrá cambiar eso. Es un hecho del que soy muy consciente, tanto en la cama como fuera de ella.

—Tu respuesta no responde nada.

Él casi sonrió.

—¿Y si te digo que eres la paya más hermosa del país?

Ella no pudo evitar sonreír a pesar de todo.

—Entonces te diré que necesitas lentes.

Le tocó la barbilla impulsivamente y él se quedó inmóvil, sin apartarse. Y en ese momento, a medida que el calor llenaba sus ojos, se completó la transición. Ella había esperado evitar una intimidad más fuerte, pero se sentía arrastrada por el baile que sólo podía llevar a un lugar. Lo había perdonado y quería ser su amiga, pero él era demasiado seductor, viril y atractivo para una simple amistad. Y ahora tenían ya historia.

Nada de eso importaba.

Sabía que debía apartar la mano. Él disfrutaba del contacto y ella quería desesperadamente acariciarle algo más que la cara. Tenía que haberse alejado de él al verlo, pero no lo había hecho. Y ahora debería apartar la mano, pero no lo hacía.

Emilian giró la cara muy lentamente y pasó la boca por la palma de ella.

—Nunca he dicho que no te desee todavía —murmuró—. Es hora de que te vayas.

Le costaba trabajo pensar cuando él acababa de besarle la palma de la mano. No era inmune a ese hombre y nunca lo sería. Tampoco quería serlo. Para bien o para mal, había algo entre ellos.

Había tenido su comienzo, después de todo.

Se abrió la puerta. Emilian se volvió al instante, por lo que ella apenas podía ver a través de él.

—Tu padre pregunta dónde estás, Ariella —dijo Margery.

Emilian la miró.

—Vete ahora, antes de que sea tarde —murmuró. Y sus ojos plateados brillaban con pasión.

Ella negó con la cabeza.

—No voy a huir.

—Ariella, ya te he hecho daño una vez. Esta noche he venido a disculparme, pero es obvio que no tenía que haber venido —respiró con fuerza—. Ahora no me fío de mí mismo.

Ella sonrió.

—Yo confío en ti.

—Una idea peligrosa.

Ella echó a andar hacia la puerta.

—¿Emilian? Por si no te has dado cuenta, no te odio... y no te odiaré nunca.

CAPÍTULO 10

Alexi se acercó a Margery, que estaba de pie en el umbral que daba a un patio trasero y parecía muy tensa.

—¿Dónde está mi hermana? —preguntó, sospechando que había una conspiración femenina en marcha. Eso le divertía. Había padecido conspiraciones femeninas entre sus hermanas y primas toda su vida. Pero Cliff le había pedido que fuera a buscar a Ariella y tenía que hacerlo.

Margery se colocó delante de él.

Ariella tiene migraña. Va a entrar, pero seguro que se quiere ir a casa.

Eso despertó el recelo de Alexi.

—Lleva toda la semana evitándome cuando suele pasarse el día dándome la lata con sus obsesiones históricas y sus últimas ideas políticas.

No añadió que con lo que más lata le daba era con Elysse, pero que en esa visita sólo había sacado una vez aquel tema doloroso.

—Apenas la he visto desde que llegué, ¿y ahora tiene migraña? Discúlpame.

Pasó al lado de su prima. Si su hermana dejaba de entrometerse en su vida personal, era porque seguramente le ocurría algo.

Ariella se dirigía hacia ellos. Alexi vio su sonrisa y sus

mejillas sonrosadas y se asustó de verdad. Observó el patio pero no vio a nadie.

—¿Quieres bailar conmigo otra vez? —le sonrió ella.

Él la tomó del brazo.

—Tú odias bailar y no te gustan los bailes. ¿Por qué sonríes así?

La sonrisa de ella se evaporó, pero volvió enseguida.

—Yo no odio bailar ni los bailes. Lo que pasa es que casi siempre tengo cosas mejores que hacer.

Él miró otra vez las sombras del patio.

—Si no te conociera, diría que acabas de tener un encuentro amoroso.

El sonrojo de ella se hizo más intenso.

¡Había acertado! Alexi no podía creerlo. La culta de su hermana era la mujer menos apasionada y romántica que conocía.

—Estás loco —dijo ella, y entró en el salón con Margery

Alexi las observó y las vio cuchichear.

Salió al centro del patio. Una pared baja de piedra separaba el patio de la extensión de césped que había detrás de la casa. No vio a nadie cruzando la hierba.

Tal vez se había equivocado. Suspiró con alivio. Su hermana era demasiado inteligente para su bien y muy sensata en asuntos políticos y temas sociales, pero no tenía experiencia con los hombres. Él confiaba en que un día se enamorara de un hombre bueno, honorable y comprensivo, quizá incluso alguien de medios.

Hasta que eso ocurriera, era su deber mantener a raya a los libertinos.

Ariella vio que su padre la esperaba al lado de una columna. Emilian se había perdido en los jardines, pero ella no sabía si se iba ya de la casa o simplemente volvería al baile por otra entrada.

Cliff se acercó a ella. Las mujeres lo miraban al pasar con

la esperanza de atraer su atención, pero él no parecía darse cuenta.

—¿Dónde has estado? —preguntó preocupado—. ¿Te encuentras bien?

La joven le sonrió.

—Sabes que no me gustan los bailes. He salido un momento a mirar las estrellas.

—Te he buscado en la biblioteca. Es la primera vez que recuerdo que salgas al exterior, siempre te las arreglas para encontrar algo que leer.

Ariella vaciló.

—Estaba buscando la biblioteca...

Margery se adelantó.

—Yo le he pedido que saliera, tío Cliff. Necesitaba su consejo en un tema personal.

Cliff sonrió, satisfecho al parecer, y se excusó. Ariella miró a Margery, que la observaba a su vez con preocupación.

—Es escandaloso... St Xavier.

Ariella oyó esas palabras pronunciadas con desdén por un hombre situado a sus espaldas. Se volvió y vio un grupo de dos hombres y dos mujeres.

Margery la tomó del brazo e intentó apartarla. Ariella le hizo ademán de que guardara silencio. Quería escuchar.

—No ha sido invitado —dijo una rubia—. Lady Simmons me lo ha dicho personalmente. Está furiosa, porque él ha rehusado todas las invitaciones que le ha enviado y ahora se presenta sin ser invitado y no se molesta en saludarlos a lord Simmons ni a ella.

—Es su parte salvaje, Belle —comentó uno de los hombres—. Cualquiera se puede poner ropa elegante, pero no aprender buenos modales. La buena crianza no se puede comprar.

Ariella estaba horrorizada.

—Yo no lo había visto nunca —dijo la pelirroja. Se había sonrojado—. ¿Todos los gitanos son tan apuestos?

Los caballeros la miraron de hito en hito.

—Letitia, supongo que no estarás pensando en él como segundo marido —dijo el primero que había hablado—. Tus hijos saldrán manchados con sangre gitana y a ti te despreciarán.

—He oído que se casará con la viuda Leeds —rió el otro hombre—. Tiene casi cuarenta años, pero ha tenido cuatro hijos sanos y sostiene que puede tener unos cuantos más. Es lo mejor a lo que puede aspirar él.

—Yo no pensaba en él como pretendiente —se defendió Letitia—. Simplemente no había visto nunca a un gitano. Tenéis que admitir que parece un príncipe ruso.

La rubia se acercó más a ella.

—Es notorio por sus aventuras, Letitia.

Las dos intercambiaron una mirada fascinada.

—Ha vuelto. ¿Nos presentamos? Quizá no lo encuentres tan fascinante cuando oigas su acento y comprendas que su ropa elegante oculta la clase más baja de humanidad —dijo uno de los caballeros.

Ariella hervía de furia. Vio que los cuatro se dirigían hacia él con la clara intención de divertirse a su costa. Las mujeres hicieron reverencias y los hombres sonrieron ampliamente y le estrecharon la mano. Ariella sabía que era todo falso. ¿Sabía él que lo despreciaban?

La mirada de él pasó por encima del grupo y se posó en ella.

La joven se mordió el labio inferior y negó con la cabeza, con la esperanza de hacerle entender que eran un grupo de traidores. Él la miró confuso, sin comprender.

El primer caballero, al que ella aborrecía ya, hablaba ahora con él. Ariella no podía soportarlo. No permitiría que aquellos asnos usaran a Emilian como diversión. Avanzó con fiereza hacia él.

Las mujeres lo miraban embelesadas. Ariella vio que él se mostraba indiferente ante ellas. Sólo sonrió cuando sintió su presencia y se volvió.

—Hola, señor, es un placer veros aquí —ignoró a los presentes y le hizo una reverencia sólo a él. Sabía que se mostraba grosera, pero no le importaba. No los conocía y no tenía la menor intención de ser presentada a ellos—. ¿Puedo hablar un momento con vos?

—Una oferta que no puedo rehusar —sonrió él.

Miró al fin a las dos mujeres e hizo una inclinación de cabeza. Era una despedida. Se apartó y los dos dejaron atrás al grupo, con cuidado de no tocarse.

Ella miró su perfil. Su postura era firme y correcta y levantaba la cabeza con orgullo. Sabía que murmuraban a sus espaldas. El corazón le dolió por él.

No se permiten gitanos.

—¿Qué haces? —le preguntó cuando se detuvieron al lado de una columna.

—Salvarte —sonrió ella.

Y por primera vez lo vio sonreír con regocijo.

—No necesitaba que me salvaras.

—Opino distinto... había que rescatarte de ellos. Son increíblemente detestables —insistió ella con el corazón lleno de felicidad. Le encantaba verlo sonreír así.

—¿Igual que querías defenderme la primera vez que nos vimos?

—Me niego a condenar a nadie sin conocer los hechos —contestó ella con firmeza.

El tono de voz de él cambió.

—Señorita de Warenne, es un placer conoceros por fin —su sonrisa se había desvanecido y la saludó con una reverencia.

Ella se volvió y vio que se acercaba su padre. Se le aceleró el pulso. Tenía la sensación de que la hubieran sorprendido en un encuentro amoroso.

—Padre, ha sucedido algo sorprendente —dijo, ruborizada—. El *vaida* que conocimos en Rose Hill es St Xavier.

—Acabo de darme cuenta —comentó Cliff, que no parecía complacido. Lo miraba con recelo—. Creo que se impone una presentación.

Emilian inclinó la cabeza y miró a Cliff con desdén evidente. Ariella se alarmó. No necesitaba ponerse beligerante en ese momento.

Pero la sonrisa de Emilian era arrogante.

—El vizconde St Xavier. El placer es mío... capitán.

Ariella reprimió un gemido. Emilian acababa de arrojarle su título a la cara a su padre. Sabía que a Cliff no le importaban los títulos, pero adoraba los desafíos, como todos los de Warenne. ¿Por qué Emilian no podía portarse bien por una vez?

—¡Qué extraño que olvidarais mencionar vuestra identidad cuando os hicisteis pasar por gitano en Rose Hill! —comentó Cliff.

—Mi madre es cíngara —replicó Emilian—. Llevo las dos sangres. No hubo fingimiento.

—Había oído hablar de vos, tenía que haberlo sospechado. También he oído que nunca asistís a funciones sociales. ¿Qué os trae por aquí? ¿O no hace falta que lo pregunte? —su mirada no abandonaba el rostro de Emilian.

Ariella pensó que había adivinado parte de la verdad. Intuía que Emilian había ido al baile para verla.

—¿Padre? St Xavier es vecino nuestro. Creo que es maravilloso que os conozcáis por fin. Espero que sea para bien de todos.

Ninguno de los dos hombres le hizo caso.

—Si pensáis ni por un momento que os voy a explicar mis actos a vos, capitán, estáis delirando —dijo Emilian con suavidad—. Yo voy donde deseo cuando deseo.

—¿Y sois incapaz de una respuesta cortés? Pues claro que sí. Creéis estar por encima de la necesidad de explicaros; pues bien, yo creo que sois joven, impetuoso y demasiado dispuesto a combatir con cualquiera que se cruza en vuestro camino. Eso es estúpido, St Xavier —repuso Cliff con voz tensa—. Ariella, lord Montgomery desea un baile —miró a Emilian—. Buenas noches.

Ariella se retorció las manos ante aquella despedida, pero Emilian sonrió con fiereza.

—Sí, ¿cómo he podido tener la insolencia de hablar con vuestra hija? La señorita de Warenne es demasiado sangre azul para tolerar mi presencia.

Cliff, que estaba a punto de girarse, se puso tenso.

—Mi hija es una dama que merece las atenciones de un caballero, no de un sinvergüenza. Sólo aceptará pretendientes con intenciones honorables. ¿Cuáles son las vuestras, St Xavier? ¿Podéis molestaros en contestar a eso?

Emilian no parecía nada molesto.

—Estoy de acuerdo, de Warenne. Vuestra princesa sólo debe tener pretendientes honorables. ¿Mis intenciones? —se encogió de hombros—. No las tengo. Sin embargo, sólo estamos conversando, y eso no es un delito, ni siquiera para un gitano —se alejó.

Ariella temblaba por la confrontación. Miró a su padre.

—Ya sufre bastante, ¿sabes? ¿Hacía falta que lo atacaras así? ¿Es que no ves cómo lo tratan?

Cliff pareció sorprendido.

—Yo no lo he atacado, pero necesitaba un aviso. Ese hombre es arrogante, impulsivo y demasiado atractivo para las mujeres. ¡Mira! La mitad de las damas de esta habitación quieren que se fije en ellas. Siento ser tan crudo, pero no hay duda de que esta noche se llevará a una de ellas al lecho y, maldita sea, no vas a ser tú.

Ariella dio un respingo, sonrojada.

—Sólo estábamos hablando. Papá, ¿has oído las cosas horribles que dicen a sus espaldas? Le sonríen a la cara y lo desprecian cuando se vuelve. Es injusto y cruel.

La mirada de Cliff se ablandó un tanto.

—Sí, lo es, pero no es asunto tuyo. Él se aprovechará de tu buen corazón. Por favor, no pienses en luchar por su causa, no saldrá nada bueno de eso —sonrió—. Me he inventado lo de Montgomery, ¿pero por qué no lo saludas? Quizá te invite a bailar.

—En primer lugar, no quiero bailar con Montgomery. Y en segundo, me importan un bledo los pretendientes y tú lo sabes —cerró los ojos un instante—. Con franqueza, quiero ser amiga de St Xavier. Necesita una persona que lo sea.

Su padre palideció.

—Eres una ingenua. Un hombre como él no necesita amigas. La amistad sólo llevará a un lugar. En este tema tienes que confiar en mi experiencia.

La joven se puso rígida.

—¿Ahora me vas a decir de quién se me permite ser amiga?

Su padre vaciló.

—Por supuesto que no.

—Gracias. Conozco su reputación —añadió ella, que sabía que le sería mucho más fácil hablar de Emilian si no hubiera traicionado ya la confianza de su padre—. Iré con cuidado.

—Querido —Amanda apareció sonriente al lado de Cliff, pero sus ojos verdes mostraban preocupación—. ¿Cómo podéis discutir en una noche tan hermosa? Ven a bailar conmigo.

—Enseguida, Amanda —repuso él—. Ariella, por favor, escucha esta advertencia. Él no quiere tu amistad... y yo estoy seguro de que es peligroso. Te meterás en un lío.

Ella se estremeció. Ya se había metido en aquello más hondo de lo que jamás habría imaginado.

—Prometo ser prudente y cauta.

Cliff se alejó con su esposa. Ariella suspiró aliviada. Odiaba engañar a su familia, pero no podía arrepentirse de lo que había ocurrido.

Sintió la mirada de él y volvió la cabeza.

Emilian estaba entre la multitud, pero claramente solo y apartado de los demás. Sus ojos se encontraron. Ella quería decirle que aquellas personas eran odiosas, que su padre sólo intentaba protegerla y que ella era su amiga, pero no se atrevía a acercarse a él.

—¿Queréis bailar?

Se volvió hacia un hombre rollizo, rubio pálido, unos años mayor que ella. Le costó trabajo sonreír.

—Lo siento. Bailo muy mal. Seguro que no os gustará bailar conmigo, señor.

Él le hizo una inclinación de cabeza.

—Al contrario, señorita de Warenne, sería un honor bailar con la dama más encantadora del salón.

Su mirada era penetrante, pero no era sensual ni atrevida. Estaba a punto de insistir en que no sabía bailar y ofrecer otra excusa cuando él sonrió y dijo:

—¡Qué imperdonable por mi parte! Todavía no me he presentado. Robert St Xavier.

Ariella lo miró. ¿Era hermano de Emilian? Eran de una edad similar, pero no se parecían nada. Sonrió.

—Será un placer bailar, si no os molesta que os pise —le tendió la mano.

Él se echó a reír.

—Una mujer hermosa puede hacer lo que quiera; es su prerrogativa.

La guió a la pista y ella giró en sus brazos. Estaba segura de que no la encontraba muy atractiva, pues sus palabras sonaban estudiadas.

—Bailáis bien, señor —dijo divertida.

—Y vos también —sonrió él, observándola con atención.

—¿Vos también residís en Woodland?

—Yo resido en Londres, señorita de Warenne. Mi primo, el vizconde, reside en Woodland. Como viene tan poco por Londres, yo visito Derbyshire a menudo. De no ser así, perderíamos el afecto familiar.

Quería dar a entender que estaba muy unido a Emilian, pero Ariella estaba insegura de eso. Aquel hombre le causaba una sensación extraña.

—Acabo de conocer al vizconde —dijo—. Vuestro primo es un hombre encantador.

Robert se echó a reír.

—Sí, todas las damas lo encuentran muy galante, aunque yo nunca he comprendido su encanto. Pero está soltero y Woodland es una buena hacienda.

Ella se puso tensa.

—Yo lo encuentro encantador, señor. Nada más.

—¿O sea que lo conocéis bien?

—En absoluto. Acabamos de conocernos.

Robert sonrió, y su expresión era petulante.

Emilian estaba harto de los juegos con payos. Ya no podía soportar más sus murmuraciones, pero se mostraba renuente a marcharse. Había una razón... Milagrosamente, ella lo había perdonado por lo que le había hecho. No había habido acusaciones ni histeria, simplemente creía que eran amigos. Había intentado rescatarlo de los payos. Era sorprendente. Se volvió para mirarla una vez más antes de irse.

Y la vio bailando con su primo.

La alarma que sintió se vio reemplazada inmediatamente por la rabia. Robert era un sinvergüenza, un villano inútil. Era su rival. ¿Y ahora perseguía a Ariella? ¿Quería frustrar sus planes como había intentado hacer muchas veces en los últimos veinte años? Pero eso daba igual. Simplemente era inaceptable que bailaran juntos y no lo permitiría.

Cuando se acercaba a ellos, recordó imágenes de aquella noche, de ella llorando de éxtasis cuando él se movía en su interior. Las imágenes cambiaron y la vio recibiendo los besos de su primo. Apartó de sí la horrible fantasía. Ariella no era ninguna tonta, no se dejaría seducir por Robert. Él jamás lo permitiría.

Pero Robert era completamente inglés. De buena familia, tenía un buen nombre y sería un pretendiente aceptable. De Warenne seguramente lo aprobaría, al menos socialmente.

Eso alimentó su furia.

Siguió avanzando. Vio la sonrisa educada de ella y la afectada de Robert. ¿Disfrutaban bailando juntos? No importaba. Él los separaría.

Ariella se sobresaltó al verlo. Robert lo miró con expresión blanda y Emilian supo que disfrutaba del momento.

—Os voy a cortar —dijo con brusquedad. Tomó el brazo de su primo y lo apartó de la cintura de ella.

Robert la soltó y se hizo a un lado.

—Es normal que quieras bailar con la mujer más hermosa de la sala —hizo una reverencia galante—. Señorita de Warenne, en otro momento.

Ella consiguió sonreír.

—Por supuesto.

Emilian la tomó en sus brazos con rabia. Le costaba trabajo pensar con claridad.

La yegua negra era el caballo más hermoso que había visto. Era el regalo de su trece cumpleaños, hecho por su padre poco después de que accediera a permanecer voluntariamente en Woodland y explorar las oportunidades que Edmund deseaba darle. La primera noche durmió en el establo con ella. Después la montó todos los días y el animal fue una gran alegría en esa vida nueva que todavía le daba miedo. Se enamoró de la yegua y ella lo amó a su vez. Y luego, Edmund lo llevó a Londres en un viaje de un día.

Cuando volvieron a Woodland, corrió al instante a ver a la yegua y la encontró caliente, húmeda y coja. Tenía las patas hinchadas y golpes de latigazos en la grupa y el cuello. Robert la había montado hasta el agotamiento.

Al borde de las lágrimas, se mostró decidido a matar a su primo, pero su padre los separó. La yegua sobrevivió y se curó y Robert quedó impune de su crimen. Pero aquél fue sólo el comienzo.

Robert siempre había procurado arrebatarle todo lo que creía que Emilian quería...

—¿Qué piensas? —preguntó Ariella—. Pareces dispuesto a cometer un asesinato.

Emilian la miró. Pensó en las veces que Robert se había quejado a su padre de que Woodland debería ser para él y no para su primo.

Por supuesto, las quejas habían cesado con la muerte de Edmund, pero Emilian sabía que seguía deseando la hacienda, el título y sus riquezas y posesiones. Y ahora deseaba a Ariella.

—Emilian —lo llamó ella.

Bajó la vista y la miró a los ojos. Y en cuanto lo hizo, se dio cuenta de que ella estaba en sus brazos.

La sostenía estrechamente, como sostendría un hombre a su amante o esposa, pero no a una compañera de baile. Miró detrás de ella y vio que Robert los observaba. Respiró hondo y puso una distancia apropiada entre ellos.

—¿Bailas con otros pero no conmigo? —preguntó.

—Eso no es justo, Emilian. Por supuesto que bailaré contigo.

Sus ojos se habían ablandado. Era demasiado ingenua y buena para su bien. De Warenne tenía todo el derecho a protegerla de villanos... tenía todo el derecho a protegerla de él. Giró con ella por la pista y la joven no tardó en tropezar. La enderezó y murmuró:

—Bailar debería ser fácil para ti. Es un placer, Ariella.

—Para mí no es fácil —susurró ella—. Pero me alegro de que hayas insistido en que bailemos.

Emilian la atrajo hacia sí. Ahora estaba ya excitado. ¿Por qué negaban la atracción que había entre ellos? Nunca lo había tentado ninguna mujer de ese modo.

—Nos miran —comentó ella sin aliento.

Se recordó que ella merecía algo mejor y que ya le había estropeado bastante la vida. Ella merecía un príncipe, no un vizconde gitano. Además, él se marchaba.

Entonces vio a Robert, que los miraba abiertamente.

—¿Has disfrutando bailando con Robert?

—No. Generalmente no me gusta bailar.

—Entonces debo cambiar eso, ¿no crees?

Ella sonrió con calor y confianza.

—Quizá ya lo hayas hecho —comentó. Y lo pisó.

Emilian se echó a reír.

—Sígueme... como hiciste la otra noche... y bailarás de maravilla.

—Emilian —susurró ella. Y él notó que su cuerpo se fundía contra él.

Se entregó al momento y a la mujer que tenía en los brazos. Ella era suave y temblaba de tensión, y él también. Acercó su mejilla a la de ella.

—¿Odias bailar ahora?

—No.

Sus ojos se encontraron. ¡Sería tan fácil renovar la aventura! Los dos lo deseaban. No miraría dos veces a Robert si estaba todas las noches en su cama. Ahora ya no era inocente y le sonreía... le sonreía a él.

Se separó instantáneamente.

—¿Qué ocurre? —preguntó ella con suavidad.

Él la miró. No podía dejarse llevar por el deseo. Ella no era indiferente. Afirmaba que quería ser su amiga y eso implicaba que quería una parte de él que jamás podría darle. Ella merecía algo mejor que una aventura carnal.

—¿Es por Robert? ¿O algo que hayas oído?

Él siguió bailando; no quería hablar de su primo.

—¿No te gusta tu primo? —preguntó ella.

Emilian suspiró. Una conversación sobre Robert acabaría con el deseo que palpitaba entre ellos.

—Lo odio —dijo, y apretó la mano en la cintura de ella.

—¿Cómo puedes odiar a alguien de tu sangre? No lo dices en serio.

—No todos somos tan afortunados como tú, de tener parientes buenos y que te quieren.

—Robert dice que estáis muy unidos —insistió ella.

Él se dio cuenta de que cada vez los miraba más gente. Siguió bailando, pero manteniéndola a distancia.

—Stevan, Jaelle, Simcha y mis primos son mi familia. La caravana es mi familia. Robert es apenas un pariente. No tiene corazón. No te acerques a él.

Ahora fue ella la que se detuvo bruscamente.

—No tengo intención de acercarme a él. Pero siento que odies así a un primo tuyo.

—No sientas lástima por mí —le advirtió él.

—No es lástima. Siento que no tengas relaciones de afecto

con la familia de tu padre porque eso debe hacer que te sientas muy solo.

El baile era un error. Ella era un error. Emilian se puso tenso.

—¿Y qué sugieres tú? ¿Que finja que me importa mi primo? O mejor aún, ¿Qué finja que soy un inglés?

Ella inclinó la cabeza a un lado.

—Esta noche podrías haberme engañado.

Sabía que era broma, que ella quería aligerar la atmósfera, pero se sintió irritado. Peor aún, le apetecía estrecharla en sus brazos y besarla hasta que dejara de apreciarlo. Quizá si tenían una aventura aprendería a odiarlo y se acabaría todo.

—Me temo que es tarde y debo irme.
—Cobarde.
Emilian la miró atónito.
Ella le devolvió la mirada con osadía.
—¿Cómo has dicho?
—Me has oído.
—¿Y se puede saber por qué me consideras un cobarde?
—Porque tienes miedo de afrontar la verdad sobre muchas cosas, quizá incluso sobre mí —ella se sonrojó y miró a su alrededor—. Deberíamos tener esta discusión fuera de la pista.

—¿Por qué? ¿Te molestan las miradas y los susurros? —preguntó él cortante.

Ella lo miró de hito en hito.

—Pues sí, tanto como te molestan a ti.

Emilian se giró con intención de dejarla allí plantada; pero aquello era despreciable, por lo que se volvió hacia ella.

—Nunca he conocido a una mujer más irritante. Mis preocupaciones son mías, no tuyas. ¿Por qué te entrometes? Oh, espera, claro, qué tonto. Quieres ser mi amiga.

—Soy tu amiga por muy grosero que intentes mostrarte. Y necesitas a alguien con quien compartir tu preocupación. Creo que eso ha quedado muy claro esta noche.

Emilian no podía creer lo que oía.

Ella sonrió.

—Y si yo soy irritante, tú puedes ser insufrible. Por eso hacemos buena pareja.

Él no le devolvió la sonrisa. Ella osaba decirle lo que tenía que hacer como si fueran amigos de verdad. Estaba furioso y ella se reía de él. ¿Creía que llevaba la voz cantante?

—Hacemos buena pareja —se inclinó hacia ella— sólo en un lugar. Mi lecho.

La sonrisa de ella se apagó un tanto, pero no desapareció del todo.

—Sea lo que sea lo que crees saber sobre mí, estás equivocada.

Ahora ella dejó de sonreír y se puso tensa.

—Sé que no eres despiadado —contestó—. Sé que eso es una fachada. Después de esta noche comprendo por qué ladras tanto y por qué amenazas con morder. Pero no morderás. Por lo menos a mí.

—Tú no sabes nada —estaba lívido de furia, aunque no sabía bien por qué. Hizo una pequeña reverencia—. Me temo que debo acabar este baile prematuramente.

Ella le tomó el brazo.

—Sé que estás solo —lo soltó.

Él tardó un momento en recobrarse de la acusación. Ni siquiera se dignó responder.

—Gracias por el baile. Buenas noches.

—De nada... Emilian.

¿No le importaba que la dejara así? Sabía que la gente había oído partes de su conversación. Se obligó a no mirar atrás y salió de la pista. Pero no podía dejar de pensar en la mujer pequeña que estaba detrás de él en la pista y lo compadecía. Creía que estaba solo.

Al llegar a la puerta, sí miró atrás.

Ella seguía donde la había dejado, con el rostro tan pálido como el alabastro. Varios caballeros se habían acercado a ella, quizá para invitarla a bailar. Uno de ellos era Robert. Ella negaba con la cabeza... pero sólo lo miraba a él.

Sus ojos suaves brillaban.

En ese momento supo que debía alejarse de ella todo lo posible. Su encanto... y su fe... eran demasiado grandes. Se marchó corriendo.

CAPÍTULO 11

Ariella se puso nerviosa cuando el carruaje se detuvo en el camino circular de Woodland. Otro carruaje, menos lujoso que el suyo, estaba aparcado también delante de la puerta de la mansión. Emilian tenía visita.

Era la tarde siguiente al baile. Por mucho que él hiciera alarde de mal genio, ahora eran amigos, aunque fuera una amistad rara y tensa. La noche anterior había visto lo desesperadamente que él necesitaba su amistad. Era un poco atrevido presentarse allí, pero él jamás iría a verla a ella, así que no tenía otra opción.

No podía imaginar lo que era vivir con tantos comentarios maliciosos a sus espaldas. ¿Por eso prefería sus parientes cíngaros a los ingleses? ¿Robert era tan malo como él pensaba? Había oído que era la primera vez que él acudía a casa de los Simmons. ¿Eran los rumores la causa de que evitara a la sociedad?

Su nerviosismo aumentó cuando la introdujeron en el salón frontal de la mansión. La última vez que había estado en casa de Emilian había entrado desde una terraza a través de la biblioteca. Miró a su alrededor con curiosidad. El vestíbulo era completamente inglés, desde los retratos de los antepasados en las paredes hasta la armadura antigua colocada en un rincón. Las sillas, situadas a lo largo de las paredes, eran antiguas y con la tapicería ajada. Las mesas tenían siglos de antigüedad. Todo en el salón llevaba sin duda muchos años en la familia de su padre.

—Señorita de Warenne, por favor, seguidme —le dijo el mayordomo, después de leer su tarjeta.

Ariella se sobresaltó.

—¿No queréis informar antes al vizconde de mi presencia?

El mayordomo, un hombre de estatura baja y ojos brillantes, sonrió.

—El vizconde no soporta la etiqueta, señorita. Y estoy seguro de que le complacerá vuestra visita.

La joven sonrió. El mayordomo era demasiado parlanchín.

—Yo estoy segura de que se pondrá a gruñir cuando me vea.

—Ya veremos, ¿no?

Ariella lo siguió al pasillo y miró la escalinata que subía.

—¿Cómo os llamáis?

—Hoode, señorita de Warenne.

—¿Hace muchos años que conocéis al vizconde?

—Entré al servicio del vizconde anterior cuando Su Excelencia vino a vivir a Woodland de chico.

Ariella le tocó el brazo.

—Hoode, siento curiosidad.

El hombre la miró sorprendido por su entusiasmo.

Ella se ruborizó.

—Me dijo que tenía doce años cuando lo trajeron aquí. Sé que pasó los primeros años de su vida viviendo con su madre cíngara. Siento mucha curiosidad por su vida —explicó con sinceridad.

—El vizconde no es un hombre locuaz —Hoode arrugó la frente—. Me sorprende que os haya revelado tanto —hizo una pausa—. Aunque quizá no me sorprenda tanto.

Ariella no entendía sus palabras, pero sabía que debía aprovechar esa oportunidad.

—¿Cómo era el vizconde anterior?

Hoode sonrió.

—Era un hombre orgulloso y honorable, como su hijo.

Pero, a diferencia del vizconde actual, no se le daba bien administrar la hacienda y la dejó en un estado ruinoso. Hasta que no volvió el señor de Oxford, no empezó a salir Woodland de su situación de endeudamiento y decadencia.

Había ido a Oxford y había salvado la hacienda. Lo primero sorprendía a Ariella y lo segundo la impresionaba.

—Edmund St Xavier seguía vivo, pero dejó al joven Emilian mano libre con las cuentas, los inquilinos, las reparaciones y las deudas. Su Excelencia comprendió enseguida el valor del carbón y aquí hay en abundancia. No tardó en ordenar sus asuntos.

—Debe de ser muy trabajador para haber conseguido tantos resultados tan joven —comentó ella.

—El vizconde apenas hace otra cosa que ocuparse de sus negocios. Me sorprendió que decidiera salir anoche.

Ariella apartó la vista, secretamente contenta.

—¿Debo asumir que deseaba ir a conoceros al baile?

Ella le sonrió.

—Sois muy atrevido, Hoode. Pero sí bailamos —se sonrojó—. No obstante, ya nos conocíamos.

Hoode pareció complacido.

—Ah, o sea que fue al baile a perseguiros.

Ella no contestó a eso.

—Fue buen estudiante, ¿verdad? —preguntó.

—El vizconde se licenció con honores.

Ariella intentó reprimir una sonrisa, pero no pudo. Emilian tenía una educación muy buena y era muy responsable. Estaba encantada. De pronto se puso seria. Él la consideraba ávida lectora de novelas románticas. Le había mentido porque muy pocos hombres encontraban atractiva a una mujer intelectual. Pero Emilian era distinto a todos los hombres que conocía. Con suerte, no le reprocharía su educación y ella podría decirle la verdad... pronto.

—¿Queréis entrar? —Hoode señaló la puerta con la cabeza.

Ella quería saber más, pero también quería ver a Emilian. Las horas que llevaba sin verlo le parecían días.

—Entraré —dudó un momento—. ¿Hoy está irascible?
Hoode soltó una risita.
—Mucho. Tiene un humor de perros.
Ariella pensó en su discusión de despedida. No podía estar segura de que fuera la causa de su malhumor. Asintió y Hoode abrió la puerta.

Emilian estaba tan elegante como la noche anterior. Llevaba una levita oscura, pantalones marrones, camisa blanca con cuello postizo y tenía los brazos cruzados sobre el pecho. Escuchaba con resignación a dos matronas y sus hijas, que, sentadas ante él, charlaban al parecer del clima de Derbyshire. Ariella enseguida vio que se aburría.

Un ogro auténtico las habría echado de allí. Pero él intentaba sonreír con cortesía y asentía con la cabeza, aunque apretaba los labios en un rictus sombrío.

—Háblale al vizconde del picnic del primero de mayo, Emily, querida —dijo una de las matronas, vestida con raso de rayas rosas.

Una chica rubia alta y delgada levantó la vista y se sonrojó. Debía tener unos dieciocho años.

—Fue muy agradable, señor —antes de terminar de hablar, se miró las manos entrelazadas en el regazo.

Emilian sonrió.

—Hizo un día perfecto para un picnic —declaró la madre con entusiasmo—. Estaban allí los Farrow, los Chatham, los Gold y, por supuesto, mi querida amiga la señora Harris con el señor Harris. Tendría usted que haber venido. Éramos todos vecinos.

Emilian sonrió con rigidez.

—Creo que estaba fuera.

Ariella empezaba a indignarse. Emily no era lo bastante inteligente para él. Miró a la otra chica, una morena gruesa sentada al lado de la otra matrona que miraba un plato de galletas como si estuviera enamorada de ellas. Su madre le dio una palmadita en el muslo.

—Lydia hizo la tarta. La tarta de manzana fue excepcional, ¿verdad, Cynthia?

Cualquier miedo que hubiera podido tener Ariella por la rivalidad de las chicas se desvaneció del todo, dejándola simplemente ultrajada. Emilian se merecía la princesa de la que hablaba, una mujer con orgullo, coraje e intelecto, una mujer sobresaliente... tan sobresaliente como él. Esas mujeres eran demasiado tímidas, feas y corrientes para él.

Emilian la vio entonces y abrió los ojos sorprendido.

—Milord, la señorita de Warenne —anunció Hoode.

Él se ruborizó.

—Señorita de Warenne —contestó con rigidez—. Por favor, uníos a la alegre concurrencia.

Ambas matronas se levantaron en el acto y la recibieron con gritos de alegría. Ariella recordaba vagamente haberlas visto la noche anterior. Sufrió de nuevo por él, aunque la herida infligida fuera tan leve. Pero era vergonzoso intentar emparejarlo con mujeres tan ordinarias.

—Señorita de Warenne, es un placer volver a verla.

La joven sonrió. No había sido presentada a aquellas mujeres y no conocía sus nombres.

Emilian se tiró del cuello postizo.

—Hoode, traed refrescos, por favor.

—Yo soy lady Deanne y ésta es mi querida amiga la señora Harris. Emily, ven a conocer a la señorita de Warenne. Lydia, no comas más dulces. Ven aquí.

Ariella saludó a ambas mujeres y a sus hijas. La rubia parecía incapaz de hablar y la morena tenía chocolate en el vestido y en la comisura de los labios.

—Espero no entrometerme. Quería discutir unos asuntos con el vizconde. Estoy preparando una yegua excepcional para uno de sus alazanes —mintió.

Emilian, que miraba en ese momento el jardín a través de las puertas de cristal, se volvió hacia ella sorprendido.

—Oh, esto es maravilloso. Teníamos muchas ganas de conoceros. Vos vivís en Londres, ¿verdad? —preguntó la señora Harris.

—La mayor parte del tiempo, sí —repuso Ariella.

Notó que la morena había tomado una galleta y la rubia jugaba con sus pulgares. Sonrió a esta última.

—¿Disfrutasteis anoche del baile, señorita Deanne?

Emily Deanne la miró como si le hubiera hablado en chino. Se puso muy roja y murmuró una contestación bajando los ojos. Ariella no entendió lo que dijo y oyó suspirar a Emilian.

—Emily adora los bailes —repuso su madre—. Ha ido a catorce sólo este año. Admiré mucho vuestro vestido, señorita de Warenne. Tenéis que darme el nombre de vuestra costurera y la usaré para la próxima temporada. Es una costurera parisina, ¿verdad?

—No tengo ni idea —repuso la joven.

Los ojos de Emilian se encontraron con los suyos y el rostro de él se suavizó al fin.

Ella le dedicó una sonrisa cálida.

—Oh, cielos, es la una y media y tenemos dos visitas más que hacer. Las chicas tienen que salir, ¿sabéis? Emilian, despídete de milord. Tú también, Lydia.

Un momento después se marchaban las cuatro. Emilian se quitó el cuello duro postizo, se quitó la levita y se sirvió un brandy. Tenía el rostro rojo y bebió medio vaso de un trago.

—¿Tan malo ha sido? —preguntó ella.

Él terminó el vaso.

—¡Santo cielo! —explotó—. Voy a un maldito baile y luego tengo que soportar un infierno.

—Has sido muy educado —musitó ella, reprimiendo la risa.

Emilian la miró de hito en hito.

—¿Por qué te hace gracia? ¿Te complace verme sufrir?

—Por supuesto que no. Esas debutantes no estaban a tu altura. Deberían presentárselas a tu primo. Tú te mereces una princesa.

Él cruzó los brazos sobre el chaleco de brocado plateado y la miró fijamente.

—Tú has estado muy correcto —repitió ella—. ¿Cuánto tiempo se han quedado?

—Demasiado.

—Podías haber inventado una excusa.

—Estaba a punto de hacerlo cuando has llegado tú —se sirvió otra copa.

—Conmigo no eres nunca tan educado —comentó ella—. ¿Por qué?

Emilian la miró a los ojos.

—Tú no eres estúpida, y yo no quiero acostarme con ninguna de esas dos.

—¿O sea que eres brusco conmigo debido a una atracción imposible?

Él la miró con dureza.

—Es muy irritante seguir deseándote y haber decidido comportarme a toda costa con honor inglés. De hecho, estoy cada vez más cansado del concepto del honor. Estoy harto de juegos y fingimientos y tú te presentas aquí.

—Mi visita no es un juego ni un fingimiento. Sé que gruñirás y ladrarás, pero anoche forjamos una nueva relación.

Él la miró serio.

—¿Eso es lo que es esto? ¿Una nueva relación?

Le brillaban los ojos, y sólo en parte con recelo.

—Estoy continuando nuestra amistad.

Él se echó a reír.

—¿Buscas nuestra amistad o me buscas a mí?

Ella sintió el corazón a punto de explotar.

—Busco nuestra amistad —intentó mostrarse firme y no pensar en su aventura amorosa—. Anoche lo cambió todo para mí.

—Ah, sí, claro. Has decidido que me siento solo.

—Hoy estás muy irascible. Anoche estabas solo en el baile, sin amigos y con la gente murmurando a tus espaldas. Fue horrible. ¿Por qué te resistes a mi oferta de amistad? Me necesitas.

Emilian señaló el sofá.

—Sí, te necesito... ahí. Ahí será donde vayamos y no tiene nada que ver con la amistad. Te he hecho daño una vez y estoy a punto de que no me importe volver a hacértelo.

Ariella se echó a temblar.

—Pero te importa. Si no, ya estaría en tus brazos. Yo también siento una atracción imposible. Sé que lo sabes. No creo que pudiera resistir mucho tiempo si decidieras seducirme... especialmente después de lo de anoche.

—¿Es preciso que seas tan directa, tan sincera? No quiero saber lo que sientes por mí.

A ella le latía con fuerza el corazón. Se lamió los labios.

—Pero he pensado en nosotros toda la noche. Hemos iniciado una amistad y eso lleva a multitud de posibilidades maravillosas —abrió mucho los ojos—. La próxima vez que esté en tu lecho será porque esté segura de que la mañana siguiente estará llena de amabilidad y sonrisas, quizá incluso de afecto y risas —sonrió, pero temblaba con nerviosismo. Nunca había hablado más en serio.

—La próxima vez que estés en mi lecho —repitió él.

—Creo que es inevitable —declaró ella.

—Me alegro de que te des cuenta de eso —murmuró él—. Me rindo. Me rindo.

—¿Sí? ¿Qué significa eso?

Él sonrió al fin. Le miró la boca.

—Significa que no puedo soportar la tentación. Te quiero como amante. Y no mañana ni pasado. Y los dos sabemos que tú también me deseas.

Ariella abrió mucho los ojos. Él tenía razón. El problema era que, a pesar de sus buenas intenciones, era muy seductor y no estaba segura de poder resistirse aunque supiera que debía hacerlo.

Emilian se acercó y le puso una mano en el hombro.

—Quiero hacerte el amor muchas veces, pero no quiero hacerte daño y no pronunciaré falsas declaraciones.

—Yo no quiero falsas declaraciones.

El rostro de él se endureció.

—Yo creo que quieres un afecto más profundo por mi parte. Y me pregunto si todavía crees seguir enamorada de mí. En ese caso te dolerá mi falta de afecto, así que voy a ser franco. Quiero acostarme contigo, pero no habrá nada más... ni siquiera amistad. Y no me siento solo.

Ariella sabía una cosa... la última afirmación era mentira. Era el hombre más solitario que había conocido. Por eso insistía tanto en su amistad. Él era suyo de algún modo, a pesar de lo que dijera. Le había hecho mucho daño, pero ahora estaban en un terreno nuevo. Ya no estaba segura de que al día siguiente se mostrara frío e indiferente si aceptaba su oferta.

Respiró con fuerza; se sentía muy tentada.

—No me siento insultada por tu proposición.

—No pretendo insultarte.

—Ya lo sé. No obstante, creo que deberíamos permitir que florezca nuestra amistad. Por lo tanto, por difícil que me resulte, tengo que rehusar —se mordió el labio inferior; casi lamentaba su decisión—. Pero no voy a renunciar a nuestra amistad —añadió—. Estoy deseando que llegue el día en el que sientas algún afecto por mí.

Él se sonrojó.

—No es afecto, es interés.

Ariella sonrió.

—Muy bien. Hoy puedo aceptar una declaración de interés.

—¿Te ríes de mí?

Se acercó más a ella. La joven sabía que estaba pensando en besarla y asintió con la cabeza. Un beso era aceptable. Podía disfrutar de un beso... o dos.

La boca de él cubrió la suya.

Soltó un respingo. La caricia era fiera y decidida. Él anhelaba tanto el beso como ella. Y luego la boca de él se suavizó y se quedó inmóvil. Ella esperó desesperadamente, con las bocas juntas. Y luego los labios de él se movieron de nuevo, seductores y sensuales. Ella sabía que había afecto en el beso. No podía equivocarse en eso.

Una lágrima de alegría se formó en sus ojos, pero el calor del deseo la inundó enseguida. Abrió los labios y la lengua de él la llenó al instante. Se aferró a sus hombros con el deseo explotándole como fuegos artificiales en el pecho. Él la apartó un instante para mirarla y había gentileza en sus ojos.

Ella se acarició la barbilla.

—Emilian —susurró con voz ronca.

Él apretó su cuerpo al de ella y la besó de nuevo. Los ojos de ella se llenaron de lágrimas. Lo besó con frenesí. A pesar de su decisión, quería estar en sus brazos, en su cama, en su mundo.

Él apartó los labios jadeante.

—Tienes que irte... o tendremos que buscar un dormitorio.

Ariella temblaba. Sabía lo que pasaría si salían de la biblioteca. Él le haría el amor. Habría miradas tiernas, caricias y mucha pasión. Pero luego la apartaría. Estaba todo mezclado con su negativa a admitir que necesitaba amor y amistad. Ella empezaba a comprenderlo y casi se sentía capaz de soportar ese rechazo, pero sabía que le dolería aunque entendiera lo complicado que era él. Y por muchas tentaciones que sintiera, tenía que negar su pasión... por el momento.

Le tocó la mejilla.

—Te aprecio y lucharé por esta amistad. También lucharé por ti contra esos odiosos payos.

Él la miraba con atención, vigilante.

—Y la próxima vez que nos acostemos, a la mañana siguiente tú me dirás que me aprecias —quería sonreír, pero no podía.

Él se apartó.

—Espero que no cuentes con eso.

Ariella optó por no decirle que tenía muchas esperanzas. Le sonrió y él achicó los ojos.

Llamaron a la puerta. Ariella se volvió. Entró Hoode con el tío de Emilian.

—¿Stevan? —preguntó éste.

—Vengo a pedirte láudano, Emilian. Nosotros no tenemos y ha habido un accidente.

Ariella se adelantó.

—Sí tengo —contestó Emilian—. ¿Qué ha pasado?

—Nicu se ha clavado un clavo. Tengo que sacárselo, pero le duele y el whisky no es suficiente.

Ariella tomó a Emilian de la manga.

—Hay que llamar al cirujano.

—No vendrá —contestó él—. Quiero ver la herida. Voy a por el láudano —salió de la biblioteca con su tío.

Ariella se quedó un momento inmóvil. Confiaba en que el clavo fuera nuevo y no viejo y roñoso. El accidente no parecía demasiado peligroso, pero una infección sí podía serlo. Salió al pasillo.

—¿Hoode?

El mayordomo apareció al instante.

—¿Señorita de Warenne?

—¿Queréis hacer el favor de enviar a un sirviente a Kenilworth a buscar al cirujano? Que vaya en mi carruaje y le diga que lo llama la señorita de Warenne. Y que se dé prisa.

Hoode asintió y se alejó.

Ariella ni siquiera sabía si había un cirujano bueno en Kenilworth, y Manchester estaba a varias horas de distancia. Se levantó las faldas y salió hacia el campamento cíngaro.

Ariella estaba sentada en la hierba húmeda, con la espalda apoyada en uno de los carromatos de los gitanos y las rodillas abrazadas contra el pecho. El cirujano no había llegado.

Le costaba creer que el cirujano del pueblo se hubiera negado a atender al joven cíngaro. Nicu estaba dentro de una tienda durmiendo el efecto del láudano. Stevan le había quitado el clavo de la mano y cosido la herida. Jaelle le había contado que Stevan llevaba mucho tiempo cuidando de ellos. Nadie había esperado que acudiera el cirujano. Y a nadie se le había ocurrido llamarlo a excepción de ella.

Hundió el rostro en las rodillas.

Una sombra cayó sobre ella.

Ariella supo que era Emilian antes de levantar la cabeza.

—¿Cómo está?

—Ahora descansa.

Ella se abrazó las rodillas con más fuerza. El rostro de Emilian era inexpresivo.

—Deben de ser cerca de las cinco —dijo—. No hacía falta que te quedaras. Ahora debes irte a casa.

Le tendió la mano y ella la aceptó y se puso en pie.

—Me gustaría tomar un brandy.

No quería irse a casa. Quería hablar de lo que había pasado. Quería que Emilian le explicara cómo podía vivir con tanta intolerancia.

Caminaron hacia la casa en silencio.

—¿Conoces bien a Nicu? —preguntó.

—No, pero Jaelle está muy afectada. Son de la misma edad y son casi como hermanos.

—Lo siento mucho.

Él la miró con seriedad.

—No lo he dudado ni por un momento.

Hubo un silencio. Ellos se miraban a los ojos.

Hoode apareció a su lado.

—Señor, ¿deseáis algo?

—No, Hoode, estamos bien así. Decidle al chef que dudo que vaya a cenar a esta noche.

—Os dejaremos una bandeja, señor.

Ariella siguió a Emilian a la biblioteca. Aunque se mostrara imperturbable, estaba alterado. Se detuvo ante el hogar, agradecida de que alguien hubiera hecho fuego, pues sentía un frío interior hondo. Emilian sirvió dos brandys.

—Hoode es un buen hombre.

—Sí que lo es —Emilian se acercó y le tendió un vaso—. La mayoría de las damas no aprecian el brandy.

—Yo llevo años bebiéndolo con mi padre —sonrió ella. Enarcó las cejas—. A veces trasnochamos comentando los últimos sucesos y los fracasos de hombres como Owens, Shaftesbury y Place, el carácter de nuestros gobernantes o lo que acontece en La India —hizo una pausa—. Siento mucho que no haya venido el cirujano.

—Yo sabía que no vendría —repuso él con dureza—. No importa. Probablemente Stevan tiene más habilidad con la navaja y la aguja que ningún cirujano de pueblo.

—Sí importa —musitó ella.

—No importa —repitió él; de pronto arrojó su vaso con furia contra la pared. El vaso se rompió y el brandy manchó la tela verde y dorada que cubría la pared.

Ariella cerró los ojos sufriendo por él, sufriendo por todos. Él se mantuvo de espaldas a ella.

—Lo siento. Por favor, vete. Esta noche no estoy para visitas.

Podía afirmar que no le importaba que el cirujano se hubiera negado a atender a Nicu, pero no era verdad. ¿Cómo conseguía vivir así, con un pie en dos mundos muy dispares? Ariella no lo pensó dos veces. Dejó el vaso y se acercó a él. Lo rodeó con sus brazos y apoyó la mejilla en su espalda.

Emilian se puso rígido.

—¿Qué haces?

Ella lo abrazó un momento más, con las lágrimas rodando por sus mejillas. Luego se apartó.

Él se volvió y su expresión se endureció.

—Cometes un error —le advirtió—. Ahora no me siento noble... ni inglés.

—No —negó ella con la cabeza—. No lo cometo —le tomó la mano—. No puedo dejarte así.

A él le brillaron los ojos.

—He cambiado de idea, Emilian. Quiero ser tu amante.

CAPÍTULO 12

Él movió la cabeza.
—No quiero tu lástima, Ariella.
La joven le tocó la mejilla.
—No siento lástima de ti.
Emilian respiró hondo.
—Vuelve mañana o al día siguiente, cuando hayas recuperado el sentido común y yo haya hecho lo mismo. Pero tú no quieres ahora mis atenciones.
Ella se puso tensa, pero se mantuvo en sus trece.
—Quiero consolarte —susurró—. Quiero reconfortarte, Emilian.
—¡No necesito consuelo! —exclamó él. Se acercó a la puerta y la abrió para ella—. Buenas noches.
Ariella no se movió. No podía dejarlo así, después de lo que había ocurrido.
Emilian cerró la puerta de un portazo y la miró con dureza.
—Tú no eres una de ellos —le advirtió—. Y no me siento muy cordial que digamos.
—Eso no es justo —protestó ella—. Yo no soy una cíngara, pero estoy de tu parte.
—Muy bien, tú eres diferente. Pero no habrá cariño extra ni amistad. ¿Cómo se te ocurre quedarte conmigo ahora?

—Porque no puedo soportar verte así... porque he empezado a comprender tu vida.

—¡Tú no comprendes nada!

—Comprendo tu furia. Yo también estoy enfadada.

—Pues claro que sí, porque eres muy buena —replicó él con frustración—. Eres demasiado buena para esto.

Ella se acercó a él y le puso las manos en los hombros.

—No soy demasiado buena para esto —susurró. No soy demasiado buena para ti.

Lo sintió estremecerse bajo sus manos.

—Esto no es buena idea —dijo él con dureza—. Estoy muy enfadado. Puedo hacerte daño.

Ella se puso de puntillas y le dio un beso suave en los labios.

—No me lo harás —susurró.

Él la estrechó contra sí con fuerza.

—No es a ti a quien quiero hacer daño —dijo con voz ronca—. Pero eres tú la que está en mi camino.

—Lo sé. Quiero estar en tu camino.

—¿Lo dices de verdad?

—Sí —contestó ella.

Creyó ver alivio en el rostro de él. Emilian le puso las manos en los hombros.

—Entonces acepto tu oferta —dijo con voz espesa—. Aunque nos arrepentiremos los dos.

Rozó la mejilla con la de ella sensualmente y a ella se le calentó la sangre al instante.

—Ariella.

La besó en la boca y ella se quedó inmóvil. Cerró los ojos y se entregó a la caricia.

Emilian emitió un sonido estrangulado, duro, casi como un sollozo, y la apretó con fuerza. La besó con frenesí y la fue acercando al sofá. Su explosión de deseo mezclada con rabia y frustración la abrumó, pero ella quería estar atrapada en ese remolino de emociones con él. Se dejó caer en el sofá y él se situó encima de ella sin romper el beso.

Ariella le devolvió el beso con fiereza, deslizó las manos bajo su camisa y le arañó el pecho. Él gimió y le apartó los muslos con los suyos. Le subió las faldas y Ariella soltó un grito cuando él tocó su núcleo húmedo y palpitante.

El beso se volvió más frenético y más profundo. Ella se agarraba, mareada por la inminencia del clímax. Él la penetró despacio y empezó a moverse. El placer la invadió y ella le echó los brazos al cuello y lo apretó con fuerza mientras se dejaba llevar por las sensaciones. Él rompió entonces el beso y gimió con el mismo placer. Y ella lo sintió sonreír cuando se detuvo en su interior. Levantó la cabeza.

Ariella leyó en él mucho deseo, pero también mucha angustia.

Emilian bajó la cabeza y reanudó el movimiento. Ella ya no podía soportar más la creciente presión.

—Emilian...

Él deslizó la mano entre ellos y la acarició también con los dedos. Ella dio un respingo y explotó en mil pedazos. Él emitió un sonido ronco y sostuvo las piernas de ella alrededor de su cintura. Ariella se echó a llorar.

Emilian soltó un grito y se quedó rígido encima de ella.

Cuando terminó, ella quedó flotando en sus brazos como en un sueño. ¡Emilian le había hecho el amor! Abrió los ojos con el pecho lleno de cariño. Él la miraba con atención. Ella le tocó la mejilla y le sonrió. Ahora sí eran amantes.

Él no le devolvió la sonrisa. Bajó los párpados en el gesto que era tan habitual en él, un gesto tras el que ocultaba sus sentimientos.

Ariella empezó a ser consciente de lo que la rodeaba. Estaban en el pequeño sofá de la biblioteca, donde un sirviente podía interrumpirlos en cualquier momento. De hecho, si hubiera entrado alguien un momento antes, no se habrían dado cuenta. Esa idea la asustó un momento, pero se impuso la sensación maravillosa de estar con Emilian. Le acarició la espalda a través de la camisa. Ahora se sentía como descansando en una nube de amor. No había arrepentimientos.

Él se apartó y se incorporó. Ariella se bajó las faldas automáticamente y le tocó el brazo. La expresión de él era distante.

—Son más de las cinco y media —dijo—. Si sales ahora, llegarás a Rose Hill a tiempo para la cena.

Ariella se sobresaltó. Emilian evitaba mirarla. Se recordó a sí misma que ahora ya no eran extraños como antes. Él no la había utilizado; ella había elegido reconfortarlo de aquel modo.

—Ahora somos amantes —comentó.

Él se levantó y se colocó la ropa.

—¿Quieres que lo seamos abiertamente? —seguía sin mirarla.

—Claro que no. Eso destrozaría a mi familia. Mi padre, Alexi y un montón de primos y tíos intentarían asesinarte —se levantó, asustada de verdad—. ¿Por qué sugieres algo así?

—Sólo pretendía establecer que, si te entretienes más, nos descubrirán. La discreción es la parte más importante del valor, ¿no te parece? —echó a andar hacia la puerta—. Tienes que arreglarte el pelo antes de salir. Te enviaré a una doncella con un espejo y un cepillo y te dejaré un momento.

Se apartaba de ella. Su comportamiento frío y distante no tenía otra explicación.

—Espera.

Él la miró.

—Odio cuando te colocas una especie de mascara de indiferencia en el rostro —declaró ella—. Por favor, no hagas esto.

Emilian se cruzó de brazos.

—Tienes que irte a casa. Yo voy a ver a Nicu.

Ella casi había olvidado al joven herido.

—Esperaré. Quiero saber cómo está.

—No puedes esperar —contestó él con calma—. Tienes que irte a casa.

—¿Me estás echando?

—¿Y por qué iba a hacer eso? —la voz de él sonaba burlona y enfadada—. ¿Por qué iba a echar a mi hermosa amante paya? ¿Crees que soy tonto? Hemos acordado una aventura. Una muy poco corriente, pero aventura al fin y al cabo. Las aventuras son algo sórdido... aunque tú no puedes saberlo.

Marcharse así, después de unos momentos en el sofá de él, era más que sórdido. Un poco de amabilidad podía reducir la amargura, pero él le había advertido que no habría afecto. Y ella había querido seguir adelante de todos modos. Una vez más, no lo había creído. El hombre que estaba con ella en la habitación, su amante, no mostraba ni un ápice de afecto.

—Te mereces mucho más que un breve acoplamiento en el sofá —dijo él—. Y los dos lo sabemos —se acercó a la puerta y se detuvo—. Me quedaré en el campamento, pero te enviaré noticias de Nicu, si así lo deseas.

Ella no contestó.

Emilian la miró.

—¿Volverás?

Ella vaciló.

—Lo suponía —comentó él—. Tú no tienes la naturaleza licenciosa que exige una aventura. Deberíamos haber dejado las cosas como estaban anoche —añadió—. No te guardo rencor por querer acabar esto.

Ariella lo observó salir de la estancia.

¿En qué había estado pensando?

Era el día después del accidente de Nicu y miraba por la ventanilla del carruaje sentada al lado de su prima. Delante de la barbería colgaba un cartel pequeño: *James Stone, Barbero y Cirujano.*

—¿Por qué paramos aquí? —preguntó Margery.

—Ayer hubo un accidente en el campamento cíngaro —comentó Ariella.

—En la cena no hablaste de otra cosa. Estabas tan alterada

entonces como ahora. Pero yo no creo que sufras por un joven desconocido.

Ariella se puso tensa.

—¿Dije que el cirujano se había negado a ir?

—Una docena de veces —Margery la miraba con atención—. Y cuando tu padre te ofreció llevarte a Londres con él, rehusaste. La Ariella de antes habría saltado de alegría ante la posibilidad de irse unos días de Rose Hill. ¿Qué te pasa?

Ariella no contestó.

—¿Todos piensan que estoy rara? —preguntó.

—Sí. Cuando te retiraste, todos hablaron de ti.

Ariella la miró con desmayo.

Margery le tomó la mano.

—No creo que pasaras la tarde en el campamento con esa chica, Jaelle. Creo que fuiste a Woodland a ver a St Xavier.

—¿Todos creen lo mismo?

—No lo sé. Pero Dianna comentó que los dos hacíais muy buena pareja en el baile y tu padre salió bruscamente de la habitación.

Ariella sabía que era una suerte que Cliff y Alexi hubieran ido a la ciudad a ocuparse de unos asuntos. No quería que Emilian volviera a chocar con él.

—Te ha hecho daño otra vez, ¿verdad?

—Ayer fui a verlo.

—¿Cómo pudiste? —preguntó Margery, escandalizada.

—Sigo enamorada de él, más que nunca ahora que comprendo la vida que lleva.

Su prima parecía al borde de las lágrimas.

—Nunca he conocido a nadie tan encantador cuando se lo propone. Para él debió de ser fácil seducirte. Eres la persona más confiada que conozco. Puede que hayas leído mucho, pero no tienes experiencia con los hombres. Sé que te has forjado una historia increíble sobre él, una historia que tú te crees, pero yo tengo grandes dudas sobre su carácter —su voz sonaba incrédula—. ¿Qué hombre le roba la inocencia a una chica y luego se aleja de ella?

Ariella se puso tensa.

—Está muy herido. Es como un animal salvaje obligado a vivir en una jaula. Es normal que si metes la mano para darle afecto, te la muerda. Simplemente no conoce otra cosa. Espera crueldad y abuso. Por favor, no lo condenes.

—Tú estás loca. Ese hombre es rico y poderoso. Aunque la gente murmure sobre su sangre, ¿qué pasa? Eso no le da derecho a jugar contigo. ¿Y esa analogía del animal salvaje en la jaula? ¿Crees que vas a ganar su amor siendo amable y compartiendo su lecho? Porque eso es lo que estás haciendo, ¿verdad?

Ariella nunca había visto a su plácida prima tan enfadada. Vaciló y Margery adivinó la verdad.

—¡O sea que te contentas con migajas! Estoy considerando seriamente pedirle a tu padre que obligue a St Xavier a ir al altar.

Ariella le tomó la mano.

—Obligándolo a casarse conmigo no se conseguiría nada. Yo sólo me casaría con él si me amara a su vez.

—¿Puedo convencerte de que te alejes de él antes de que arruine tu nombre, tu cuerpo y tu espíritu? —preguntó Margery.

—Me necesita —repuso Ariella—. No puedo alejarme de él, ni ahora ni nunca.

—¡Eres demasiado buena para él! —gritó Margery con el rostro rojo.

Ariella no quería seguir discutiendo.

—Confío en que guardarás mis secretos.

Abrió la puerta del carruaje y salió al exterior. Por la ventana de la barbería veía que Stone no tenía clientes en ese momento.

Entró en la tienda, consciente de que Margery la seguía. Stone, un hombre alto, salió de la trastienda y les sonrió obsequioso.

Ariella no le devolvió la sonrisa.

—Señor Stone, ayer requerí vuestros servicios en Woodland, pero vos enviasteis de vuelta a mi cochero negándoos a acudir.

Él inclinó la cabeza.

—Señorita de Warenne, estaba ocupado con un paciente. Creo que vuestro cochero no os explicó bien la situación.

—Jackson fue muy claro —Ariella temblaba de rabia—. Os negasteis a ir. Creo que vuestras palabras exactas fueron que vos no tratabais a gitanos piojosos.

Él la miró, ya sin sonreír.

—No trato a gitanos, señorita de Warenne, igual que no trato a judíos ni africanos.

Ella respiró hondo.

—Sois despreciable.

El cirujano se encogió de hombros.

—He ido varias veces a Rose Hill y siempre he admirado mucho a vuestro padre. Idos a casa, donde debéis estar. Y cuando necesitéis mis servicios en Rose Hill, iré encantado.

—Mi familia ya no volverá a requerir vuestros servicios nunca más —gritó Ariella.

Margery la tomó del brazo.

—Debemos irnos.

—¡No! Mi madre era judía, señor Stone. Me habéis insultado no sólo a mí sino también a mi padre.

—No me extraña que seáis amante de los gitanos —escupió él.

Margery se adelantó y se interpuso entre ellos.

—Pagaréis caro ese comentario —tiró de Ariella fuera de la tienda.

Una vez en la calle, se miraron horrorizadas. Ariella no recordaba que le hubieran hablado jamás de ese modo. Respiró con fuerza.

—Eso es lo que tiene que vivir Emilian todos los días de su vida.

En cuanto vio el sello de Warenne supo que la carta era de Ariella.

Abrió el sobre con una tensión desconocida. Estaba sentado en su escritorio de la biblioteca y le temblaban ligeramente las manos. Ella no había vuelto a Woodland después del último encuentro, lo cual no tenía nada de sorprendente.

Habían pasado tres días interminables, llenos de tormento y preocupación. Estaba ocupado con los preparativos para su partida, pero aun así no dejaba de pensar en ella.

Sentía no poder ser otra persona, un pretendiente apropiado, el noble que pudiera darle la amistad que ansiaba. Sentía haberse mostrado tan distante después de su encuentro, ¿pero qué esperaba ella? En cuanto terminaron habían empezado los remordimientos. Y nunca había tenido una amante que quisiera otra cosa que su potencia en el lecho.

¿Lo odiaría al fin?

Abrió la carta y empezó a leer.

Querido Emilian,
Espero que al recibir esta carta te encuentres bien de salud. Estoy preocupada por el estado de Nicu. ¿Cómo se encuentra? He pensado que quizá te gustaría saber que hablé duramente con el cirujano, aunque dudo que mis palabras sirvan para cambiar su comportamiento en el futuro. Es un individuo horrible que carece de sentido de la humanidad.

Mi padre y hermano se han ido unos días a Londres, dejándonos solas a las damas. Estoy disfrutando mucho de la compañía de las mujeres de mi familia, en especial Dianna, mi hermana pequeña, con la que no paso suficiente tiempo. Espero convertirlas a todas a mi última causa, un viaje a las estepas de Mongolia y la Gran Muralla de China.

Desgraciadamente, a Dianna le interesan un marido y la moda y Margery, siempre una hija responsable, insiste en que no puede dejar a su familia tanto tiempo. Mi madrastra, no obstante, es una aventurera y ha dicho que le gustaría muchísimo ir. Empezaré a atacar a mi padre en cuanto regrese.

Emilian pensó que Cliff de Warenne seguramente negaría a su hija un viaje tan irracional. Él no había viajado jamás tan al este, pero no le hacía falta ir para saber que no sería un viaje seguro para su madrastra y para ella. Ninguno de esos dos países estaba muy civilizado.

Quiero que sepas que siempre eres bienvenido en Rose Hill. La próxima vez que estés por las proximidades, sería un placer recibirte.

Emilian leyó cinco veces las dos últimas líneas.
Ella quería que fuera de visita.
Dejó el papel sobre la mesa, tan furioso como incrédulo. ¿Cuándo iba a perder su fe en él? ¿Por qué no podía entender que, por muy buena y perseverante que fuera, ella era una princesa paya y él era medio gitano? No era un pretendiente y no sentía deseos de serlo.

Se apoyó en la mesa. Había esperado cualquier cosa menos una invitación a Rose Hill. Por supuesto, no aceptaría.

¿Sabía ella que se iría con la caravana en unos días? No conseguía recordar si le había comentado sus planes.

Estaba deseando irse. Empezaba a no poder soportar Woodland. ¿O era ser inglés lo que no soportaba? La persecución de ella no le ayudaba... ni sus remordimientos para con ella tampoco. Esa carta acababa de empeorar la farsa que era su vida. Estaba casi seguro de que, una vez que se pusiera en camino, olvidaría todo su pasado, incluida Ariella. Y eso sería lo mejor para los dos.

Ariella estaba sentada al lado de la ventana del dormitorio, esforzándose por leer «El capítulo del pueblo», el último programa de Francis Place sobre cambios sociales. Debería haberse sentido fascinada, pero no conseguía entender lo que leía. Echaba de menos a Emilian y pensaba en él constantemente. Había pasado casi una semana desde que lo viera. Quería continuar la amistad que él le negaba, pero no se atrevía a ir de nuevo a su casa. Además, él podía confundir el gesto con una invitación a otra cosa.

Sin embargo, si no alentaba ella la amistad, estaba casi segura de que él no lo haría. Le había enviado una nota y él no había contestado ni había pasado a visitarla, tal y como le pedía en la nota.

Los últimos días le habían parecido una eternidad.

—¡Ariella! —exclamó la voz alterada de Margery.

La joven dejó el panfleto y miró a Margery, que había aparecido en la puerta del dormitorio. Estaba muy pálida.

—Tienes visita... una visita que estoy más que dispuesta a despedir sin más.

Ariella se puso en pie de un salto.

—¡No se te ocurra!

Corrió al espejo de encima de la cómoda. Llevaba un vestido pálido de manga corta y se colocó rápidamente el corpiño. Abrió el joyero y eligió unos pendientes de perlas. Añadió un camafeo de perlas y una cinta oscura, consciente de que le temblaban las manos. Se echó perfume entre los pechos y empezó a soltarse las horquillas del pelo.

—¿Qué haces? —preguntó Margery—. No puedes recibir a un visitante con la mitad del pelo suelto.

Ariella terminó de soltar la mitad de atrás y empezó a peinarse los rizos.

—Estoy empezando una nueva moda. ¿Qué te parece? —preguntó cuando terminó.

—Pareces una mujer enamorada... o a punto de reunirse con su amante.

Ariella corrió a abrazarla.

—No sé lo que quiere. Le envié una nota, pero estaba segura de que no contestaría. Tenía miedo de hacerme ilusiones.

—Yo también tengo mucho miedo —contestó Margery, siguiéndola por el pasillo.

Ariella bajó corriendo las escaleras. Respiró hondo, enderezó los hombros e intentó conseguir una sonrisa calmada y serena. Lo vio de pie en el salón azul de recibir con un sombrero de copa en la mano. Él la vio en el mismo momento.

Llevaba una levita verde oscura con chaleco debajo y era el hombre más atractivo que había visto nunca.

La saludó con una inclinación de cabeza.

—Señorita de Warenne —dijo con cortesía.

Se enderezó, pero sin sonreír. Su mirada era curiosa, su gesto demasiado solemne.

—Emilian —repuso ella—. ¡Qué agradable sorpresa!

—Recibí vuestra invitación.

Ariella se dio cuenta de que Margery estaba en el umbral, empeñada en hacer de carabina. La miró.

—¿Puedes dejarnos un momento a solas?

Margery no parecía convencida, pero se marchó dejando la puerta abierta de par en par.

—Tu carta fue una sorpresa —comentó él—. No pensaba que quisieras recibirme.

Ella lo miró sorprendida.

—Yo te recibiré siempre.

La expresión de él se endureció.

—Eso es demasiado generoso incluso para ti.

Ariella se acercó a cerrar la puerta.

—No ha cambiado nada —dijo—. Sigo siendo tu amiga. Lo que pasó hace poco fue tan culpa mía como tuya.

La mirada de él no vaciló.

—Lamento diferir. Nicu está mejor.

—Me alegro.

—Me resulta increíble que fueras a reñirle al cirujano.

—Se lo merecía. Fue un poco raro, pero creo que hice bien.

Emilian la miró a los ojos con intensidad.

—No quiero que luches mis batallas, Ariella.

—Yo lucho muchas batallas todo el tiempo. Estoy orgullosa de ser una pensadora independiente. Me considero más bien radical.

—Sí, eres radical y excéntrica —musitó él—. Pero en el baile te alteraste y con el cirujano también. Y tú no necesitas formar parte de un mundo de prejuicios y odio.

Ariella negó con la cabeza.

—Ahora soy yo la que difiere. Yo soy parte de este mundo, Emilian, de este mundo en su totalidad, incluidas las sombras que no nos gustan... las sombras que la mayoría de hombres y mujeres fingen que no están ahí.

Hubo un silencio.

—Me alegro de que hayas venido; no creo que hubiera podido contenerme mucho más —susurró ella.

Deseaba tender la mano y acariciarlo, pero no se atrevía.

—No debí aceptar tu proposición —dijo él con brusquedad—. Y ahora tengo más remordimientos que antes.

—Yo no tengo ninguno.

Emilian la miró.

—Supongo que no habrás decidido que quieres una aventura sórdida.

—No, claro que no. En eso tenías razón. Una aventura sin amistad o amor es algo demasiado bajo para mi naturaleza.

—He venido por varias razones. Una es para disculparme. Puede que tú no lo lamentes, pero yo sí.

—No hay nada que perdonar —repuso ella con sinceridad.

—También he venido a despedirme.

En cuanto habló, ella supo que se marchaba por mucho tiempo.

—¿Qué quieres decir?

—Me voy al norte con la caravana y no sé cuándo volveré ni si volveré alguna vez.

Ariella se quedó paralizada.

—¿Qué? ¡Pero tú eres el vizconde St Xavier! ¿Y qué pasa con Woodland? —preguntó, escandalizada y llena de temor.

—He contratado un administrador. Ha empezado hoy. He sido inglés mucho tiempo.

La joven lo miraba incrédula.

—Eres mitad inglés.

—Edmund me separó de mi madre a la fuerza. Aunque yo luego elegí quedarme con él, he empezado a tener graves dudas de que mi elección fuera la correcta.

—¡Graves dudas! —repitió ella horrorizada. ¿Iba a dar la espalda a la herencia de su padre, a su título, a su vida y a ella para convertirse en gitano?

Recordó la primera noche que lo vio, cuando bailaba con fervor bajo las estrellas. Llevaba la música en la sangre y en el alma porque era tan gitano como inglés.

Ellos también eran su gente.

¿Pero dejar atrás toda su vida?

Ariella se hundió en un sillón. Él no podía irse para siempre.

—Tienes que volver —murmuró, y el dolor explotó en su corazón. Tenía que volver a ella.

—¿No es esto lo mejor para todos? —preguntó él con gravedad—. Mira el daño que he hecho ya. Encontrarás a tu príncipe, Ariella.

—Tú eres mi príncipe —repuso ella con la vista nublada por las lágrimas. Se dejó llevar por el pánico. Se incorporó y le agarró los brazos.

—Sé que crees eso —él no se apartó—. Pero un día verás que te equivocabas. De hecho, llegará un día en el que ni siquiera me recuerdes.

Ella no lo olvidaría jamás.

—¿Cuándo volveré a verte?

Emilian movió la cabeza.

—No lo sé.

Ella se aferró a sus poderosos brazos.

—¿Cómo puede pasar esto? Yo te amo.

—No —dijo él con dureza.

Se apartó.

—¿Te marchas ya? —preguntó ella confusa.

—Salimos mañana poco después de amanecer.

—Pasa la noche conmigo.

Él abrió mucho los ojos.

Ariella le tocó la mejilla.

—Puedo sentir que todavía me deseas. Hazme el amor esta noche. Dame algo a lo que aferrarme hasta tu vuelta.

La respiración de él era jadeante.

—¿Qué bien puede hacer eso?

—Necesito estar contigo una vez más. No quiero que te vayas. Tienes que dejarme recuerdos que pueda valorar.

Emilian negó con la cabeza.

—Tú mereces un gran amor y esa amistad de la que siempre hablas. No te mereces otra aventura que termine mal.

La joven no podía hablar. Él se marchaba de Derbyshire. La dejaba. ¿Por qué no podía entender que habían empezado un viaje maravilloso juntos?

—No llores —dijo él con dureza—. Por favor.

Ariella reprimió un sollozo y se echó en sus brazos, que se abrieron para recibirla. Se aferró, deseando poder hacerlo para siempre. El cuerpo de él estaba rígido y duro contra ella.

—Te estoy haciendo más daño —susurró.

Ella no podía hablar.

Emilian miró las puertas cerradas del salón.

—Tu prima seguro que está paseando por el pasillo.

A ella no le importaba. ¡Si tuviera el valor de irse con él! Pero eso implicaría perder todo su orgullo. Además, sabía que él la haría volver.

—¿Ariella?

Ella no podía moverse. Él se volvió y fue a abrir las puertas. En cuanto lo hizo, se puso rígido. Ariella miró el vestíbulo.

Margery estaba allí hablando con Jack Tollman, el dueño de la posada El Venado Blanco.

Ariella corrió al lado de Emilian.

—¿Qué hace él aquí? —le preguntó éste.

—No lo sé. Supongo que tendrá sus razones.

—Está aquí por mí —se adelantó con determinación y ella lo siguió.

Tollman los vio y dedicó una sonrisa desagradable a Emilian.

—Vuestro mayordomo ha dicho que estaríais aquí.

—¿Por qué me buscáis? —quiso saber Emilian.

Tollman hizo una mueca.

—Porque hemos pensado que os gustaría vernos colgar a un ladrón de caballos.

CAPÍTULO 13

La incredulidad de Emilian dio paso a la furia.
—¡De eso nada! —gritó.
Ariella corrió a situarse ante él, horrorizada por lo que sucedía pero decidida a impedir una pelea. Emilian la miró con incredulidad.
—Esto es una venganza de Tollman.
—¿Qué ocurre? —preguntó Ariella.
—Esto no es un juego, St Xavier —escupió Tollman—. Uno de los muchachos gitanos ha robado el caballo ruano de Pitt y lo han pillado con las manos en la masa vendiéndoselo al vecino de Pitt.
Ariella estaba a punto de señalar que no se ahorcaba a los ladrones de caballos cuando Emilian preguntó:
—¿Hay pruebas o habéis decidido que pague el pato un gitano inocente?
¡Aquello iba a explotar en algo terrible! ¿Por qué se odiaban tanto esos dos hombres?
—No hay gitanos inocentes.
Ariella empezó a protestar, pero Emilian la miró con furia y ella guardó silencio.
—¿A quién acusáis? —exigió saber Emilian.
—Djordi.
Ariella se cubrió la boca con la mano. Djordi tenía dieciséis años como mucho.

—En estos tiempos no colgamos a los ladrones —consiguió decir—. Enviaré a buscar a mi padre. Él aclarará todo el asunto.

Emilian salió de la casa, seguido por Tollman. Ariella los siguió a su vez.

—¡Emilian! Voy contigo. Señor Tollman, por favor, esperemos a mi padre. Ya sabéis lo justo que es.

Emilian saltó sobre su alazán gris. Tollman subió a su carro.

—Señorita de Warenne, vos no preocupéis vuestra linda cabecita con estos asuntos —tomó el látigo—. Un ahorcamiento no es lugar para damas.

—¿Os atreveréis a violar la ley? —preguntó ella, sorprendida.

—Hay que dar ejemplo para que no vengan otros gitanos a robarnos —declaró Tollman con firmeza—. ¡Arre!

Emilian se acercó a ella montado en su caballo gris.

—¡Quédate en Rose Hill! —le dijo, antes de dar media vuelta y alejarse.

Ariella miró a su prima.

—Tardarán cinco minutos en preparar el carruaje —comentó ésta.

Ariella se agarraba a las asas de seguridad del carruaje, pues los cuatro caballos galopaban a lo loco y Margery y ella se veían arrojadas de un lado a otro en el interior. En la plaza del pueblo se había congregado una multitud, que incluía mujeres y niños, y la gente se llamaba a gritos. Vio también a Stevan y otros hombres cíngaros y observó con incredulidad que estaban agrupados juntos. Dos de los hombres del pueblo tenían rifles y no los dejaban pasar.

En el centro de la plaza había un olmo gigante. Una horca colgaba ya de una de las ramas y debajo de ella había un carro sin caballo. Djordi estaba de pie en el carro con las manos atadas a la espalda. La horca quedaba justo detrás de sus hombros. Su rostro mostraba una expresión beligerante, pero estaba pálido de miedo.

Y entonces Ariella vio a Jaelle cerca de Stevan, también con la cara blanca y tensa.

—¡Oh, Dios querido! —susurró Margery—. Tenemos que parar esto.

Ariella saltó del carruaje antes de que se detuviera del todo. Se subió las faldas y corrió frenéticamente hacia la multitud. Vio a Emilian de pie al lado del carro, hablando con Tollman y el alcalde Oswald. No lejos del alcalde estaba también Robert St Xavier con los brazos cruzados y acompañado por otros dos caballeros de su edad.

La joven se abrió pasó bruscamente entre los hombres, mujeres y niños, ignorando sus murmullos de irritación y sus respingos de sorpresa. Algunos que se daban cuenta de quién era se apartaban al instante.

—St Xavier, tiene que haber justicia —decía Oswald con las mejillas enrojecidas. Pero parecía vacilante.

—No lo colgaréis —replicó Emilian, con ojos llameantes. La vio y la miró con incredulidad, pero enseguida volvió su atención al alcalde—. Colgar es ilegal en este caso. No habrá más incidentes, tenéis mi palabra. Nos marchamos por la mañana.

Oswald se retorció las manos y miró a Tollman en busca de ayuda.

—La palabra de un mestizo —se burló éste—. Eso no es palabra.

Emilian hizo una mueca.

—¿Hacéis más caso a un posadero que al vizconde de Woodland?

—El pueblo entero quiere justicia —declaró Tollman—. El pueblo entero quiere que se vayan los condenados gitanos.

—¡Alcalde Oswald! —gritó Ariella sin aliento—. No podéis dejar que esto se os vaya de las manos —miró a Robert con aire suplicante, esperando que se adelantara para ayudar a resolver el problema.

Pero Robert se limitó a seguir cerca del alcalde con expresión sombría. Apartó la vista de ella.

Emilian se acercó.

—Os he dicho que os quedarais en Rose Hill.

Ella no hizo caso.

—Hemos enviado recado a mi padre en la ciudad. Volverá antes de que caiga la noche. Por favor, dejemos este asunto en sus manos.

Emilian la tomó por los brazos antes de que el alcalde pudiera contestar.

—No os entrometáis —se volvió a Margery—. Lady de Warenne, ninguna de las dos deberíais estar aquí. Volved al carruaje y marchaos a casa.

Margery se adelantó blanca como una sábana.

—Ariella tiene razón. El capitán de Warenne se ocupará de este asunto. O mi padre, el conde de Adare.

Pero su mención del poderoso conde no sirvió de nada.

—Lo vamos a colgar —declaró Tollman.

Oswald se retorció las manos.

—El linchamiento es ilegal, Jack —comentó.

Tollman estaba furioso.

—No puedes dejar que se vaya —gritó—. Vendrán más ladrones y nos robarán los caballos y las vacas. Seducirán a nuestras hermanas e hijas. Nos venderán ruedas podridas.

La multitud murmuró su asentimiento.

—¿Y entonces qué hacemos? —Oswald estaba pálido y sudaba—. Somos ingleses temerosos de la ley.

El cirujano se adelantó de entre la multitud.

—Dadle una buena azotaina y enviadlo de vuelta al norte. Dejad que aprenda que, si vuelve, le esperará la muerte.

Antes de que Stone acabara de hablar, la turba apoyaba ya su plan con gritos ávidos.

—¡Azotar a un chico joven es de bárbaros! —gritó Ariella, atónita—. No veo por qué no podemos esperar unas horas para resolver esto.

Tollman habló al alcalde, pero sin apartar la vista de Emilian.

—Ha robado el caballo y es culpable. Tiene que haber justicia. Yo apoyo los azotes y la expulsión.

Emilian miró a Tollman con odio y el tabernero le devolvió la mirada con la misma intensidad.

—¿Por qué no podemos esperar a que vuelva mi padre? —gritó Ariella.

Oswald la miró, claramente vacilante.

—Ella es amante de los gitanos —declaró James Stone—. Su padre probablemente pensaría igual que nosotros. Todo el mundo está de acuerdo en que se azote al gitano y lo expulsemos.

Ariella se echó a temblar.

—Mi padre jamás aprobaría eso —declaró—. Él cumpliría la ley.

Margery le apretó la mano con fuerza. Stone, Tollman y Oswald juntaron la cabeza y empezaron a deliberar en voz baja. El alcalde escuchaba, no hablaba.

Emilian la miró con ojos fríos como el hielo.

—Subid al carruaje e idos a casa ahora. No quiero que veáis lo que va a ocurrir.

Sus palabras la asustaron aún más.

—No pienso dejaros ni a Djordi ni a vos —nada ni nadie podría hacerla huir en ese momento—. No seguirán adelante con esto —añadió con desesperación.

Pero no estaba segura de que pudieran parar a Tollman y sus compinches. ¿Por qué no se adelantaba Robert a decir algo? En vez de eso, miraba a Emilian con una especie de curiosidad que resultaba repugnante.

—¿Podéis hacer que se vaya? —preguntó éste a Margery—. Quiero que se vaya.

Margery también temblaba.

—Queremos apoyaros, señor.

Él se volvió.

—Robert, escolta a las damas fuera de la plaza.

Robert al fin se acercó.

—Mi primo tiene razón. Este lugar es poco adecuado para las damas.

Ella lo miró preguntándose si era tonto.

—¿Ayudaréis a vuestro primo, señor? ¿Lo vais a apoyar como debe hacer la familia?

Robert se encogió de hombros.

—Emilian parece tener un plan.

La joven comprendió que no le importaba nada lo que quisiera Emilian y que no pensaba ponerse de su lado.

Robert le tendió el brazo.

—No me marcho —dijo ella a Emilian.

Él la miró enojado.

—Soltad a Djordi —dijo a Oswald y Tollman. Se quitó la levita y la tiró al suelo. Empezó a desabrocharse el chaleco—. Yo me haré responsable de su castigo —se quitó el chaleco—. Aceptaré los azotes en su lugar.

El horror hizo enmudecer a Ariella.

Tollman sonrió despacio, con placer, mientras Oswald parecía atónito.

—¿Señor?

Tollman se echó a reír.

—Es uno de ellos. Lo ha demostrado desde que llegaron al pueblo. Es un gitano y al diablo con su título.

—Tollman, el vizconde lleva años administrando nuestros asuntos —comentó Oswald pálido.

—No importa a quién azotemos siempre que sentemos ejemplo —contestó Tollman con aire salvaje.

Ariella, que sabía que aquello era una venganza personal, miró a Robert, pero estaba claro que éste no pensaba intervenir. Corrió a Emilian, que tiraba la camisa al suelo.

—¡No podéis hacer esto! Es el vizconde St Xavier, un buen ciudadano de este pueblo y de este país.

—¡Soltad al chico! —gritó Tollman a sus hombres. Se volvió hacia ella—. Señorita de Warenne, estáis en vuestro derecho de quedaros a presenciar el castigo, pero sugiero que os marchéis. La histeria femenina no ayudará a nadie.

—No podéis hacer eso —repitió Ariella con desesperación.

Dos hombres grandes subieron al carro y desataron las muñecas de Djordi. El chico saltó al suelo y se acercó a Emilian.

Un grupo de cíngaros lo siguió. Emilian le apretó el hombro y le habló con firmeza. Ariella no tenía dudas de que el chico deseaba aceptar el castigo y Emilian no se lo permitía.

Entonces vio que todos escuchaban a Emilian hablar en romaní. La gente lo miraba fascinada. Tollman parecía satisfecho y Robert también. Ariella se acercó a Emilian.

—No hagáis esto —le susurró.

—¿Prefieres que azoten a un muchacho?

—No. No quiero que azoten a nadie.

Emilian respiró con fuerza.

—Marchaos a casa. Por favor.

Ariella pensó que no lo dejaría nunca. Había empezado a llorar. Se secó las lágrimas con rabia.

Un brazo fuerte la rodeó. Era Djordi.

—Venid —le dijo.

Emilian se había vuelto. Caminó hasta el carro. Lo seguía un hombre grande que llevaba un látigo en la mano. Emilian se agarró a los costados del carro con la cabeza baja.

Ariella empujó a Djordi.

—¡Alto, parad esto ahora mismo! —gritó.

Pero el chico la estrechó en sus brazos y ella ya no pudo moverse. Empezó a tirar de ella para que no pudiera mirar.

Tollman habló a uno de los hombres más jóvenes que había a su lado.

—¡Empezad!

Cayó el látigo, que dejó una marca roja en la espalda de Emilian. Éste permaneció agarrado al carro como si estuviera hecho de piedra. Ni siquiera se encogió.

El látigo volvió a sonar. Ella se tambaleó, con el corazón explotándole en el pecho, pero Emilian no se movió. Lo golpeó una tercera vez y ella tembló aferrada a Djordi, rabiando de impotencia. Emilian seguía sin emitir ningún sonido. Mareada, consiguió controlar las lágrimas. Pronto acabaría todo. Emilian soportaría los golpes.

Tollman se adelantó con un látigo de nueve colas en la mano y expresión despiadada.

Ariella comprendió su intención y empezó a gritar mientras luchaba por soltarse de Djordi.

Él agitó el peligroso látigo en el aire. La multitud rugió su aprobación y el tabernero lo descargó sobre la espalda de Emilian, donde abrió salvajemente la carne y dejó un rastro de sangre.

—¡Basta! —gritó ella.

Pero Tollman volvió a golpear con furia. Emilian se encogió y casi cayó de rodillas. La multitud vitoreó. Emilian luchaba por permanecer erguido y se agarraba al carro, jadeando ahora audiblemente.

Tollman lo golpeaba sin merced.

Ariella gritó; Djordi la sujetaba para que no pudiera interferir.

Emilian cayó de rodillas.

La multitud aplaudió.

¡Tollman quería matarlo! Volvió a golpear y Emilian cayó al fin con el rostro en el suelo. Ariella le mordió la mano a Djordi y el chico la soltó. Corrió hacia Tollman, pero alguien la agarró por detrás y la lanzó entre la multitud.

Margery la llamó a gritos.

Ella cayó al suelo. El pánico la cegó un instante, pero oyó restallar el látigo. Tollman lo mataría si no lo detenían. Sintió muchas manos en ella y las arañó, desesperada por levantarse, por salvar a Emilian. Pero las manos la ayudaban a incorporarse, no la frenaban, mientras el látigo brutal restallaba de nuevo. Se puso en pie, se abrió paso a empujones y llegó al carruaje, donde su cochero estaba al lado de los caballos con una expresión de horror en el rostro.

—El rifle, Jackson, el rifle que guarda padre debajo del asiento —gritó ella.

El hombre saltó al pescante y le pasó el arma.

—¿Está cargado?

—Sí, señorita...

Ella estaba ya detrás de la multitud. Disparó al aire y la muchedumbre se apartó como las aguas del Mar Rojo. Ariella corrió entre ellos y vio a Tollman, con el látigo en la mano, y a Emilian, que yacía ensangrentado con la cara en el suelo. Apuntó el rifle al pecho del posadero.

—¡Basta! —advirtió, más que dispuesta a matarlo por lo que había hecho.

Tollman se volvió y abrió mucho los ojos.

—¡No disparéis!

A ella se le nubló la visión y el rifle bailó incontrolable en sus manos.

—¿Vive? —consiguió preguntar.

Si Emilian estaba muerto, iba a cometer un asesinato. Acabaría allí mismo con aquel bastardo.

—Baja el rifle —dijo Emilian con voz ronca.

Stevan, Djordi y varios otros cíngaros se acercaron a ayudarle a sentarse. Jaelle apareció llorando, se acuclilló a su lado y le tomó la mano.

Ariella miraba a Tollman con los ojos llenos de lágrimas. Emilian vivía. ¿Pero y lo que le habían hecho? Ella los odiaba... odiaba a Tollman.

El posadero le devolvía la mirada con ojos llenos de miedo.

—Ariella, no lo hagas —le susurró Margery, que se había situado justo detrás de ella.

La joven parpadeó con furia para reprimir las lágrimas. El rifle no se estaba quieto. Miró a Emilian, a sus ojos grises. El dolor estaba impreso en cada línea de su rostro. Aunque las heridas las tenía en la espalda, le caía sangre por el pecho, pues parte del látigo había caído sobre su hombro izquierdo.

—No —murmuró él.

Ariella sintió que su mente volvía a la vida. Él tenía razón. No podía asesinar a alguien a sangre fría. Bajó el rifle.

Tollman pasó a su lado y le siseó algo. Era una amenaza, pero ella no pudo entender las palabras. Soltó el rifle y corrió hacia Emilian.

Stevan lo sostenía incorporado. La miró un instante, pero su rostro estaba tan lleno de dolor que ella no pudo ver nada más en él. Luego cerró los ojos y se desmayó en los brazos de su tío.

Ella se arrodilló y le tomó las manos. El horror se desvaneció, dejando sólo determinación.

Robert se acercó a ellos.

—Yo lo llevaré a Woodland.

Ariella lo miró con rabia.

—¡Apartaos de él!

Robert la miró sorprendido. Se encogió de hombros y se alejó.

La joven luchó por recuperar la compostura. Miró al tío de Emilian.

—Stevan, por favor, llevadlo a mi carruaje.

El hombre la miró sorprendido.

—Ahora nos lo llevaremos nosotros.

Ella le devolvió la mirada.

—No. Yo cuidaré de él en Rose Hill.

Ariella estaba sin aliento en el vestíbulo y Stevan y otro hombre ayudaban a entrar a Emilian. Jaelle temblaba a su lado y se esforzaba por no llorar. Ariella la rodeó con el brazo. Emilian estaba consciente e intentaba andar, pero tenía tales dolores que Ariella sospechaba que no sabía dónde estaba ni lo que ocurría. Sangraba todavía y dejaba un rastro en los suelos de madera.

—¿Podéis subirlo al primer dormitorio a la derecha? —preguntó, sorprendida de la calma que transmitía su voz.

¡Tenía tanto miedo de que muriera!

Los hombres no contestaron, pero se dirigieron a la escalera. Ella vio que Emilian cerraba los ojos, pero intuyó que luchaba por mantener la consciencia. Jaelle corrió escaleras arriba detrás de ellos.

Ariella oyó pasos y se volvió hacia su madrastra, que entraba en el vestíbulo justo a tiempo de ver a los cíngaros transportar a Emilian escaleras arriba. Amanda abrió mucho los ojos y miró la sangre en el suelo.

—¿Qué ha ocurrido?

—St Xavier se ha ofrecido a dejarse azotar en lugar de un chico gitano —Ariella miró sombría a su madrastra—. Lo han azotado hasta casi la muerte. Voy a cuidarlo aquí.

Amanda la miró. No era una petición y las dos lo sabían. Aquello era muy importante para Ariella.

Su madrastra asintió.

—Enviaré recado a tu padre para que avise al doctor Finney y a un buen cirujano.

—Gracias —dijo la joven, aliviada. El doctor de la familia vivía en Londres—. ¿Puedes enviarme una doncella con agua, jabón, trapos y whisky?

—Por supuesto.

Ariella corrió escaleras arriba hasta el dormitorio más cercano, el que solía utilizar Alexi. Emilian estaba tumbado boca abajo y respiraba con fuerza. Tenía los ojos cerrados y el rostro empapado en sudor. La espalda estaba en carne viva. Ariella no podía creer lo que le habían hecho. ¿Había intentado Tollman asesinarlo deliberadamente?

—Hay que limpiarle las heridas —dijo Stevan con suavidad.

—Lo sé. Lo haré yo.

—¿Sabéis cuidar de un hombre que ha sido azotado? —preguntó Stevan.

—Vos me diréis cómo.

El cíngaro la miró.

—Traeré una poción para dársela a beber. Ayudará con el dolor y la hinchazón. Traeré ungüentos para las heridas.

Ariella asintió. Acercó una silla a la cama.

—Hemos enviado a buscar a un médico y un cirujano de Londres.

—No vendrán.

Ariella le lanzó una mirada oscura. Esa forma de pensar no los llevaría a ninguna parte. Y ella sabía que al menos el médico de la familia sí iría a Rose Hill. Le apartó a Emilian el pelo del rostro y se quedó paralizada. En su oreja derecha había una marca blanca y era imposible confundir la letra T, la marca de los ladrones.

—¿Qué es eso? —preguntó.

—Lo marcaron —repuso Stevan, sombrío—. Yo no lo sabía. Debió ocurrir hace mucho tiempo. Lo pillarían robando.

La joven estaba anonadada. Otra injusticia terrible. ¿Terminaría aquello alguna vez? Tomó la mano de Emilian.

—¿Podéis enviar a buscar a Hoode? —preguntó—. No sólo sirve bien a Emilian sino que creo que lo aprecia. Puede ayudarnos.

Stevan asintió, pero no se movió.

—Le diré a Djordi que vaya —susurró Jaelle. Seguía muy pálida, de pie al lado de la cama.

A Ariella no le importaba que Stevan quisiera quedarse. La doncella llegaría en cualquier momento y ella empezaría a lavarle la sangre para poder inspeccionar la extensión de las heridas. Tenía miedo de lo que pudiera encontrar. Estaba casi segura de que algunas laceraciones necesitarían puntos. Y también tenía mucho miedo de una infección.

Había tres horas a la ciudad en el ferrocarril. Confiaba desesperadamente en que tanto Finney como el cirujano llegaran antes de medianoche.

Se llevó el puño de él a la boca y lo besó.

—Hoy has estado muy heroico —murmuró—, aunque me gustaría que no hubieras sido tan héroe. Pero no temas, ahora estás a salvo y yo cuidaré de ti. Mi familia cuidará de ti —se dio cuenta de que empezaba a llorar. Ella también sufría mucho. Él no se merecía aquello y le hubiera gustado poder curarle milagrosamente todas las heridas, incluidas las del corazón.

Emilian movió las pestañas.

Ella se inclinó para besarle la mejilla y sus lágrimas mojaron el rostro de él.

—Hoy yo también los odio.

Él abrió los ojos y la miró.

La joven forzó una sonrisa.

Emilian palideció; cerró los ojos al instante y emitió un gemido estrangulado. Ella se volvió a Stevan.

—Daos prisa, por favor. Está sufriendo mucho.

—Es joven y fuerte —repuso el cíngaro. Se necesita algo más que unos latigazos para matarlo.

Ella temblaba con violencia.

—Eso era lo que quería Tollman, ¿verdad? Quería matarlo. No era necesaria tanta brutalidad.

—Vos estabais allí —contestó el hombre.

Salió de la habitación y Ariella miró a Jaelle.

—Es por mi culpa —dijo la chica—. El otro día Emilian fue a por Tollman por lo que intentó hacerme. Y ahora el posadero lo persigue a él.

—No es culpa tuya —repuso Ariella, cortante—. ¿Quieres enviar a llamar a Hoode? Djordi o tú podéis llevaros el carruaje.

Jaelle asintió. Cuando salía de la estancia, se cruzó con la doncella, que llegaba con los brazos cargados con las cosas que había pedido Ariella. Amanda entró detrás de ella.

—Te he traído láudano. Es mejor que se lo des antes de intentar lavar esos latigazos.

Ariella tomó el frasco y asintió. Mientras le echaba unas gotas en la boca, pensó que aquello había sido algo más que un caso de prejuicios raciales; había también un motivo personal. Tollman había querido matarlo.

Y tenía miedo de que aquello no fuera el final, sino un terrible comienzo.

Ariella estaba sentada en la silla al lado de la cama de Emilian y lo observaba dormir. Había dejado los cortinajes abiertos y el cielo estaba cuajado de estrellas y una luna menguante. Calculaba que sería cerca de medianoche y sabía que los últimos trenes habrían llegado hacía una hora. No parecía que ni el doctor ni el cirujano se presentarían esa noche.

Había limpiado a conciencia las heridas y unas horas antes le había dado más láudano. Hoode había llegado hacía mucho y tanto Amanda como Margery, su tía Lizzie y Dianna se habían pasado varias veces a preguntar si podían ayudar. Jaelle dormía en el diván delante de la chimenea.

Emilian no parecía sufrir, pero eso seguramente se debía al láudano. La piel que le quedaba en la espalda estaba muy caliente, pero no parecía tener fiebre. Aun así, necesitaba desesperadamente al doctor. Ella se recordó que era joven y fuerte, como había dicho Stevan.

—¿Ariella?

Se volvió al oír la voz de su padre. Cliff estaba en el umbral y miraba a Emilian. Ella corrió a abrazarlo.

Él la estrechó un momento.

—El doctor Finney está en el vestíbulo, y el cirujano Marriot también.

Ella sintió lágrimas de alivio.

—Gracias a Dios.

—Al parecer, todos hemos recibido tu mensaje simultáneamente —miró de nuevo a Emilian—. ¿Está malherido?

—Fue algo salvaje. Si no llego a pararlo, creo que lo habría matado a latigazos —susurró ella con dureza.

Cliff la abrazó.

—Me han contado lo que hiciste. Estoy orgulloso de ti.

Ariella no podía sonreír.

—Todavía estoy en shock. Es increíble que los seres humanos puedan actuar con tanta violencia y crueldad —dijo con voz tensa—. Jack Tollman hizo eso con todo el pueblo mirando... incluidos caballeros.

—Has llevado una vida muy protegida —comentó Cliff—. Siempre he querido ahorrarte ese tipo de odio y tragedias.

—A mi madre la trataban así, ¿verdad?

Su padre la miró.

—Sí. Ella padeció el mismo tipo de prejuicios.

Ariella respiró hondo.

—¿Qué pasará ahora?

—Tollman ha violado las leyes de este país —dijo Cliff con seriedad—. Ha atacado a un hombre inocente.

—¡Hay que procesarlo por lo que ha hecho! ¿Y si Emilian muere?

—Tengo toda la intención de procurar que Tollman sea castigado legalmente por sus actos.

Ariella lo abrazó un instante y se apartó. El doctor Finney estaba en el umbral con otro caballero, que ella asumió sería el cirujano. Su hermano también los acompañaba. La joven se echó en sus brazos.

Alexi la estrechó contra sí.

—Me marcho unos días y se produce una crisis —murmuró.

—Estoy segura de que, si hubieras estado aquí, no habría pasado nada de esto —repuso ella en voz baja.

Alexi la miró un momento, pero a ella ya no le importaba si adivinaba sus secretos. Jaelle se había despertado. Cliff les hizo una seña y salieron todos al pasillo. Ariella estrechó con calor la mano del doctor antes de que entrara con Marriot en la estancia.

—Gracias por venir, doctor Finney.

Él le sonrió con amabilidad.

—¿Cómo iba a negarme, Ariella? —llevaba más de veinte años tratando a la familia. Entró en el cuarto y cerró la puerta.

—¿Por qué no le buscas una habitación a la señorita St Xavier? —preguntó Cliff a Alexi—. Imagino que querrá quedarse aquí mientras se recupera su hermano.

Ariella sabía que su padre quería una conversación a solas. Se puso tensa, pues sabía que querría conocer sus verdaderos motivos personales para haber salido en defensa de Emilian. Cuando se fueron Alexi y Jaelle, se cruzó de brazos y esperó.

Cliff la miraba con atención.

—¿Estás enamorada de él?

La pregunta aumentó la tensión de ella. Una respuesta sincera sólo podía llevar a descubrir la verdad de su aventura, pues su padre era muy astuto. Y la verdad lo enfurecería. Cualquier compasión que pudiera sentir por Emilian se evaporaría.

—No hace falta que me contestes —dijo—. Es evidente.
Ella se secó unas lágrimas.
—Estoy enamorada de él.
Él siguió observándola.
—Yo no lo habría elegido para ti.
—¿Porque es gitano?
—No, porque me recuerda a un león herido, y las bestias heridas golpean siempre que pueden y a todo lo que pueden. No hay nada más peligroso.
—Está herido —repuso ella—. Ha tenido una vida difícil, desdeñado por los ingleses por gitano pero viviendo entre ellos como inglés.
—Ya me lo imagino. Vi cómo lo recibieron en casa de los Simmons. Y por supuesto, tú crees que puedes curar sus heridas.
—Pienso intentarlo —ella tragó saliva—. Tú me dijiste que, cuando te presentara al hombre que eligiera, me darías tu bendición fuera quien fuera.
—Te lo dije. Y hablaba en serio. Pero ahora tengo grandes reservas.
Ariella sabía que debía pararse allí. Emilian no la amaba y su padre no debía descubrir nunca que no la correspondía. No había necesidad de su bendición. Pero no pudo evitar preguntar:
—¿Lo desapruebas? ¿O algo peor?
—Intentaré aprobarlo —la acercó a sí y la besó brevemente en la frente—. Le daré a St Xavier el beneficio de la duda.
Ariella se sentía muy aliviada.
—¿Te ha pedido matrimonio? —preguntó su padre.
Su alivio desapareció.
—Acabamos de conocernos —repuso.
Cliff la observó con atención.
—O sea que no tiene intención de casarse contigo.
—Yo no he dicho eso.
—Querida, tengo cuarenta y seis años. Sé leer entre líneas. Puedo arreglarte un matrimonio. Tengo pocas dudas de que

podré persuadir a St Xavier de que vea los beneficios de esa unión.

Ariella se sobresaltó. Por supuesto que había beneficios... su buen nombre, su fortuna...

—Me casaré por amor o no me casaré en absoluto —contestó.

En los ojos de su padre apareció una expresión de resignación.

—Pues claro que sí. Eres hija mía. Muy bien. Por el momento no intervendré.

—Gracias —repuso Ariella.

CAPÍTULO 14

–Juro ante Dios que su Gracia es demasiado osado por confiar en esos traidores. Habría que prenderlos y disponer de ellos.

Emilian se preguntó confuso dónde estaba.

–Como si la lealtad anidara en su pecho, coronado de fe y lealtad constante.

La espalda le ardía como si tuviera fuego. Y la cabeza le dolía de un modo explosivo. Peor aún, estaba tan seco que no podía tragar saliva. ¿Qué había ocurrido?

«No hay gitanos inocentes».

Su mente adormecida luchaba por despertarse, y un viejo horror empezó en su interior. Sentía unas náuseas terribles. Iba a vomitar... lo que implicaba que tendría que levantarse. Pero su cuerpo era tan pesado que, aunque se ordenó levantarse, no pasó nada. Se dio cuenta de que yacía boca abajo, abrazando una almohada.

«No hay gitanos inocentes».

«¡Basta! ¡Lo vais a matar!»

¡Ariella! Recordó de pronto por qué estaba boca abajo en una cama que no reconocía. Había aceptado los latigazos en lugar de Djordi y había sido muy duro... Ariella había estado presente, gritando y llorando por él.

–El rey tenía noticias de todo lo que intentaban, pues había interceptado sus correos.

Se quedó atónito. Ariella le leía en voz alta.

Su voz era suave, melodiosa, reconfortante. El horror disminuyó y remitió la náusea. Tenía una mejilla sobre la almohada, girada en dirección a la voz. Debía de estar en Woodland y ella se hallaba a su lado.

Quería abrir los ojos, pero los párpados le pesaban como piedras. Parpadeó con fiereza, decidido a verla. Y al fin lo consiguió.

Estaba sentada a su lado en una silla y absorta en el libro que tenía en las manos. Y era la visión más maravillosa que había visto nunca.

«Ella apuntaba el rifle, que se movía terriblemente; su cara era una máscara de furia y él sabía que le faltaba un instante para matar a Tollman».

Nadie lo había defendido nunca con tanto ahínco. Nadie.

Creyó entonces recordar su caricia gentil en la espalda ardiente, fresca y húmeda sobre las llamas al rojo vivo. Creyó recordarla inclinándose sobre él, acomodándole la almohada y subiendo la sábana. ¿Le había puesto también compresas frías en la frente o todo eso eran sueños?

Tal vez aquello era también un sueño. Ella era tan hermosa y buena, tan valiente, que tenía que ser un sueño.

—¡Emilian! Estás despierto —ella cerró el libro.

Él quiso sonreír, pero seguía viéndola con el rifle, dispuesta a asesinar a un hombre por él.

La expresión de ella era preocupada.

—Te pondrás bien —susurró; le tomó una mano—. No intentes moverte. Tienes que estarte quieto varios días más para que te cures como es debido.

A él le latía con fuerza el corazón. ¿Por qué se portaba así aquella mujer? ¿Por qué lo cuidaba ahora?

Ella se incorporó y le soltó la mano.

—¿Tienes sed? Deja que te ayude a beber. Seguro que todavía sufres. Tengo láudano. El doctor Finney me aconsejó que te diera dosis hasta que termine la semana —servía ya un vaso de agua de una jarra que había en la mesilla.

Emilian pensó que era un ángel de misericordia. Era *su* ángel de misericordia.

Y entonces se cerraron sus párpados y sólo quedó oscuridad.

Despertó despacio, por fases, con la luz del sol en los ojos cerrados. Una tensión intensa lo embargaba a medida que salía de las nubes del sueño. Una sensación conocida... que lo había acosado en momentos como aquél. Había algo que tenía que hacer, que afrontar. Y cuando se despertó, supo que algo iba muy mal.

Se puso tenso. No se sentía muy bien. La espalda le dolía todavía... no, le dolía todo el cuerpo y no sabía por qué. Yacía de costado, pero cuando empezó a colocarse de espaldas, aumentó el dolor. Al fin se despertó del todo, confuso por lo lento del proceso y achicó los ojos contra la luz del día, con las sienes latiéndole con fuerza y la boca insoportablemente seca. Se dio cuenta de que estaba en una cama extraña. ¿Dónde?

Miró a un lado y vio a Ariella.

Estaba sentada en un sillón tapizado que había acercado tanto a la cama que tocaba el colchón. Dormía y sostenía un libro contra el pecho. Tenía las piernas dobladas debajo de las faldas y de su moño escapaban muchos mechones dorados. El corazón le dio un vuelco.

«Yo cuidaré de él en Rose Hill».

Se incorporó lentamente hasta quedar sentado. Ahora recordaba vagamente que ella lo cuidaba, le daba agua y láudano. Y le había leído en voz alta. También recordaba eso.

«Su ángel de misericordia».

Sintió calor en el pecho. No lo comprendía. Terminó de sentarse sin que la espalda le doliera demasiado, cosa que no entendía porque recordaba haber estado en los fuegos del infierno cuando lo sacaron de la plaza. Se sentía muy débil y terriblemente hambriento. También estaba completamente desnudo bajo las sábanas y mantas que lo cubrían.

Vio la jarra de agua y el vaso en la mesilla y pasó con cuidado las piernas al lateral de la cama, tapándose con la sábana. Cuando fue a agarrar la jarra, vio que le temblaba la mano y lanzó una maldición.

¿Qué era aquello? ¿Cuánto tiempo llevaba en la cama? Era obvio que le habían dado algo, posiblemente láudano. Levantó la jarra sudando.

—¡Déjame a mí! —exclamó Ariella.

Se levantó y le quitó la jarra.

Emilian se recostó en la almohada e hizo una mueca cuando su espalda entró en contacto con el algodón.

¡Era tan hermosa! Exactamente como debía ser un ángel. Ella le sirvió el agua y le acercó el vaso a la boca.

Él se lo quitó.

—Basta, Ariella. No soy un inválido.

La joven vaciló, pero le permitió tomar el vaso. Mientras bebía, ella se retorcía las manos como si no estuviera segura de que pudiera beber solo.

¿Cuánto tiempo hacía que cuidaba de él?

Terminó el vaso, tomó la jarra, volvió a llenarlo y bebió de nuevo. Las manos le temblaban todavía, pero no tanto como la primera vez.

—¿Cómo te sientes? —susurró ella. Le tomó el vaso y lo dejó en la mesilla.

—De pena. Dolorido y débil. ¿Cuánto tiempo llevo aquí?

—Siete días.

Él abrió mucho los ojos.

—¿Y me has drogado todo este tiempo?

Ariella asintió.

—Necesitabas puntos. Tanto el doctor como el cirujano querían que te quedaras en la cama inmóvil todo el tiempo posible. También tuviste algo de fiebre varios días —le tocó la frente.

Emilian no se movió. Lo embargó una cierta satisfacción al sentir que se le aceleraba el pulso y notar una presión en la entrepierna. Era obvio que estaba en proceso de sanar.

—Ya no tienes fiebre —musitó ella; pero su mano permaneció en la mejilla.

Llevaba siete días cuidándolo. Había estado dispuesta a asesinar a Tollman por él. Estaba débil, sí, pero quería abrazarla y meterla en la cama a su lado. Quería acariciarla y hacerle el amor. Quería mostrarle su gratitud.

—Yo podría haberte dicho que no tengo fiebre —dijo con suavidad. Llevó la mano hasta la de ella y se la apretó.

Ariella sonrió.

—Me alegro mucho de oír esa voz seductora.

—¿Me muestro seductor? —murmuró él.

—Te brillan los ojos —susurró ella.

—Estoy sentado aquí desnudo, y no estoy muerto.

Ella se llevó la mano de él a los labios y la besó. Se sonrojó y se sentó en el sillón. Buscó el libro en el suelo.

¿Cuándo lo había querido alguien así? En toda su vida no se le ocurría nadie aparte de su madre, que también lo habría cuidado y amenazado a Tollman de ser preciso. Pero ella era muy distinta a todas las demás mujeres payas. Aunque lo sabía desde el momento en que la conoció.

—¿Te duele? —preguntó ella.

Él negó con la cabeza.

—Tengo la espalda dolorida, pero nada más. Y no me extraña, si llevo una semana durmiendo. Gracias.

La joven lo miró.

—No tienes por qué dármelas.

—¿Ha sido mi imaginación o me has cuidado todo el tiempo que he estado aquí?

Ella sonrió.

—He estado aquí.

Emilian le devolvió la sonrisa.

—A lo mejor tu verdadera vocación es ser enfermera.

Ariella negó con la cabeza.

—Tú necesitabas ayuda y yo estaba decidida a ser la que te cuidara.

Sus palabras eran como un puñetazo en el pecho. En sus ojos brillantes había mucho amor y mucha confianza. Pero él no merecía esa confianza. No merecía tanto amor. No podía corresponder a sus sentimientos... y tampoco quería hacerlo. Pero en su corazón había un calor extraño. ¡Le debía tanto!

Se recordó que ella era una princesa paya. Y un día habría un príncipe payo.

Miró el libro que sostenía. El nombre de Shakespeare estaba inscrito en el lomo.

—¿Me has leído *Romeo y Julieta?* —preguntó divertido.

—Te he leído *Enrique V.*

Emilian se sentó más recto.

—Eso no es una novela de amor.

—Te mentí. No leo novelas de amor.

A él le costaba entender aquella mentira.

—¿Por qué *Enrique V?*

—Admiro a rey Enrique —repuso ella; lo miró a los ojos—. A pesar de sus defectos, era orgulloso, demasiado orgulloso en realidad, pero muy valiente —añadió—. Se metía fácilmente en batallas. Una simple burla bastaba para hacerle desear una guerra.

Emilian se sentía incómodo.

—Era corto de vista.

—Tal vez, pero era un líder fuerte —la mirada de ella no vaciló—. Sus hombres confiaban en él. Tenía carisma y lo seguían a todas partes.

—Era despiadado —dijo él despacio.

—Sí, era despiadado... cuando lo traicionaban.

—Lo traicionaron y los muchachos ingleses de su ejército fueron cruelmente asesinados —Emilian se sentó en una posición más erguida. ¿Hablaban de Enrique o de él?

—La tragedia me ha hecho apreciar más a Enrique —declaró Ariella con firmeza.

—Por supuesto —ella entendía perfectamente el paralelismo—. ¿Y apruebas su venganza? Porque se encargó de vengar a los muchachos.

—No, no la apruebo, porque Enrique asesinó a todos los prisioneros franceses que tenía. La violencia engendra violencia, Emilian. La moraleja es ésa, supongo que lo sabes. Y espero que no estés pensando en venganza.

Él recordó la mueca de desprecio de Tollman. La miró.

—Enrique se casó con la reina francesa y se convirtió en rey de Francia —dijo con dureza—. Ése fue el resultado de tanta violencia.

—No puedo evitar admirar el orgullo de Enrique, su valor y su capacidad como líder, pero siempre que leo esto, lloro cuando asesinan injustamente a esos chicos. Y me espanta saber lo que va a hacer después —contestó ella—. Lloro por las injusticias que han sufrido los gitanos y siguen sufriendo y he llorado por lo que te han hecho a ti. Pero me espanta la mirada de tus ojos ahora.

Emilian respiró con fuerza y pensó cómo se iba a vengar de Tollman. Una paliza parecía lo más apropiado... una paliza brutal. Temblaba de rabia y odio.

—Deberías haber elegido otra obra, Ariella.

—Tú eres muy orgulloso y valiente, pero yo rezo para que no permitas que tu orgullo te dicte venganza —repuso ella.

—Recuerdo hasta el último detalle de lo que pasó —contestó él—. Y aunque doy gracias a Dios porque tú no asesinaras a Tollman, tiene que pagar.

—Lo han arrestado. Y lo van a juzgar. Irá a la cárcel.

El arresto lo sorprendía, pero sólo hasta que pensó que ella tenía que estar detrás. Seguro que sí.

—¿Lo condenarán? —pasó las piernas a un lado de la cama con tal rapidez que le dolió la espalda y gruñó. Perdió gran parte de la sábana y volvió a levantarla, sin importarle que el ombligo quedara al descubierto.

Ariella lo miró y se ruborizó.

—Mi padre es un hombre justo —dijo—. Tollman violó la

ley cuando decidió castigarte por algo que además no habías hecho. El castigo está reservado a los jueces y jurados. No podemos tomarnos la justicia por nuestra mano.

Emilian estaba seguro de que ella había empujado a su padre a hacer justicia.

—No necesito ni quiero la caridad de los payos.

Ella suspiró.

—Eso no es justo. Yo no te he cuidado por caridad.

—Eso lo sé. Me refiero a tu padre intentando complacerte cuando no le importa nada mi destino.

—Eso es injusto e incierto.

Ella se levantó del sillón y se sentó en el borde de la cama, al lado de su cadera destapada. Su pulso, alto ya por la rabia, respondió instantáneamente a la proximidad de ella. La joven osó acariciarle la mejilla de nuevo y él dio la bienvenida al deseo. No podía imaginarse sin desearla tanto y tan desesperadamente, incluso en mitad de una diferencia de opiniones.

—Le importa la injusticia, le importan los prejuicios. Y a mí me han educado con esos mismos valores. Emilian, prométeme que dejarás en paz a Tollman.

A él se le ocurrió por primera vez que, si ella se había convertido en una persona tan extraordinariamente generosa y abierta de mente, era debido a su familia.

—No pienso hacer semejante promesa —repuso—. ¿Cómo está Djordi?

Ella se puso tensa.

—Sí robó el caballo, Emilian. También lo han arrestado.

—¿Y Steve y la caravana? —preguntó él, furioso.

—Siguen en Woodland —susurró ella, mirándolo a los ojos—. No ha habido más incidentes... al menos serios.

—¿Qué significa eso? —tenía que salir de allí y volver a casa.

—Los ánimos están muy caldeados. Los aldeanos quieren que se vayan. Mi padre intenta calmarlos a todos.

—¿Estás preocupada? —preguntó él, que lo leía en sus ojos.

—Pues sí.

—Déjame la preocupación a mí. Tú ya has hecho bastante —le tomó la mano y la miró a los ojos—. Te has pasado una semana cuidándome. No puedo pagártelo con una discusión. Quizá tengas razón sobre tu padre. En mi experiencia, la mayor parte de la sociedad es intolerante, pero no toda. Si intenta calmar la situación, también le estoy agradecido a él.

—Si quieres que la gente tenga una mente abierta sobre los gitanos, ¿no tienes que hacer lo mismo tú con los payos? No todos somos iguales. No puedo creer que no te hayas dado cuenta en todos tus años en Woodland.

Él la miró con fijeza y pensó en lo extraordinaria que era.

Ariella le sonrió.

—Eres demasiado inteligente para tener prejuicios contra todos los payos.

Tenía razón. Él conocía a algunos ingleses decentes. Algo en su corazón se suavizó de un modo imposible.

—¿O sea que tengo que entrar en una habitación y asumir que todos están deseando conocerme y los susurros que oigo no están llenos de condescendencia?

—Sí —contestó ella—. Puede ser un experimento —hizo una pausa—. Nuestro experimento.

A él le dio un vuelco el corazón. Cerró los ojos y le besó la mano despacio. Había un modo con el que podía pagarle lo que había hecho, y no tenía nada que ver con experimentos sociales.

La tomó por la nuca y la atrajo hacia sí. Su pelo empezó a caer suelto. Llevó la otra mano de ella a su vientre y la joven dio un respingo cuando rozó los pliegues de la sábana.

—Quiero darte las gracias por haberte enfrentado a Tollman... y por cuidar de mí —la besó en los labios con suavidad.

La mirada de ella era cálida y amorosa.

Emilian sentía una necesidad desesperada de hacerle el amor.

—Pero no vuelvas a interferir en asuntos tan violentos —dijo.

—¿Cómo podía no interferir? —protestó ella—. Estaba muerta de miedo.

Él volvió a besarla, esa vez con más presión. Ella gimió y abrió los labios. Él dejó vagar la lengua libre y lentamente, con sensualidad. Ella lo abrazó por los hombros. Y él pensó que sería muy fácil tumbarla y colocarse encima para satisfacerse ambos.

Pero estaba en Rose Hill y se hallaba en deuda con el dueño de la mansión. Y a ella le debía la vida.

—¿Cuándo se me permite reanudar mi actividad normal? —preguntó. E hizo lo que haría un inglés: la soltó.

—Espero que sea hoy —murmuró ella.

Emilian devoraba un tazón de estofado mientras Hoode lo miraba con atención.

—¿Os traigo más? —preguntó el mayordomo con una sonrisa.

—No, gracias. Podéis ayudarme a terminar de vestirme y podéis hablarme de la señorita de Warenne.

Se puso en pie, ataviado sólo con el pantalón. Ya se había mirado la espalda en el espejo. Estaba cruzada de arañazos y de piel nueva rosácea. Estaba seguro de que quedarían cicatrices. Mejor. Le recordarían que tenía asuntos pendientes con Tollman y le recordarían también que la mayoría de los payos merecían su odio.

—La señorita de Warenne ha demostrado ser una amiga muy leal, señor.

Emilian cruzó el cuarto hasta donde había una camisa colgada en un sillón.

—¿Por qué?

—Sólo se ha apartado de vuestro lado cuando se lo ordenaba su padre, y sólo una o dos horas cada vez.

Él sonrió a su imagen en el espejo, extrañamente complacido. Empezó a ponerse la camisa e hizo una mueca de dolor.

—Toda su familia ha sido muy amable. Son muy buenas personas —prosiguió Hoode—. El capitán y la señora de Warenne han pasado a veros, así como también la esposa del conde, el señor Alexi de Warenne, la hermana menor y lady Margery. Y le dieron una habitación a vuestra hermana, aunque no creo que la haya usado.

—Mi hermana debe estar preocupada. ¿Podéis enviar a buscarla?

—Por supuesto, señor.

Llamaron a la puerta y Hoode fue a abrir. Emilian se abrochó la camisa y observó a su anfitrión entrar en la estancia.

Cliff de Warenne lo saludó con cortesía.

—Me complace veros levantado —comentó.

Emilian lo miró.

—Quiero daros las gracias por vuestra generosidad y hospitalidad.

—De nada. Sois bienvenido aquí. Lo ocurrido fue terrible —de Warenne miró al mayordomo—. Quisiera hablar con el vizconde.

Hoode se marchó inmediatamente y cerró la puerta tras de sí.

De Warenne lo observó con atención.

—Aunque no pasamos más de un mes o dos al año en Rose Hill, siento la obligación de ofrecer algo de liderazgo a la comunidad y sentar ejemplo para otros. Tollman está en una cárcel de Manchester, pero su familia ha contratado abogados y creo que pronto lo soltarán con una fianza. Hay controversia sobre si se pueden presentar cargos, puesto que vos os ofrecisteis a aceptar los latigazos.

Emilian se echó a reír.

—Pues claro que hay controversia. No me preocupa Tollman, aunque quede libre.

Cliff movió la cabeza.

—Reconozco esa mirada y sugiero que dejéis este asunto al sistema legal. Buscar venganza no ayudará a vuestro caso y tenéis una responsabilidad para con Woodland y vuestros inquilinos.

—Últimamente he empezado a creer que mis deberes son para con mis hermanos cíngaros. ¿Qué hay de Djordi?

—He conseguido que se marche con la caravana. Es joven y por eso ha salido tan bien parado, pero no puede volver por Derbyshire.

—Por supuesto que no —Emilian sintió que volvía su odio. Djordi era expulsado del condado, una persecución muy antigua.

—Podéis sugerirle que la próxima vez que quiera llevarse un caballo, elija uno que no tenga una marca tan poco habitual —dijo de Warenne con suavidad.

Emilian no contestó. Al menos Djordi podía volver a la caravana. Pero que lo condenaran si pensaba dejar en paz a Tollman si volvía a su casa.

—Quiero hablaros de mi hija.

Emilian lo miró a los ojos.

—Tengo una gran deuda con vuestra hija.

—Sí, así es. Creo que os salvó la vida.

—Soy consciente.

—En casa de los Simmons os pregunté cuáles eran vuestras intenciones. Dijisteis que no teníais ninguna.

Emilian no contestó.

—Es evidente que ella os aprecia mucho. ¿Correspondéis vos a sus sentimientos?

Emilian se volvió, atónito por la pregunta. No era posible que de Warenne lo quisiera como pretendiente.

—Vuestra hija es una mujer excepcional. Nunca he conocido a una dama como ella.

—Contestad a la pregunta.

Ella era su ángel de misericordia. Emilian respiró con fuerza.

—Me marcho, de Warenne. Me voy al norte con la caravana.

Su anfitrión pareció sorprendido.

—¿Ariella sabe eso?

—Sí.

—Habláis como si no pensarais volver.
—Puede que esté fuera meses o años, no lo sé.
—¿Y vuestras propiedades?
—He contratado un administrador.
—No comprendo. Habéis sido vizconde durante años. ¿Por qué os vais ahora?
—Eso es asunto mío.

Al capitán le brillaron los ojos.

—¿De veras? Porque a mí me parece que habéis dado alas a mi hija y, en ese caso, vuestros asuntos son también míos.

Emilian se preparó para la batalla, pero con cierta renuencia. No sólo estaba en deuda con Ariella y su hermano, sino también con aquel hombre.

—Jamás he engañado a vuestra hija. Al contrario, he sido brutalmente sincero con ella —creyó notar que se ruborizaba—. Soy mestizo. Nunca he cortejado a una dama inglesa y nunca lo haré. Con franqueza, casarme no entra en mis planes. Me voy al norte y no sé si volveré. Ariella sabe todo esto.

Siguió un momento tenso.

—Hay un mito familiar que nunca ha resultado ser falso. Un de Warenne ama una vez... y es para siempre.

Emilian se ruborizó. ¿Qué significaba aquello?

—Creo que interpreto mal vuestras palabras. No podéis insinuar que deseéis verme como pretendiente suyo —procuró prepararse, pues esperaba que de Warenne se riera en su cara.

No hubo risa.

—Si eso hace feliz a mi hija, sí.

Emilian estaba atónito.

—No dudéis de que vos sois el último hombre que yo habría elegido para ella. He hecho mis investigaciones, St Xavier. Esquiváis a la sociedad de Derbyshire y de Londres, pero administráis Woodland de un modo magnífico. Tenéis inteligencia para los negocios, pero sois también un mujeriego... abiertamente. A un hombre de negocios puedo admirarlo, ¿pero a un recluso y libertino? Mi hija merece algo mejor y temo por su corazón.

Emilian seguía incrédulo. ¿Su anfitrión deseaba que cortejara a Ariella? ¿Aquello era una broma macabra?

—Parece que habéis olvidado que una buena parte de la sociedad me rehúye a mí por mi sangre gitana.

—Habéis vivido en Woodland desde niño. Eso os hace tan inglés como yo. Pero tenéis derecho a vuestra herencia... igual que Ariella tiene derecho a la suya. Yo no pongo objeciones a vuestra sangre, las pongo a vuestras obras.

Emilian recordó que Ariella le había dicho que su madre era judía. Pero que de Warenne hubiera tomado a aquella mujer como amante era lo mismo que todos los payos que tomaban amantes gitanas, ¿no?

—Sé lo del asesinato de vuestra madre en Edimburgo —dijo de pronto. Emilian se puso rígido—. ¿Es por eso que estáis a punto de alejaros de la vida que os dio vuestro padre?

—Tengo un deber para con ella.

—Siento mucho su muerte. Pero vos tenéis muchos deberes, y no sólo para con vuestra madre muerta.

Emilian no tenía intención de hablar de Raiza con aquel payo.

—Gracias —consiguió decir.

—He tenido grandes dudas sobre vos desde el momento en que nos conocimos —declaró de Warenne sin ambages—. Suelo ser buen juez de las personas y mi preocupación se basa en mucho más que el hecho de que seáis un mujeriego. Tenéis mucha ira, sois beligerante y lleváis encima muchas cicatrices, y no me refiero al cuerpo físico. Mi hija merece un amor grande y duradero. Los mujeriegos se pueden reformar, pero un hombre dañado no puede darle el amor que merece.

Emilian se sentía ahora extrañamente decepcionado, y también enfadado.

—Ariella merece un príncipe payo. Espero que le encontréis uno —lo decía en serio.

A de Warenne le llamearon los ojos.

—Si le rompéis el corazón, me encargaré personalmente de hacéroslo pagar.

Emilian suspiró. El capitán tenía fama de ser un gran amigo y un enemigo letal.

De Warenne se dirigió a la puerta.

—Cuanto antes salgáis de esta casa, mejor. Ya no me siento muy generoso ni hospitalario. Y cuanto antes termine vuestra relación con mi hija, mejor aún. Procurad que siga siendo platónica —salió de la habitación.

En cuanto abrió la puerta, supo que había encontrado el cuarto de Ariella. Detectaba apenas su aroma a jazmín y nardo, pero la decoración azul y beis era tan sencilla y elegante que no podía haber dudas. Permaneció un momento mirando con el corazón galopante.

Se marchaba de Rose Hill. Hoode estaba ya abajo, donde lo esperaba el carruaje. No había visto a la joven desde la mañana y estaba seguro de que ella no sabía que se iba. Pero ésa no era la razón de que estuviera en la puerta de sus aposentos.

Entró y cerró la puerta. Se apoyó en ella. Lo embargó una necesidad terrible de conocerla bien y no pudo negar que la idea de marcharse le resultaba desagradable.

Se acercó a la chimenea, donde había un retrato de familia. Reconoció a su padre y su madrastra, quizá de recién casados, pues su ropa y su juventud indicaban que había sido pintado hacía unas dos décadas. La niña rubia sentada a su lado con un libro en la mano era claramente Ariella. Su hermano estaba también, sonriente y con la mano posada en un lebrel. Ariella estaba seria, solemne.

Miró a su alrededor despacio, asimilando todos los objetos: los dos vestidos de té bastante elegantes que colgaban en un perchero en un rincón de la habitación, el hermoso joyero pintado a mano situado sobre la cómoda, con un libro al lado y una única rosa amarilla en un jarroncito alargado. Miró la estantería situada en una de las paredes. No conocía a nadie que tuviera una estantería en el dormitorio y la de ella estaba llena de libros.

Volvió al retrato de la chimenea y se dio cuenta de que sonreía. Ella parecía tener seis o siete años. Sabía que se había criado en el seno de una familia unida y amorosa y se alegraba terriblemente por ella. Ya sólo necesitaba un príncipe payo y no tenía dudas de que su padre le buscaría uno.

Se acercó a la mesilla, donde había un cierto número de retratos miniaturas, incluidos varios de sus hermanos. Emilian no podía imaginar lo que era tener una familia así.

Miró la cama. A pesar de su reciente conversación con de Warenne, sentía una gran urgencia de hacerle el amor. No creía que pudiera marcharse de Derbyshire sin hacerlo. Sería su modo de darle las gracias... y decirle adiós.

Encima de la cama había otro libro. Lo tomó y le sorprendió el título. Era el último programa político del radical Francis Place.

Fue a la estantería y le sorprendió encontrar libros de Baudelaire y Flaubert en francés. Vio historias de los otomanos, de Egipto, China, Rusia y el Imperio Austrohúngaro. Los últimos volúmenes estaban escritos en ruso y alemán. Había biografías de reinas y reyes de distintos países así como de Soleimán, Genghis Khan y Alejandro Magno. Y había un tratado sobre el origen de los aborígenes australianos.

Las mujeres no leían ese tipo de estudios y trabajos. ¡Pero ella era tan diferente!

Acercó una otomana a la estantería y se sentó a mirar los libros. Estaba seguro de que Ariella los había leído todos.

No era sólo hermosa, buena y valiente; además era inteligente e intelectual. Para tener una biblioteca así, tenía que ser tan curiosa como él. ¿Estaba de acuerdo con Place? ¿Qué historia prefería?

¿Cómo podía dejar a una mujer así?

La idea de dejarla hacía que le doliera el pecho. Pero esos sentimientos no eran propios de él. Era un gitano y ella merecía un inglés honorable y un mundo lleno de privilegios y lujos.

De Warenne había insinuado que estaría abierto a que la cortejara.

No era posible. O lo había entendido mal o de Warenne no lo había pensado bien y acabaría por recuperar el sentido común y cambiar de idea.

Tal vez hubiera podido darle esa vida antes del asesinato de Raiza. Habría podido darle vestidos bonitos, joyas y una mansión, pero siempre que salieran, ella oiría murmullos y sentiría el desprecio de la gente. Sus amigos la abandonarían. Sólo habría fingimientos.

Se abrió la puerta y entró ella. Abrió mucho los ojos al verlo y cerró la puerta.

—¿Qué haces aquí?

—Miro tus libros.

—Ya lo veo.

Se marcharía como había planeado, pero no sin una despedida que ella pudiera recordar durante mucho, mucho tiempo.

—¿Temes que nos descubran y nos acusen de ser amantes? —preguntó.

Ella suspiró.

—Tengo miedo de que nos descubran y te acusen de ser el peor villano, un hombre que se aprovecha de mí —dijo Ariella. Pero no se movió.

—Soy el peor villano. Y ya me he aprovechado de ti.

Avanzó hacia ella.

—Veo que estás recuperado.

—Sí —él se detuvo—. ¿Por qué no me has dicho que eres una intelectual?

Ella se sonrojó.

—No está de moda. Las mujeres inteligentes son despreciadas.

—Pero yo desprecio a las mujeres estúpidas —replicó él—. Estoy impresionado.

—¿De verdad?

—¿Cuál es tu biografía favorita?

—Estoy encantada con el rey Cnut y Genghis Khan —repuso ella—. O lo estaba hasta hace poco.

Emilian le apartó el pelo de la cara.

—¿Y ahora?

—Prefiero a un príncipe gitano —susurró ella.

Emilian sintió una gran alegría, aunque aquello fuera el preludio de una despedida.

—No encontrarás biografías de ningún gitano. Lamento decepcionarte, pero sólo soy medio gitano y no tenemos reyes ni príncipes.

—No necesito leer sobre ningún príncipe.

Su príncipe gitano era él. Emilian sintió deseo mezclado con algo más profundo, insondable, algo que no debía analizar ni identificar. Apretó las caderas contra las de ella y colocó los antebrazos en la puerta, a ambos lados de la cabeza de la joven. Le dio un beso profundo. Ella era, sin ninguna duda, la más extraordinaria de las mujeres y él le debía la vida.

Ariella le devolvió el beso. Colocó una mano en las nalgas de él y luego la bajó más.

Emilian empujó un muslo entre las piernas de ella y apartó la boca.

—Quiero hacerte el amor.

Ella asintió.

—Sí.

Él se apartó de ella y de la puerta.

—Me marcho a Woodland.

—¿Tan pronto? —palideció ella.

—Estoy bastante recuperado... como es evidente.

—Me alegro —se sonrojó la joven—. Y no por razones egoístas.

Él le tocó la mejilla.

—Tú no eres nada egoísta.
Ariella le tomó la mano.
—¿Quieres que vaya a verte luego o mañana?
Emilian no quería que la descubrieran, pero no había un modo fácil de llevar a cabo un encuentro amoroso. O abusaba de la generosidad de su anfitrión y se colaba en Rose Hill por la noche o tenían que robar una tarde juntos en Woodland. Ella merecía largas noches con toda su atención y largas mañanas con más atención todavía. Merecía champán a medianoche y fresas con nata por la mañana. Pero no era ni una esposa ni una novia y él no podía darle otra cosa que un par de horas de pasión.

Una noche en Rose Hill era un poco menos sórdida que una tarde en Woodland, pero mucho más peligrosa. Ahora ya estaba lo bastante bien para viajar y la caravana partiría probablemente al día siguiente.

—Ven a verme más tarde —dijo—. Promételo.
Ella sonrió.
—Lo prometo.

CAPÍTULO 15

Ariella bajó despacio las escaleras. Emilian se había marchado una hora antes. De los terribles latigazos había salido algo bueno. Lo veía en el modo en que la miraba ahora, con ojos gentiles y con un calor que antes no estaba presente en ellos.

En una hora más se reuniría con él en Woodland. Apenas podía esperar. Sabía que, esa vez, cuando la tomara en sus brazos, el calor se reflejaría en sus ojos. Esa vez le haría el amor.

Se llevó la mano al abdomen. Sólo habían yacido juntos dos veces, pero, mientras lo cuidaba, se había dado cuenta de que no había tenido su periodo del mes. Rara vez se retrasaba, pero con todo lo que había ocurrido últimamente, probablemente era normal. Y tenía asuntos más graves en los que pensar.

El condado era como un barril de dinamita que podía explotar en cualquier momento mientras los gitanos siguieran allí. No haría falta mucho parar prender la mecha. La hostilidad entre los ingleses y los cíngaros era una gran mancha en su recién hallada felicidad. Tenía miedo de lo que podía pasar a continuación.

Oyó voces en el salón de recibir y reconoció la del alcalde Oswald. Se apresuró a ir allí. Seguía furiosa con él y con todos los demás por haber permitido que azotaran a Emilian.

El alcalde estaba sentado con una taza de té, acompañado por dos caballeros más a los que ella reconoció. Su padre y Amanda se sentaban con ellos. Los tres hombres habían estado presentes cuando azotaron a Emilian. Tembló ultrajada cuando habló el alcalde.

—Estamos muy complacidos de que el vizconde se haya recuperado y haya regresado a Woodland, capitán. Lo que ocurrió fue una parodia terrible de la justicia y no sé cómo expresar cuánto lo siento.

Ariella se detuvo.

Su padre la vio y sonrió, pero le recomendó cautela con la mirada.

—El alcalde Oswald ha venido a preguntar por St Xavier y presentarle sus respetos, y los señores Liddy y Hawkes también. Vinieron también hace unos días, pero estabas ocupada.

—No lo sabía —a Ariella le daba vueltas la cabeza. Los tres caballeros se pusieron en pie. ¿Eran sinceros en su arrepentimiento?—. Desgraciadamente, habría sido mejor parar a Tollman a tiempo. El vizconde no tendría que haber sufrido ese abuso.

Oswald se sonrojó.

—Estoy de acuerdo con vos, señorita de Warenne. El vizconde ha sido un miembro importante de la sociedad de Derbyshire desde la muerte de su padre. Todos lo admiramos. Todavía no puedo creer lo que sucedió. Lo siento mucho y estoy deseando que el vizconde siga participando en nuestros asuntos. Todos lo deseamos así.

Ariella comprendió que el alcalde era sincero.

Oswald estrechó la mano a Cliff.

—Visitaremos a St Xavier en Woodland... si quiere recibirnos.

—Estoy seguro de que lo hará —dijo Cliff.

Acompañó a los hombres a la puerta y regresó poco después.

—Es un gran cambio de opinión —comentó la joven.

—Ha cometido un error, pero no es poca cosa que lo haya admitido.

—¿Cómo pudieron estar presentes allí y ver cómo azotaban a Emilian casi hasta la muerte? Jamás lo entenderé.

—Yo nunca he podido comprender la psicología de la turba, Ariella. He visto a muchos hombres y mujeres buenos volverse crueles y viciosos, transformarse completamente por los sentimientos de una multitud. El alcalde está horrorizado por lo que le hizo Tollman.

—Más vale tarde que nunca, supongo —gruñó Ariella—. Con franqueza, yo no estoy de humor para perdonar y dudo mucho de que lo esté Emilian.

—St Xavier ha sido vizconde más de ocho años. Aunque haya vivido bastante recluido y murmuren sobre él, también ha sido respetado, casi temido. Nunca ha habido un incidente como el de Tollman. Pero desde que llegaron los cíngaros, se ha puesto de su lado en este conflicto y eso no le ha ayudado.

—Vive soportando prejuicios todos los días de su vida. Difícilmente puede permanecer neutral ante la intolerancia. Yo misma no puedo permanecer neutral.

—Comprendo y admiro tu pasión, Ariella. No serías hija mía si no sintieras así —Cliff estaba muy serio—. Pero por independiente y radical que seas, no puedes cambiar la mente de la gente ni puedes cambiar el mundo.

Ariella le sonrió.

—Pero lo puedo intentar.

Su padre la miró con fijeza.

—No pareces disgustada. Te noto contenta.

—¿Por qué voy a estar disgustada? Emilian se ha recuperado, estoy encantada —se ruborizó—. Tengo la sensación de que la llegada de los cíngaros ha desencadenado una serie terrible de sucesos. Ha intensificado el conflicto que siente Emilian. Casi deseo que no hubieran venido, pero entonces quizá no nos habríamos conocido.

—Su tío tenía el deber de comunicarle la tragedia, Ariella —comentó Cliff—. La vida es impredecible y un suceso puede cambiar a alguien para siempre.

—¿De qué tragedia hablas?

—¿No te ha dicho que su madre fue asesinada hace poco por una turba en Edimburgo?

Ariella estaba atónita. Emilian no le había dicho ni una palabra.

—Eso puede impulsar a un hombre a pensar en abandonar todo aquello a lo que ha dedicado su vida —prosiguió su padre.

—No me extraña que esté tan enfadado con nosotros. ¿Por qué no me lo ha dicho?

Cliff le tocó el hombro.

—Es un hombre oscuro y lleno de furia, y sospecho que ya lo era antes de que llegaran los cíngaros.

—¡Pero ahora lo comprendo perfectamente! —exclamó ella. Necesitaba ir a reconfortarlo aún más que antes.

—Sé que no estás de acuerdo, pero no creo que tú puedas curar sus heridas. No creo que te deje, Ariella.

—Te equivocas. Y si no puedo curarlo del todo, puedo ser su amiga.

Cliff suspiró.

—Hasta que se vaya con los cíngaros. ¿Y qué harás entonces?

A ella le dio un vuelco el corazón.

—¿Qué dices? Ahora no se marchará.

Cliff achicó los ojos.

—Ariella, esta mañana hemos tenido una conversación bastante desagradable. Él afirma que te lo ha dicho todo, incluidos sus planes de marcharse con la caravana.

Ella respiró hondo.

—Me lo dijo. Pero eso fue antes de lo que ocurrió la semana pasada. Emilian no se irá. Ahora le importo.

—Ariella, me ha dicho muy claramente que se marcha. Está decidido y no cederá ni un ápice. No tiene intenciones serias con respecto a ti. Aunque le importes, el asesinato de su madre ha cambiado el curso de su vida.

—No. Tú lo has entendido mal o él no pensaba con claridad. Ha estado muy enfermo. Él no me dejará. No ahora, después de lo que ha pasado —la joven respiraba con fuerza—. Éste tiene que ser nuestro comienzo.

Cliff la miró fijamente.

—Tengo miedo por ti —dijo—. Y no me fío de St Xavier.

—Padre, yo confío en él. Confío plenamente.

Cuando Emilian entró en la casa, Hoode lo recibió sonriente.

—Bienvenido al hogar, señor.

Emilian le sonrió. Era muy consciente de que ésa podía ser una de sus últimas noches en Woodland en mucho tiempo. Sabía que su decisión de ir al norte con la caravana era correcta... la única posible. Miró el retrato de su padre en la pared del vestíbulo. Edmund no habría aprobado sus planes. Le había dado mucho, pero ahora tenía que ignorar el pasado. Lo que había querido su padre ya no importaba.

Recorrió la casa pensando en Ariella. La echaría de menos, pero era mejor así. Ella era una luz brillante en su vida, pero él era la sombra más oscura en la vida de ella.

—¿Emilian?

Se volvió hacia su tío. Se abrazaron.

—¿Cómo estás, Stevan? ¿Cómo estáis todos?

Su tío sonrió.

—Muy bien, ahora que has vuelto. ¿Cómo te sientes?

Emilian vaciló.

—Estoy listo para viajar.

—¿De veras? —su tío lo miró con atención.

—Estoy más que preparado. ¿La caravana puede partir mañana?

—Llevamos listos una semana. Sólo te esperábamos a ti —Stevan le puso una mano en el hombro—. ¿Y qué hay de la mujer de Warenne?

—¿Qué pasa con ella?

—¿Vendrá con nosotros?

Emilian lo miró atónito. Jamás, ni en un millón de años, se le ocurriría empujar a Ariella al modo de vida gitano.

—No.

—¿Entonces volverás tú con ella?

El joven se puso tenso.

—No sé lo que hago —hablaba con dureza—. Si regreso, espero que ella esté con un inglés.

—Puedo ver tu confusión —Stevan le apretó el hombro—. ¿Por qué no te quedas en Woodland? Puedes ir al norte cuando quieras, eres un hombre libre y no rindes cuentas a nadie. Pero nosotros debemos irnos. Las cosas están mal ahora entre los payos y los gitanos. Hay muchas tensiones, insultos, miradas feas y amenazas. Hasta los niños se pelean a puñetazos. No sé cómo ha pasado esto. Quizá en el norte están acostumbrados a nosotros. Esperan que lleguemos en verano y seguemos los campos. Esperan que nos vayamos en invierno y saben dónde encontrarnos para que reparemos las ruedas de sus carros o sus sillas y cosamos su ropa y sus calcetines. No me gustan los payos del sur.

Emilian lo miró con frialdad.

—Los payos del norte asesinaron a Raiza.

Stevan se encogió de hombros.

—Edimburgo también es un lugar peligroso para los gitanos.

—Dios hizo viajeros a los gitanos. Sin embargo, en toda su historia, no han podido viajar nunca libremente —repuso Emilian con frustración—. Deberíais poder viajar libremente.

—Siempre ha habido leyes contra nosotros —musitó Stevan con resignación—. Si insistes en acompañarnos, que así sea. Siempre eres bienvenido —sacó un pañuelo blanco doblado de lino—. Pensaba darte esto si te quedabas aquí, pero te lo voy a dar de todos modos.

Emilian tomó el pañuelo.

—¿Qué es?

—Era de tu madre. Se lo regaló tu padre —Stevan se volvió

para salir, pero se detuvo–. Es una buena mujer y te ama. Nunca encontrarás otra esposa así. Yo no la dejaría mucho tiempo y no desearía que se la llevara otro inglés –sonrió y se marchó.

Emilian estaba incrédulo. Ariella sería la esposa perfecta... pero no para él.

Abrió el pañuelo y vio un collar de perlas brillantes con un minúsculo corazón de oro al final.

Su corazón explotó de dolor.

Se acercó al escritorio y miró las perlas. Su padre le había dado ese collar a Raiza. No era una baratija precisamente. ¿Había tenido sentimientos por ella?

Sufría todavía... y quizá lo hacía por los dos.

Dejó las perlas sobre la mesa y miró la miniatura colocada al lado del tintero. Edmund mostraba una expresión severa en el retrato, que había sido pintado unos años antes de que Emilian llegara a Woodland. Tomó la miniatura y la miró con más atención.

Los dos habían querido que él fuera el señor de Woodland, pero aunque le debiera mucho a Edmund, le debía todavía más a Raiza.

Llamaron a la puerta; había dejado la puerta de la biblioteca abierta. Levantó la vista y vio a Robert en el umbral. Se quedó inmóvil, recordando la presencia de su primo al lado de Tollman y del alcalde el día de los latigazos. Emilian había visto sus ojos brillar de malicia.

Se incorporó despacio.

Robert se adelantó sonriendo.

–Me complace mucho que te hayas recuperado y estés en casa.

–¿De veras? –una rabia profunda lo consumía–. ¿Te complace tanto verme de vuelta en Woodland como te complacía verme azotado?

Robert se puso tenso.

–Yo quería pararlo, pero soy un extraño aquí. No tengo autoridad.

—¿Cuántas veces te he ayudado económicamente desde que soy vizconde?

Robert se sonrojó.

—No sé, dos o tres veces.

—Has acudido a mí al menos una vez al año durante estos ocho años. Y me lo pagas con burlas y una falta de lealtad absoluta. ¿Qué haces aquí?

Su primo palideció.

—Soy muy leal, Emilian. Tienes que dejar que te lo pruebe.

—Hemos terminado.

Robert soltó un respingo.

—Nosotros somos lo único que queda de la gran familia St Xavier.

—Por lo que a mí respecta, no tengo primo —Emilian no había hablado nunca más en serio—. Ahora márchate. Sal de mi propiedad. No vuelvas o te echaré a patadas personalmente.

Robert respiró con fuerza.

—Siempre me has tratado como a una basura cuando los dos sabemos que la basura eres tú... un gitano sucio y embustero, nada más.

—¡Fuera! —gritó Emilian, al que le faltaba un segundo para atacar a su primo.

Robert se giró y chocó con Ariella, que entraba en la habitación. Se agarraron mutuamente para recuperar el equilibrio, pero no la saludó ni le pidió disculpas. Se soltó y salió con furia.

Ariella lo miró con ojos muy abiertos.

—¿Quieres ir tras él?

Emilian seguía furioso.

—No quiero volver a verlo en mi vida.

Ella asintió.

—Me alegro. No te defendió de Tollman ni ha venido una sola vez a Rose Hill a preguntar por ti.

Emilian la miró. Era una joven seria, decidida y adorable. Su furia se evaporó. No era importante... la importante era ella.

«No volverás a encontrar una esposa así».

Hubiera preferido que Stevan no hablara de ella en esos términos. Su tío no entendía que era demasiado buena para él y que él no podía darle el futuro que merecía. Además, sabía que, al final, su familia no permitiría el matrimonio a pesar de las insinuaciones de su padre. La idea de una unión entre ellos era absurda.

Aquello no era cuestión de matrimonio, sino de placer sensual.

Le haría el amor lentamente hasta que ella le suplicara que parara. No quería nada para sí mismo. Quería darle placer, mostrarle lo agradecido que estaba y que había llegado a amarla y respetarla.

¿La quería también?

Ella pareció percibir su deseo, pues le cambiaron los ojos.

—Sé que he llegado justo detrás de ti. ¿Te importa?

Él no debía permitirse ningún afecto. ¿Acaso no sabía ya que la seducción era algo seguro pero todo lo demás no?

—Jamás me importará verte —murmuró. Tiró de ella hacia sí hasta que sus cuerpos se juntaron—. Y deseo expresarte mi gratitud —susurró.

A ella le brillaron los ojos.

—Quizá deberías enfermar de nuevo, si luego sigue esta gratitud.

—Quizá —comentó él.

Ella era su ángel. ¿Cómo no quererla? ¿Por eso estaba tan excitado? ¿Por eso la deseaba tanto?

Le subió las manos por la cintura, por el pecho, y oyó que contenía el aliento. Le acarició la garganta. Sus ojos se encontraron y él le acarició la nuca y se inclinó hacia delante. Su intención era un beso ligero, pero en cuanto sus labios se encontraron, sintió un deseo tan intenso que se quedó paralizado.

¡Era tan distinta a todas las amantes que había tenido! Merecía mucho más que un amante cíngaro. Se merecía mucho más que aquello.

¿Qué le ocurría? No quería desarrollar una conciencia en ese momento.

—¿Emilian?

Ella merecía ser adorada y protegida en una torre de marfil. Y él jamás podría darle eso. Se apartó.

—¿De verdad es esto lo que quieres?

El sonrojo de ella se hizo más intenso.

—No quiero nada más que estar en tus brazos —musitó con sencillez—. Es nuestra progresión natural.

Él la miró.

—No tienes que tener miedo de mí —añadió ella.

Emilian se cruzó de brazos a la defensiva.

—No tengo miedo.

¿Tenía razón ella? ¿Había logrado su progresión natural? ¿Ahora eran amigos al borde de ser amantes?

—Tú quieres mucho más de mí.

Siguió un silencio largo.

—¿Por qué estás a punto de rechazarme otra vez? —susurró ella al fin.

—Ariella, te debo más de lo que nunca podré pagarte... mucho más que esto.

Ella suspiró.

—No me debes nada. He venido a ti por amor y amistad y estoy segura de que tú deseas darme amor y amistad a cambio.

—Tú quieres más de lo que estoy preparado para darte. Te defraudaré y te haré daño. Tienes que irte.

Ariella se acercó a él.

—No me defraudarás y no me harás daño. Yo te quiero mucho, y tú me necesitas mucho.

La necesitaba tanto que le dolía, pero la presión no era sólo sexual; era el corazón lo que le dolía.

—Temo que he desarrollado una conciencia. Ariella, sólo soy un capricho pasajero.

Ella negó con la cabeza.

—Eres mi primer capricho, pero también el último.

Ella jamás cedería en aquel punto.

—Te necesito —dijo él con brusquedad—. Te necesito en mi lecho y necesito que me mires con amor y esperanza. Pero no tiene ningún sentido seguir así. No es justo para ti.

—¿Cómo puedes decir que no tiene sentido después de todo lo que ha pasado, ahora que empezamos a estar unidos? —preguntó ella.

Intentó acariciarle la mejilla y él se apartó. Empezaban a estar unidos, pero él no podía ceder en aquel punto.

—Me das miedo —declaró ella.

—También me doy miedo a mí mismo —murmuró él.

Pero su voz se vio ahogada por la de Hoode, que lo llamaba. Corrió a la puerta.

—Señor, hay fuego en el campamento cíngaro.

Aunque corría tan deprisa como podía, con las faldas por encima de las rodillas, seguía estando a metros detrás de Emilian, Hooden y un puñado más de sirvientes. Las mujeres y niños se habían congregado fuera de los carromatos con expresiones de angustia, pero los hombres corrían desde el arroyo con cubos de agua, decididos a parar el fuego. Ella se detuvo jadeante y vio que Emilian entraba en el infierno. Varios carromatos estaban envueltos en llamas. Los cubos de agua que les tiraban eran inútiles. Sintió miedo. No le gustaba que Emilian estuviera tan cerca de las llamas, pero él hablaba rápidamente con Stevan, que estaba cubierto de cenizas y hollín.

Emilian volvió corriendo a sus sirvientes.

—Traed todas las palas de los establos. Hoode, llamad a los granjeros Brown y Cowper, que traigan todos sus peones y todas las palas que puedan. Hay que cavar para contener esto. ¡Rápido!

Cuando los hombres se alejaron corriendo, la miró con dureza.

—Tú te quedas con las mujeres y los niños o te vas a casa —volvió adonde los hombres combatían el fuego.

Ariella miró de nuevo los carromatos en llamas. Contó

cinco y comprendió que estaban perdidos. Emilian apareció al otro lado de los carromatos y empezó a empujar con otros hombres el más cercano de los que estaban intactos. Estaba claro que el fuego podía transmitirse fácilmente a otros carromatos y, más allá, a los árboles que se extendían hasta el arroyo. Sabía que el fuego ardería sin control si se prendía también el bosque. Todo el estado podía estar en peligro.

Miró ansiosamente a su alrededor. Los caballos habían huido, lo cual dificultaba la tarea de mover los carromatos. Corrió con las mujeres y niños.

—¿Hay alguien herido?

Jaelle se puso en pie. Acunaba a un bebé y se lo pasó a otra mujer.

—No. Pero cinco familias lo han perdido todo.

Ariella la tocó. Se apartaron.

—¿Cómo ha ocurrido? ¿Estaba cocinando alguien?

—Es media tarde de un día de primavera. Nadie estaba cocinando.

A Ariella no le gustó la mirada de sus ojos.

—¿Qué pasa?

—Creo que he visto a Tollman correr por el bosque con otro hombre.

Ariella se quedó paralizada. Miró a Emilian temblando. Ahora tenía a todos los hombres moviendo carromatos, en un esfuerzo por colocarlos a una distancia segura del infierno. Nadie intentaba ya echar agua a las llamas, pues estaba claro que resultaba inútil.

—Tollman está en la cárcel —dijo—. Tienes que estar equivocada. Esto es un accidente.

—¿Ah, sí? —preguntó Jaelle—. Tú has estado toda la semana en Rose Hill con Emilian. Nosotros hemos estado aquí, con miedo de salir del campamento. Siempre que lo hacemos, nos amenazan y nos dicen que nos vayamos por donde hemos venido. Nos vamos mañana, pero no es lo bastante pronto para ellos.

Ariella no lo pensó dos veces.

—¿Por qué no te quedas en Woodland con Emilian y conmigo? Tu hermano te necesita y yo quiero demostrarte que no todos los payos son crueles y odiosos —vaciló—. Quiero que seamos amigas.

Jaelle la miró.

—Somos amigas. Me gusta tu familia. Y sé que no todos los payos son crueles. La señora Cowper nos trajo un pavo y otro granjero nos trajo pescado del río.

—Y yo os traeré más comida y suministros —declaró Ariella con firmeza.

—Pues más vale que te des prisa, porque mañana a mediodía nos habremos ido.

Ariella apretó los labios, pero antes de que pudiera pensar con claridad, oyó cascos de caballos. Se volvió y vio a su hermano galopando hacia ellos y llevando a tres caballos de las riendas. Desmontó y tendió las riendas de su alazán a Jaelle.

—¿Estás bien? —preguntó a Ariella.

—Sí, Alexi; pero si el fuego llega al bosque, Woodland puede quedar destruido...

Se interrumpió. Los sirvientes de Emilian volvían con más hombres, obviamente granjeros, y todos transportaban picos y palas.

—Lo sé —él miró a la gente que llegaba—. Hay que cavar rápidamente para parar este monstruo. Ariella, ¿por qué no te llevas a las mujeres y los niños a la casa? Aquí sólo estorbarán.

Sin esperar respuesta, se quitó la chaqueta y se reunió con los hombres. Emilian apareció al otro lado de los carromatos en llamas. Hizo una señal a Alexi y luego a los carromatos, como dibujando una línea imaginaria. Le gritó algo. Alexi había agarrado una pala y gritó a su vez, señalando también. Un momento después había veinte hombres a un lado del fuego y los demás al otro y empezaron a cavar con frenesí.

El humo llenaba el cielo de la tarde, pero el fuego ya estaba apagado. Ariella estaba apartada del campamento. Las mujeres corrían de acá para allá abrazando a maridos, hermanos o hijos. A las cíngaras se habían unido las esposas de los criados de Woodland y de los granjeros cercanos que habían participado en la extinción. Los hombres estaban negros de hollín. Quedaban esqueletos parciales de seis carros y habían ardido varios árboles detrás del campamento. Ariella no veía a Emilian, pero sí a Alexi, que salía de detrás del campamento destruido tan cansado y sucio como todos los demás. Se preguntó dónde estaría Emilian, pero procuró no asustarse.

Un violín empezó a gemir.

Ariella se volvió y vio a un joven moreno que tocaba sentado en un taburete cerca de uno de los carromatos. La melodía era triste. Hablaba de una gran pérdida.

Se echó a temblar. No había habido heridos. Los cíngaros eran pobres, pero los carromatos y las posesiones se podían sustituir. Sabía que las cocinas de Woodland funcionaban a pleno rendimiento pues había pedido a Hoode que cocinaran lo que hubiera a mano y se lo llevaran a los hombres cansados. En cuanto a los artículos personales perdidos en el fuego, al día siguiente alistaría a Margery y Dianna e iría a comprar ropa de cama y todo lo necesario. La caravana no podría partir al día siguiente. Antes tendrían que hacer reparaciones.

Vio un movimiento por el rabillo del ojo. Emilian caminaba hacia la casa. Su cuerpo, normalmente erguido, se inclinaba levemente, como en actitud de derrota.

Ariella le había pedido a Jaelle que no le contara lo que creía haber visto. Ahora corrió hacia él.

—Emilian.

Él se detuvo.

La joven no pudo ver su expresión hasta que llegó a su lado, porque no había luz a esa distancia de la casa y la única iluminación procedía de las estrellas y la luna. La mirada de él era dura y tensa.

—¿Estás bien? —preguntó ella sin aliento.

—Sí.

Se cruzó de brazos. La camisa, antes blanca, era gris ahora. El hollín manchaba su cara y llevaba el pelo detrás de las orejas, mostrando la cicatriz.

—¿Le ha pasado algo a alguien?

—No. A nadie.

Era como si hubieran vuelto a los días de su primer encuentro. Se portaba como un extraño. Ella le tiró de la manga.

—Tengo a tus criados de la cocina preparando comida para todos los hombres. Debes de estar agotado y hambriento.

Emilian no contestó. Sus ojos grises fríos se encontraron con los de ella.

—Sé que estás enfadado —ella se mordió el labio inferior—. No ha sido un accidente, ¿verdad?

—Djordi y otros dos han visto a Tollman en el bosque con otro hombre antes de que empezara el fuego.

—Tollman está en la cárcel.

Él la miró.

—Ha salido esta mañana con una fianza.

—Prométeme que no irás a por él.

La sonrisa de él carecía de humor.

—Yo nunca te he hecho promesas, ¿verdad?

A ella no le gustó cómo sonaba aquello.

—No puedes tomarte la justicia por tu mano.

—¿Por qué no? ¿Porque tengo responsabilidades de liderazgo como tu padre? ¿Porque tengo que dar ejemplo a la comunidad como los de Warenne?

—¡Sí! —gritó ella, temerosa—. Y porque tú eres mejor que ellos.

Él hizo una mueca.

—Nunca he entendido lo que has visto en mí, aparte de mis rasgos agradables y mi cuerpo.

Ella retrocedió.

—Se acabó, Ariella.

—¿Qué?

—¡Se acabó! —gritó él.

La joven lo miró atónita.

—¿Hemos terminado? ¿Así sin más? ¿Por un bastardo como Tollman?

—Hemos terminado porque tú eres una princesa paya y yo soy un gitano —rugió él.

Ella se apartó.

Pero él le agarró la muñeca y le impidió retirarse.

—¿Qué? ¿No me vas a suplicar? ¿Tienes miedo de mi parte salvaje?

Ella sintió las lágrimas rodar por sus mejillas.

—Odio cuando te pones así.

—Mejor, porque yo odio a todo el mundo, a todos los payos sin excepción —la soltó.

Ariella se secó las lágrimas.

—Sabes que no odias a todo el mundo. Sabes que no odias a todos los payos. Sabes que no me odias a mí.

Él movió la cabeza con furia.

—En este momento sí. Voy a ser libre —dijo con dureza—. Desde este momento, soy libre.

—¡Emilian! —gritó ella.

Él se alejó.

CAPÍTULO 16

Ariella miró a la doncella que sacaba su ropa del armario. Sobre la cama estaban las maletas, que llenaba con prendas pequeñas. Los vestidos se transportarían en perchas, cuidadosamente envueltos. Volvía a Londres. Todo había acabado.

Sentía el corazón encogido de dolor. Habían pasado dos semanas. Al principio se había dicho que él no seguiría adelante con el viaje y luego, cuando estaba claro que los cíngaros se habían ido, que comprendería su error y volvería. Había rezado, paseado con nerviosismo, mirado por la ventana y esperado. Pero su esperanza disminuía a cada día que pasaba. Y al fin ya no le quedaba ninguna.

Él no volvería.

Miraba por la ventana en dirección al norte, adonde se había ido. ¿Cuántas veces le había dicho que no podía corresponder a sus sentimientos? Suspiró. Se había enamorado de un hombre oscuro, atormentado, muy complicado. La cuestión ahora era cómo olvidar que había existido.

Eso sería imposible.

La verdad era que su terco corazón no quería olvidar; su terco corazón estaba seguro de que aquello no había terminado y no terminaría nunca. Su corazón quería amarlo a distancia y valorar cada recuerdo. Su corazón quería esperar a que volviera a ella, aunque tardara años.

No obstante, no podía permitir que su corazón rigiera su mente ni su vida. No podía dormir ni comer. Estaba agotada y empezaba a enfermar. Esa mañana había tenido náuseas terribles, otro motivo de preocupación. Ariella confiaba en que fuera la gripe. Si quería conservar la cordura y la salud, tenía que irse de Rose Hill e intentar recuperar su antigua vida. La alternativa era esperar que volviera, regodearse en la desesperación y la pena y poner en peligro su salud, cuando podían pasar años hasta que regresara. E incluso entonces, tal vez no volviera por ella.

La puerta estaba abierta. Se volvió al darse cuenta de que tenía compañía. Su madrastra le sonrió con una mirada interrogante en sus ojos verdes y Dianna se mostraba llorosa.

—Me han dicho que te marchas esta tarde —comentó Amanda.

Ariella sabía que toda la casa se había dado cuenta de que se había enamorado de Emilian y su partida le había roto el corazón. Le había sido imposible ocultar su pena.

—Regreso a Londres —respondió—. No puedo seguir aquí así.

Amanda la abrazó, cosa que le dio ganas de llorar.

—Me preocupa que te vayas sola a la ciudad. ¡Hace tanto calor en verano! ¿Por qué no te quedas con nosotros? El baile es la semana que viene y nos iremos dos días después. Luego puedes venirte con nosotros a Windsong —comentó, refiriéndose a la casa que tenían en el suroeste de Irlanda.

En Windsong no haría nada excepto caminar por el campo pensando en Emilian igual que había hecho en Rose Hill.

—Me voy a Londres, donde están mis amigos. Allí puedo tener mis estudios, debates públicos y pasar días enteros en bibliotecas y museos. Seré feliz.

«A partir de ahora soy libre».

Al principio había pensado que quería ser libre de ella. Pero no había tardado en darse cuenta de que quería ser libre del tormento de vivir en un mundo donde lo despreciaban a diario y donde estaba impotente para proteger a los cíngaros del odio, los prejuicios y la violencia.

Ella nunca sería libre. Huir a Londres no cambiaría el pasado, no borraría sus recuerdos ni anularía el amor de su corazón.

—Estoy muy preocupada por ti —dijo Amanda—, pero tengo una buena noticia. Tollman ha confesado haber iniciado el fuego y ha sido arrestado. Esta vez no hay zonas grises. Ha violado la ley y tendrá que ir a juicio.

—¿Qué ha ocurrido?

—Alexi —sonrió Amanda—. Al parecer, indujo a Tollman a confesar.

—Bien.

—Por favor, piensa en lo que significa dejar a la familia en este momento —le pidió su madrastra. Luego le estrechó la mano y se marchó.

Ariella miró a su hermana, que lloraba.

—Le odio por lo que te ha hecho. Le odio por haberte robado el corazón y luego haberte abandonado así. Odio verte así. Oh, Ariella, él no lo vale. Habrá otros.

Ariella hizo una mueca.

—Lo único de lo que estoy segura es de que nunca habrá otro. No importa —mintió—. Hasta que conocí a Emilian, no me interesaban nada los hombres. Ahora regreso a mi antigua vida, donde seguiré con mis intereses intelectuales. No olvidaré a Emilian, pero espero que, con el tiempo, el recuerdo no sea tan doloroso.

Dianna la abrazó con fuerza.

—Sé que ahora suena tonto, pero el tiempo cura todas las heridas. Te quiero. Todos te queremos. Por favor, piensa en venir a Windsong el verano.

Ariella cedió.

—Lo pensaré. Pero ahora siento que tengo que ir a Londres.

Dianna sonrió con tristeza y se marchó. Ariella se sintió

aliviada, pues le costaba decirle que no a su hermanita y no quería continuar con el tema. Pero entonces entró Margery en la habitación con expresión severa.

—¡Qué pálida estás! —exclamó. Llevaba una bandeja en los brazos con platos tapados—. Sé que no has desayunado. Te traigo huevos y salchichas. ¿Puedes sentarte a comer?

Ariella no tenía hambre, pero sabía que debía comer. Se sentó.

—Cada día me recuerdas más a tía Lizzie.

Margery sonrió.

—Considerando que mi madre tiene fama de ser una de las damas más buenas y generosas, espero poder ser la mitad de señora que es ella —se puso seria—. Me gustaría poder consolarte.

Ariella tomó un sorbo de zumo.

—Nadie puede consolarme. Tal vez con el tiempo encontraré el modo de moverme entre los recuerdos sin tanto dolor. Me ayudará estar en Londres.

Margery se sentó enfrente de ella.

—Vamos a Adare a pasar el verano. Por favor, por favor, vente con nosotros.

Adare era la sede del condado, situada no muy lejos de Windsong, y con el río Shannon pasando por la propiedad. Ariella negó con la cabeza.

—Me voy a Londres. Sé que estaré sola, pero me dedicaré a estudiar y debatir y no me sentiré sola.

—Tengo una idea maravillosa —declaró Margery—. ¿Por qué no viajamos? Podemos recorrer Grecia e Italia, ya sabes lo adorables que son esos lugares en verano.

Ariella pinchó los huevos con el tenedor. Y al instante sintió náuseas.

—Si no quieres viajar, iré a Londres contigo —prosiguió Margery, al ver que no contestaba—. Está decidido.

Ariella combatió la náusea, no pudo y corrió al orinal, donde tuvo arcadas. Margery se apresuró a arrodillarse a su lado. Las arcadas eran horribles, igual de horribles que en las dos últimas semanas. Ariella pensó que sólo se sentía mal cuando empezaba la náusea y que no había tenido su último periodo del mes. Lo que implicaba que no estaba enferma precisamente.

Al fin se sentó sobre los talones y miró a su prima, que la observaba con ojos muy abiertos.

—Margery —susurró—. ¿Y si espero un hijo suyo?

Ella bailaba para él.

Era tarde y habían salido las estrellas. Ardían muchos fuegos y el olor a pollo asado invadía el campamento. La mayoría de los niños estaban acostados y Nicu tocaba el violín y otro hombre la guitarra. La música era profunda y triste; nadie había olvidado el fuego ni los latigazos. Él no los había olvidado.

Stevan le había impedido ir a vengarse de Tollman, suplicándole que no contribuyera a crear más violencia. Como estaban preparados para la partida, Emilian había accedido, pero de muy mala gana.

Ahora miraba a la chica apreciando su belleza y su gracia, pero su observación era analítica. El modo en que movía las caderas indicaba que sería una amante apasionada, fiera y complaciente. Cuando giraba, movía las faldas levantándolas osadamente en los muslos. Él no sonreía. No le importaba nada.

Estaba sentado separado de los otros. En otro tiempo habría disfrutado del baile y compartido su pasión con ella. Pero ahora no tenía un interés auténtico. La imagen de Ariella seguía en su mente. Le dolía el corazón y su pene reaccionó por fin. Odiaba los malditos sentimientos.

Estaba decidido a dejar atrás el pasado. Pero durante los largos días en el camino, la imagen de ella y el recuerdo de los momentos que habían pasado juntos invadían sus pensamientos. Para intentar borrarlos, dejaba vagar su mente por otro tema y acababa preocupándose por Woodland y preguntándose cómo le iría a Richards, el administrador. Ahora su deber le parecía una parte de sí mismo de la que no podía huir. E inevitablemente se preguntaba también cómo le iba a Ariella. Se odiaba a sí mismo por haber traicionado su confianza una vez más.

Si volvía a verla, ¿le brillarían todavía los ojos con confianza y amor?

Jaelle se sentó a su lado con aspecto serio. Emilian le sonrió pero fue un gesto forzado. Su hermana señaló a la bailarina con la cabeza.

—Te desea. Te desean todas las mujeres que no tienen marido y hasta algunas que lo tienen.

Emilian estaba excitado, pero no por la bailarina, sino porque necesitaba alivio. Hacía semanas desde el baile de los Simmons. ¿Cuándo había pasado él semanas sin una amante?

Desde que saliera de Derbyshire no estaba de humor para hacer el amor con nadie. Era una locura.

—No eres feliz aquí.

Miró a su hermana. Se disponía a negarlo, pero no era justo. Le pasó un brazo por los hombros.

—He vivido dieciocho años con los payos. Para un hombre no es fácil dejar una vida y empezar otra en un solo día —de hecho, era muy difícil y tal vez imposible.

—Tú eres más payo que gitano.

Aquellas palabras sonaban a verdad y eso lo perturbaba, porque si ella tenía razón, ¿qué significaba eso? Pero entonces pensó en Raiza, que había muerto en los brazos de Stevan y no en los suyos.

—Soy mitad y mitad —repuso con firmeza.

—¿Y qué? Yo también. Pero mi padre no me quiso... ni siquiera me conoció, y yo soy cíngara. Tú padre te quiso. Eres afortunado y eres payo por causa de eso. ¿Por qué estás aquí?

—Tú sabes por qué. Por nuestra madre. Le debo esto, Jaelle.

Su hermana parecía confusa.

—Ella está muerta, Emilian. Y que tú estés aquí no va a hacer que vuelva a la vida.

Él miró el fuego. Creía que le debía a Raiza aquel intento por reclamar su herencia gitana. Pero las palabras de Jaelle sonaban a verdad.

La bailarina había parado y sorbía vino mirándolo entre sus pestañas oscuras. Jaelle se puso en pie.

—¿Te la llevarás a la cama?

Emilian vaciló. Necesitaba una mujer, de eso no había duda. Pero ella no era la mujer que quería.

—Eso me parecía. Vuelve con tu mujer, Emilian. Ella es buena y hermosa y, si esperas mucho, se la llevará otro hombre.

Él la miró sorprendido.

Jaelle se encogió de hombros y se alejó.

Él quería que se la llevara otro hombre. Quería que lo olvidara. ¿O no? El corazón le dio un vuelco. La verdad era que odiaba aquella idea. Y lo más importante... la echaba de menos.

Echarla de menos tenía implicaciones que no quería considerar. Echarla de menos era peligroso.

Pero no deseaba a la hermosa cíngara que tan impaciente estaba por calentar su lecho. Quería a Ariella porque no habían terminado lo que habían empezado. Porque no le había mostrado su gratitud. Sólo la había herido con su furia y ella no tenía todavía a su príncipe inglés.

Tenía que volver, sólo por una noche. Nada había cambiado. Aunque Jaelle tuviera razón y su parte inglesa fuera más fuerte que la gitana, había hecho una promesa a Raiza y a sí mismo. Iría a su tumba y buscaría su herencia gitana. Nada podría impedírselo. Pero la caravana viajaba despacio y él tenía consigo a su alazán.

En cuatro o cinco días podía estar en Rose Hill.

Eran más de las diez de la noche. La cena había terminado hacía rato. Ariella estaba sentada en la cama, tocándose el vientre todavía plano y pensando en el niño que probablemente llevaba dentro. Empezaba a hacerse a la idea. Llevaba varios días con náuseas y sus pechos se estaban hinchando. Si había concebido la primera noche que pasaron juntos, estaba ya de casi seis semanas.

Un embarazo parecía muy probable y tenía miedo. Ni una vez en su vida había soñado que tendría un hijo fuera del tálamo. No podía ni imaginar lo que iba a hacer ni cómo se las arreglaría. Su familia reaccionaría muy mal. Y también estaba Emilian. Habría que decírselo, ¿no?

Pero ahora no podía pensar en todo eso. Iba a tener un hijo de Emilian.

De las cenizas de la pena y la desesperación, empezaba a brotar la alegría. Aunque no volviera a verlo nunca, siempre tendría esa parte de él... esa parte de ellos. El niño era un regalo maravilloso, una bendición. Por primera vez desde que la dejara, sentía que volvía a vivir y veía el futuro lleno de una luz brillante.

Pero era una alegría agridulce, pues cuando se imaginaba con aquel niño o niña en los brazos, veía también a Emilian al lado, sonriéndoles, y no estaba segura de que eso fuera a ocurrir. De momento no estaba segura de nada, excepto de que le habían dado un milagro.

—¿Ariella? —susurró Margery, que había asomaba la cabeza en la habitación, vestida con el camisón y el salto de cama.

Ariella le sonrió.

—Entra.

Margery lo hizo y cerró la puerta. Corrió a la cama y se subió a su lado.

—He pensando todo el día en ti.

Ariella le tocó la mano, sonriendo.

—No te preocupes. Soy muy feliz. Voy a tener este niño.

Margery la miró con desmayo.

—Tienes que enviar una carta a Emilian. Si sabe la verdad, volverá y se casará contigo.

Ariella se puso seria.

—No, eso no es buena idea.

Margery dio un respingo.

—Se lo dirás, ¿verdad? ¿Te casarás con él?

Ariella hizo una mueca.

—Siempre lo amaré. Y creo que él también me quiere. Pero no lo forzaré al matrimonio y, desde luego, no con nuestro hijo.

Margery palideció.

—Te sedujo. Tiene la obligación de cuidar del niño y de ti.

—Yo quería que me sedujera, él no se aprovechó de mí. Y tengo medios propios para darle una buena vida al niño.

Su prima la miraba con incredulidad.

—Tu padre lo forzará a casarse sin importarle lo que tú desees.

Ariella temía que Margery tenía razón.

—Eso sería un error. Emilian lo vería como un ataque o una trampa y se pondría furioso. No. Mi padre no hará nada semejante porque no sabrá lo del niño.

Su prima soltó un grito.

Ariella se mordió el labio con fuerza. Aquello tenía que ser un secreto. No podía creer que no pudiera compartir la alegría con su familia.

—Tendré que irme y tener al niño sola.

—Eres tan independiente y excéntrica como siempre. ¿Cómo puedes pensar en ser madre soltera? Te despreciarán. No puedes mantener un secreto así eternamente.

Ariella la miró.

—Puede que tenga que marcharme un tiempo.

Margery palideció.

—Al final tendrás que venir a casa y se sabrá el secreto —señaló—. Y sabes que entonces lo cazarán aunque hayan pasado años. En cuanto sepan que has tenido un hijo suyo, estará perdido.

Ariella se puso tensa.

—Yo los disuadiré. En cualquier caso, creo que no es buena idea ir a Londres ahora. La ciudad es muy insana los meses de verano.

—Ariella, Emilian tiene derecho a saberlo —insistió Margery.

—Sí que lo tiene. Y se lo diré, pero no he decidido cuándo —simplemente no podía pensar en eso en aquel momento.

Margery respiró hondo. Le tomó una mano con firmeza.

—Si de verdad piensas tener al niño en secreto, sabes que me quedaré contigo.

Ariella miró los ojos preocupados de su prima y sintió que los suyos se llenaban de lágrimas de gratitud y alivio.

—Eres la amiga más leal que tengo. Tengo miedo de estar sola en los próximos meses, de estar sola en el parto y de estar sola cuando haya nacido el niño.

Margery la abrazó.

—No estarás sola, yo estaré a tu lado todo el tiempo que sea necesario —se secó los ojos y su tono se volvió brusco—. Vamos a empezar a pensar dónde quieres vivir durante un año. Podemos decir que vamos a viajar y dentro de unos meses asentarnos en un sitio. Quizá podamos alquilar una villa en el sur de Francia. El clima es bueno, tú hablas bien el idioma y yo me defiendo.

Ariella asintió.

—Eso me gusta. El sur de Francia es hermoso. Será un lugar maravilloso para tener al niño.

La semana siguiente pasó en medio de un sinfín de planes. Ariella y Margery daban largos paseos por los jardines de Amanda, y la segunda llevaba siempre consigo su cuaderno de dibujo y el carboncillo. Decía que quería dibujar las flores mientras estuviera allí. Ariella, a todos los efectos, parecía estar de nuevo inmersa en la historia de los mongoles y le resultaba agradable leer en los jardines mientras Margery «dibujaba».

En realidad, el cuaderno estaba lleno de notas. Habían enviado cartas a varios agentes de Londres y acababan de recibir respuestas. Había más de una villa agradable en las afueras de Niza que podían alquilar una larga temporada. Margery acababa de enviar a su secretaria personal al sur de Francia a inspeccionar las distintas casas. En cuestión de un mes sabrían qué villa alquilar.

Ariella había empezado a insinuar que deseaba viajar. Su padre se mostraba complacido y la joven sabía que le aliviaba ver que empezaba a superar lo de Emilian. Le hubiera gustado contarle la verdad, pero no era posible. Tenía que proteger a Emilian de su ira y eso implicaba seguir con el secreto.

El padre de Margery, el conde de Adare, había llegado unos días antes para el baile, con su heredero, Ned, y sus hijos menores. Margery le pediría pronto permiso para viajar. Ariella sabía que su tío no se negaría.

Si todo iba como planeaban, Margery y ella estarían pronto camino de Francia sin que nadie sospechara nada.

Ariella no deseaba asistir al baile de Amanda, pero no había elección. Aunque todos sabían que no le gustaban tales eventos, tenía la costumbre de gruñir y luego acabar asistiendo. Y su intención era comportarse como siempre.

Cuando se acercaba despacio al salón de baile, las risas, conversaciones y la música llenaban ya la casa. El salón estaba rebosante de damas con vestidos de noche, caballeros de frac y camareros de levita blanca que repartían copas de champán. Vio a su padre y a Amanda cerca de la entrada, rodeados por un puñado de invitados a los que obviamente estaban recibiendo. Cliff era rubio y atractivo y Amanda estaba increíblemente hermosa y posaba una mano en el brazo de su marido. Ariella sonrió para sí. En esas ocasiones era fácil ver que seguían muy enamorados.

Entró en la habitación y se dispuso a buscar a Margery.

—¿Deseáis bailar, señorita de Warenne?

Ariella se puso tensa al oír la voz de Robert St Xavier. Lo miró con incredulidad. No había olvidado su traición el día que azotaron a Emilian y recordaba también los insultos que había gritado a su primo cuando éste lo expulsó de Woodland. Lo miró con frialdad y habló con todo el desdén del que fue capaz.

—Me temo que no.

Él parecía incrédulo. Se sonrojó.

—Sólo hay un St Xavier con el que pueda desear bailar y el vizconde no está aquí —añadió ella.

Robert se había puesto de color escarlata.

—Puede que tengáis que cambiar de idea —repuso con rabia—. Emilian se ha vuelto gitano. Siempre he sabido que llegaría ese día. No volverá y eso os duele, ¿verdad? —se encogió de hombros y le miró el escote con insolencia—. Sois bienvenida en Woodland cuando queráis, señorita de Warenne.

—¿Qué significa eso? —preguntó ella sorprendida. ¿Se atrevía a insinuar que deseaba una aventura con ella?

Robert abrió mucho los ojos con fingida inocencia.

—Me habéis entendido mal —rió con frialdad—. Ninguna hacienda puede estar mucho tiempo sin su amo y Woodland no es una excepción.

Ariella comprendió enseguida sus intenciones. Robert quería ser el señor de Woodland en ausencia de Emilian.

—Woodland tiene amo. Y también tiene administrador.

Él se echó a reír.

—Soy el pariente más próximo de Emilian, su heredero. Si abandona la hacienda por una ausencia prolongada, soy el siguiente en la línea. En cualquier caso, me he instalado allí, pues no tengo intención de permitir que me robe ningún administrador.

—Vos no tenéis nada que puedan robaros —replicó ella, atónita—. Woodland es de Emilian. Él es el vizconde y no me cabe duda de que el administrador será un hombre competente.

Robert le sonrió.

—Entonces digamos que velo por los intereses de mi querido primo en su ausencia —hizo una pequeña reverencia—. Por favor venid a verme, señorita de Warenne. Os habéis interesado por el St Xavier equivocado y estoy seguro de poder persuadiros de eso.

Se alejó y ella quedó temblando de rabia. Robert odiaba a Emilian y éste lo desprecia. Eran rivales. ¿Conocía su aventura ilícita y quería alentar un encuentro para robársela a Emilian? ¿O sus intenciones eran honradas? Quizá quería cortejarla. Tal vez buscara matrimonio y su fortuna.

Margery le tiró del brazo.

—¿Es un pretendiente? —preguntó con incredulidad.

—No, no lo es —seguía preocupada. ¿Robert quería arrebatarle de algún modo Woodland a su primo?—. Si Emilian no regresa, ¿qué será de sus propiedades? —preguntó.

Pero antes de terminar de hablar, ya lo sabía.

Su hijo era el heredero de Emilian. Su hijo, si era niño, sería el siguiente vizconde.

Margery la miró a los ojos.

—Para que tu hijo herede el título, tendrás que hacerlo todo público. Y no sé si podrías conseguirlo sin el apoyo de Emilian. Y tendríais que casaros.

Ariella se puso tensa. Su hijo tenía derechos sobre Woodland. La traición de Robert podía obligarla a contar a Emilian la verdad antes de lo que era su intención.

—Estoy segura de muy pocas cosas, pero una de ellas es que Emilian reconocerá a su hijo cuando yo se lo pida. Esperemos que no esté fuera mucho tiempo. No por mí sino por el bien de su hijo.

Margery se acercó más a ella.

—Sigo pensando que deberías decirle la verdad ahora. Su primo es un villano y temo que quiera causar problemas.

Le estrechó un momento la mano y se alejó.

Ariella confiaba en que su prima se equivocara y St Xavier fuera inofensivo. Vio a Robert a cierta distancia. Aunque estaba en compañía de varios caballeros, la miraba sin parpadear. Cuando sus ojos se encontraron, levantó la copa en un saludo.

Ariella giró la cabeza. Margery tenía razón. Robert no se proponía nada bueno. Tenía que pensar muy bien todo aquello.

—¿Bailas con tu padre? —Cliff apareció a su lado sonriente, pero la miraba con curiosidad.

—Sabes que detesto bailar —contestó ella, seria—. Papá, el primo de Emilian se ha mudado a Woodland y parece creer que es el amo allí en ausencia de Emilian.

Cliff miró a Robert.

—Eso he oído.

—¿Lo habías oído? —preguntó ella—. Emilian jamás permitiría eso. Desprecia a su primo. ¿Puede instalarse allí sin más y hacerse con la propiedad?

—He oído que ha hecho justamente eso y que el administrador, un buen hombre, es incapaz de enfrentarse a él. Ariella, yo creía que habías superado lo de St Xavier.

La joven sabía que tenía que mostrarse sincera.

—Jamás lo olvidaré. Pero no voy a llorar por algo que no puede ser.

Su padre pareció sobresaltado.

—Lo amaré siempre, pero sé que he cometido un error. El viaje que estoy planeando me ha animado bastante —le dio un beso en la mejilla—. Sé que aprobarás los planes que hemos hecho Margery y yo.

—Presiento una conspiración —dijo él, pero sonreía.

—Lo es —repuso ella con ligereza—. Voy a salir a tomar el aire —añadió.

Cruzó el salón evitando mirar a nadie a los ojos, pues no quería que la retuvieran allí; pero estaba segura de que Robert seguía mirándola.

Se estremeció. No se fiaba de él y se había convertido en

un peligro para el futuro de su hijo. Tenía que decidir lo que iba a hacer... y pronto.

Salió a la terraza, iluminada con luces de gas. Aunque hacía una noche hermosa y cálida, estaba sola y eso la aliviaba. Se tocó el vientre.

«No temas», pensó. «No dejaré que nadie ponga en peligro tu futuro; ni tampoco el de tu padre».

Y de pronto sintió su presencia.

CAPÍTULO 17

El corazón le latió con rapidez. Se giró y miró las sombras, preguntándose si su instinto jugaba cruelmente con ella. Y entonces se le paró el corazón.

Emilian la miraba desde el otro extremo de la terraza.

Ariella no podía moverse. Ni siquiera podía hablar. Él había vuelto.

Emilian avanzó con pasos largos y los ojos fijos en ella. Se detuvo cuando llegó ante ella, con una sonrisa incierta. Ella consiguió respirar sin saber cómo y consiguió sonreír sin saberlo tampoco. A él le brillaran los ojos en la oscuridad y le puso las manos en los hombros.

—Te he echado de menos.

Ella le echó los brazos al cuello y enterró el rostro en la pared amplia de su pecho.

Él le acarició la espalda.

—Ariella, no me interpretes mal.

La joven levantó la vista.

—¿Qué voy a interpretar mal? Yo también te he echado de menos. Muchísimo.

—¿Me odiarás? —preguntó él con ojos llameantes—. ¿Me condenarás?

—Jamás.

Él le besó la mano y la atrajo hacia sí; ella sintió su virilidad, grande y dura contra la cadera.

—No ha habido ninguna desde ti —dijo él.

Ella sintió los ojos llenos de lágrimas. Le decía que le había sido fiel. Se puso de puntillas y buscó su boca.

Sus labios se fundieron. La boca de él era dura y frenética. El fervor de su beso la sorprendió, pero se lo devolvió. Le clavó las uñas en los hombros y los dientes de él rozaron los suyos. La cabeza le daba vueltas. Lo necesitaba desesperadamente; lo amaba desesperadamente. Gracias a Dios que había vuelto a casa.

Bajaron tambaleándose los escalones de la terraza, con los labios unidos. Ariella quería que la tumbara en la hierba y la penetrara. Necesitaba sentirse unida a él y llorar de pasión. No le importaba que hubiera un montón de gente allí al lado.

Pero él dejó de besarla y tiró de ella por el césped, lejos de la terraza. La apoyó en una pared en sombra y volvió a besarla. Empezó a levantarle las faldas. Ella lo besaba en la boca y la mano de él desgarró la abertura de sus calzones. Emitió un sonido duro sensual y deslizó los dedos en la carne húmeda y palpitante de ella. Ariella apartó la boca para soltar un grito.

Él se dejó caer de rodillas y la acarició con la lengua. Ella echó atrás la cabeza, incapaz de pensar, regodeándose en el placer. Apretó la cabeza de él y sollozó en medio de un orgasmo intenso.

Se le doblaron las rodillas y sintió que la pared le arañaba la espalda desnuda a medida que se iba hundiendo en la hierba húmeda. Él se movía encima de ella. La besó en la boca y ella notó que se desabrochaba los pantalones. Los labios de él se movieron a su cuello, donde provocó sensaciones deliciosas en el cuerpo de ella. Bajó más la boca y algo duro y caliente acarició la parte interna de los muslos de ella.

Consiguió mirarlo. A él le llameaban los ojos.

—He vuelto para hacerte el amor —dijo con rudeza—. Quiero hacerte el amor toda la noche.

Ella no sabía si podía responder, porque él volvía a acariciarla.

—Bien —musitó.

Él la penetró y empezó a moverse con fuerza en su interior. Ariella se abrazó a él y lloró de amor y necesidad. Él gimió y se movió con más fuerza y rapidez, mordiéndole el cuello y susurrándole al oído palabras en romaní que ella no entendía aunque su significado estaba muy claro: *Te amo*.

Y el mundo entero explotó a su alrededor en otro orgasmo fiero.

Emilian soltó un grito y se derrumbó encima de ella, que lo abrazó flotando en una nube de alegría hasta que terminaron los espasmos de él.

Ninguno de los dos vio al hombre que los observaba desde las sombras de la terraza.

Robert St Xavier entró en el salón de baile y observó la habitación en busca de su anfitrión. Una impaciencia terrible lo invadía. Cliff de Warenne no estaba a la vista. Su siguiente opción sería su hermano, el conde de Adare, pero tampoco vio a Tyrell de Warenne. Se puso furioso. Su primo gitano podía acabar su asunto con su amante antes de que él consiguiera entrar en acción.

Y entonces apareció Alexi de Warenne del brazo de una hermosa rubia. Estaban inmersos en una conversación, pero a Robert no le importó. Corrió detrás de Alexi y le tocó el hombro con rudeza. El otro se giró con expresión fría e incrédula.

—Perdonadme —murmuró Robert con rapidez—, pero creo que debéis salir fuera. Os interesará lo que ocurre en la terraza, en el extremo norte.

—¿A qué os referís? —preguntó Alexi, irritado.

—Vuestra hermana esta allí, y no precisamente sola.

Alexi abrió mucho los ojos. Luego miró a la mujer.

—Disculpad.

Salió con grandes zancadas del baile.
Robert sonrió, muy complacido consigo mismo.

Seguían abrazados, con Emilian dentro de ella. Ariella suspiró y le tocó la mandíbula. Él levantó la cabeza y le sonrió. Nunca la había mirado con tanta ternura. Le brillaban los ojos.

Ella volvió a tocarle la cara.

—Tienes una sonrisa hermosa. Espero verla más a menudo.

—¿Te he dicho alguna vez que mi obsesión son tus ojos?

Ella se sobresaltó.

—Tienes los ojos más maravillosos. A menudo deseo poder merecer la confianza que veo en ellos —le rozó la boca con los labios y empezó a moverse en su interior—. Te necesito —susurró.

El cuerpo de ella se agarró a él con fiereza. Ariella le clavó las uñas en los hombros vestidos.

—No te pares.

Sintió que sonreía y empezaba a moverse.

—Disfruta, querida —murmuró.

Ariella se entregó a la presión creciente y dejó que el placer se convirtiera en su vida. A medida que él se movía, la embargaba el amor y lloró suavemente cuando llegó al clímax en un torbellino de amor y de entrega.

Flotaba semiinconsciente de regreso a la realidad y él la besaba con gentileza cuando oyó un grito.

—¡Apártate de ella!

Ariella se aferró a Emilian, vagamente consciente de que debía asustarse.

—¡Eres un bastardo! —gritó Alexi.

Emilian rodó de encima de ella a la hierba. Ariella se sentó a tiempo de ver a Alexi atacar a Emilian con rabia asesina.

Los habían descubierto.

Se bajó la ropa y gritó:

—¡Alexi, para! ¡Alexi, para inmediatamente!

Se puso en pie de un salto.

Pero Alexi golpeaba a Emilian, que se limitaba a parar los golpes con el brazo y protegerse la cabeza.

Ariella agarró a Alexi por detrás y le gritó. Emilian aprovechó para levantarse. Se llevó la mano a la boca, que sangraba. Ariella se agarró con fuerza a un brazo de su hermano, pero Alexi la sacudió y se soltó.

—¡No! —gritó ella cuando su hermano atacaba de nuevo a Emilian—. Yo lo amo. Para inmediatamente.

Pero Alexi volvió a pegarle. Y Emilian usó el brazo a modo de escudo para bloquear el golpe.

Tres hombres pasaron corriendo al lado de ella, hacia Alexi y Emilian. Su horror no conoció límites cuando vio que los tres hombres eran su padre, su tío y Ned, el hermano mayor de Margery.

Ned y el conde de Adare sujetaron a Emilian. Alexi seguía furioso, respirando con fuerza. Su padre se paró con incredulidad delante de Emilian.

—¿Esto es lo que yo creo que es? —preguntó.

—Sí —respondió Emilian con suavidad.

Cliff lo golpeó.

Emilian cayó al suelo.

Ariella estaba petrificada, horrorizada.

Se habían reunido en la biblioteca. Ariella temblaba y se abrazaba el cuerpo. Nunca había visto a su padre tan furioso. Tampoco había tenido nunca tanto miedo. No quería ni imaginar lo que le podían hacer a Emilian. Lo miró. Él estaba en el otro extremo de la habitación y ella sabía que no debía acercarse, aunque era lo que más deseaba hacer.

Emilian también estaba peligrosamente furioso. Su postura era beligerante, pues había sido arrinconado y esperaba el ataque. Su mirada era fría y dura, e iba dirigida a Cliff.

De esa confrontación no saldría nada bueno y ella lo sabía. Temblaba y se sentía mareada. Confiaba en que no fuera a sucumbir a una versión tardía de las náuseas de la mañana. Margery y Amanda habían aparecido ya en la biblioteca y sin duda la noticia del escándalo se extendía con rapidez. Su prima le apretaba la mano, pero Ariella no se sentía reconfortada.

El conde de Adare le puso una mano en el hombro.

—¿Estás herida, Ariella? —preguntó con amabilidad.

—No —repuso ella—. Tío Ty, estoy bien.

Cliff la miró con incredulidad.

—Te ha seducido.

Ariella no intentó negarlo. Empezaba a estar harta de tantos secretos y mentiras.

Cliff lanzó una mirada asesina a Emilian. Amanda se acercó a él.

—Ella está enamorada —dijo con suavidad.

Cliff respiró con fuerza.

—Y eso es lo único que lo salva de la bala que quiero meterle entre los ojos.

Ariella dio un respingo.

—Papá, por favor, cálmate y vamos a ser racionales.

—¿Cómo puedo calmarme? Y yo soy muy racional. Le pregunté cuáles eran sus intenciones y me dijo que ninguna. Sabía que quería seducirte, sabía que no era hombre de honor. Lo supe la primera vez que lo vi contigo en el campamento cíngaro. Pero me dejé persuadir para acogerlo bajo este techo cuando estaba gravemente herido. Y así es como paga mi generosidad y hospitalidad.

—No es culpa suya —contestó Ariella, desesperada por defenderlo y protegerlo de la ira de su padre—. Si alguien tiene la culpa, soy yo.

Emilian habló por fin.

—Acepto toda la culpa —dijo con rostro duro—. Tenéis razón, de Warenne. He seducido a vuestra hija intencionadamente.

Ariella se encogió.

Cliff se lanzó sobre él. Ni el conde ni Alexi hicieron ademán de detenerlo y Ariella gritó cuando Cliff golpeó con el puño la cara de Emilian. Éste se tambaleó, pero no retrocedió. Amanda sujetó a Cliff por detrás.

—Los golpes no resolverán nada —gritó—. ¿Por qué no piensas en lo que es mejor para Ariella?

—¡Eso es precisamente lo que hago! —gritó Cliff.

—No es culpa suya —repitió Ariella, confusa—. Yo sabía lo que pasaría si le permitía libertades y lo hice de todos modos. Yo quería que me sedujera.

Alexi la miró con incredulidad.

—Eres la persona más confiada que conozco. Es obvio que has sido presa fácil de un hombre como él. Estoy seguro de que se ha aprovechado de tu ingenuidad —miró a Emilian de hito en hito—. Mi hermana es demasiado buena para vos.

—En eso estoy de acuerdo. Ella no se merecía nada de esto.

Cliff respiraba con fuerza.

—Os dije que aceptaría que la pretendierais. Ahora ya no hay opción. Las murmuraciones conseguirán que todo el país se entere de la deshonra de mi hija. Vos, señor, os casaréis con ella.

Emilian lo miró con rostro inexpresivo.

Ariella sintió los ojos llenos de lágrimas. No era así como ella quería que siguieran adelante. Él había vuelto porque la echaba de menos. Con el tiempo, tal vez hubiera sido un pretendiente. Si no los hubieran descubierto, quizá le habría hablado del niño. Pero ahora Emilian estaba a punto de explotar y eso lo empeoraría todo. Ella no quería llevarlo forzado al altar.

—Padre, no —dijo.

Cliff se giró.

—¿Se puede saber qué significa eso? ¿Cómo puedes hacer esto? ¿Es así como te he criado? ¿Para que forniques a mis espaldas como una ramera del East End?

Ariella soltó un respingo.

Emilian se adelantó.

—Yo me he aprovechado de vuestra hija. Ella no es una ramera.

—¿Vos la defendéis? —gritó Cliff.

—Es a mí al que debéis insultar.

Cliff apretó los labios.

—Vuestro padre puede que fuera un inglés honorable, pero vos sois despreciable... un hombre sin honor.

Ariella estaba a punto de vomitar. Margery la sostuvo, como si se diera cuenta.

El conde de Adare se interpuso entre Cliff y Emilian.

—¿Os dais cuenta de que insistimos en el matrimonio?

Emilian se encogió de hombros y miró a Ariella. Por un momento, ella leyó mucho arrepentimiento en sus ojos. Y no quería que él se arrepintiera de nada de lo que habían compartido.

—A pesar de lo que opine el noble capitán, no carezco completamente de honor. Si ella está de acuerdo, lo haré.

Ariella lo miró con desmayo. No le gustaban sus palabras ni la frialdad de su tono.

—Pero tendremos que casarnos inmediatamente, porque pienso reunirme con mi gente y seguir mi viaje al norte. Ella puede quedarse aquí y esperar mi regreso —volvió a encogerse de hombros, como con indiferencia.

Ariella lo miró fijamente. ¿No había vuelto para quedarse?

Cliff explotó.

—¿Os casaréis con ella y la abandonaréis? ¡Por encima de mi cadáver!

—¡Bastardo! —siseó Alexi—. ¿Es que no veis que le hacéis daño?

—Estará bien cuidada y tendrá todos mis empleados a su disposición. Llamadlo abandono si queréis.

Cliff hizo ademán de atacarlo. Amanda lo contuvo.

—Por favor, controla tu temperamento. Resolveremos esto de algún modo.

Ariella pensó sorprendida que no había vuelto para quedarse. Había vuelto para hacerle el amor. Y ahora se casaría con ella por sentido del honor, por deber e incluso por remordimientos, pero no por amor ni por afecto. ¿Ahora dejaría que su familia lo forzara a ir al altar? Lo miró. ¿Cómo reconciliar al hombre de la biblioteca con el hombre en cuyos brazos acababa de estar? Se recordó desesperadamente que arrinconar a Emilian siempre era la peor táctica.

—Mi hija no será abandonada en el altar —gruñó Cliff—. Habrá matrimonio y los dos volveréis a Woodland después de intercambiar los votos.

—Yo me fui de Woodland por varias razones —repuso Emilian—. No soy vuestro esclavo. No podéis obligarme a permanecer en Woodland. He dicho que haría reparaciones, pero también diré esto. Vuestra hija se merece mucho más de lo que yo puedo darle, de Warenne. Quizá debáis pensar bien la vida que va a llevar como esposa de un medio gitano. Quizá debáis considerar buscarle un marido apropiado de sangre azul.

—No os vais a librar de esto. Vos la habéis deshonrado y os casaréis con ella —insistió Cliff furioso.

Adare volvió a interponerse entre ellos.

Ariella se sentía mareada y débil. Nunca había visto a su padre tan odioso y no podía soportar la enemistad entre Emilian y él. Corrió a sentarse en un sillón y Margery se inclinó sobre ella.

—¿Estás bien?

Ariella parpadeó para reprimir las lágrimas.

—No —miró a Emilian deseando que le hiciera alguna pequeña señal de cariño.

Cliff se apartó tembloroso.

—Sois el vizconde de Woodland —habló el conde—. Por lo que tengo entendido, podéis darle exactamente el tipo de vida que merece. Vos no queréis ir contra mí ni los míos. Haréis lo correcto. Y alejaros de ella con la pobre excusa de que no sois bastante bueno no es lo correcto. Estoy seguro de que vos y yo podemos llegar a un acuerdo en cuanto a los pormenores de dónde residiréis.

Ahora su tío quería comprarle a Emilian. Ariella se cubrió el rostro con las manos. ¿Cómo era posible que su reencuentro alegre se hubiera convertido en algo tan feo y de mal gusto?

Emilian la miró por fin.

—Me voy al norte aunque eso signifique ir contra la gran dinastía de Warenne.

La joven lo miró, esforzándose por no llorar. La expresión de él era demasiado dura, demasiado fría.

—No puedo casarme con él —musitó—. Así no.

Todos los ojos se posaron en ella. Ella sólo lo miraba a él, pero el rostro de Emilian era una máscara impasible.

—¿Puedo hablar a solas con él? —preguntó la joven.

Cliff rió con frialdad.

—Cuando se congele el infierno.

Adare le puso una mano en el hombro.

—No va a huir, Cliff. Dejémoslos un momento.

Cliff negó con la cabeza.

—No lo quiero a solas con mi hija.

—¿Esperaste tú a casarte antes de empezar con Amanda? —preguntó el conde—. ¿Esperé yo antes de convertir a Lizzie en mi esposa? No sabemos si éste es el fin del mundo de tu hija. Puede ser el comienzo. Esperémoslo así.

—Tú no estarías tan tranquilo si se tratara de Margery —replicó Cliff; pero se volvió.

—Cinco minutos. Y St Xavier, estoy al borde de cometer un asesinato, así que sugiero que no la toquéis y espero que permanezcáis en esta habitación hasta mi regreso.

Cuando salieron todos, Ariella se apoyó en el respaldo del sillón. Estaba otra vez con náuseas, probablemente por el embarazo.

—Tú no has vuelto para estar conmigo.

—No he vuelto para quedarme —respondió él. Se acercó, se arrodilló y le tomó las manos. Ariella las apartó y las apretó con fuerza en el regazo. Él se levantó al instante—.

Pero he vuelto por ti. Para verte. ¡Te debo tanto! Y es así como te lo pago.

La joven lo miró a los ojos, buscando la verdad de su corazón.

—Lo siento mucho —dijo él—. Yo no pretendía que sucediera nada de esto.

—¿Y qué pretendías?

—No se me dan bien las palabras —repuso él—. He vuelto esperando poder mostrarte lo agradecido que te estoy por todo lo que has hecho por mí y por Djordi, Nicu, Jaelle y los demás. No esperaba que nos descubrieran. Quería hacerte el amor. Quería sonreírte después y quizá, incluso, reírnos juntos.

Ella casi lloró.

—¿Te importo algo, Emilian?

Sus ojos se encontraron.

—Me importas —dijo él al fin—. Me casaré contigo si eso es lo que de verdad quieres.

Ella se enderezó en el sillón.

—Pero no es lo que quieres tú.

Los ojos de él echaban chispas.

—Nunca he pensado en el matrimonio. Ni contigo ni con nadie. Como esposa mía, te despreciarán. No será agradable. Pero si no nos casamos, será todavía peor para ti.

Ella se lamió los labios.

—Yo quiero algo más de ti que matrimonio.

—Lo sé. Pero yo no soy un hombre como tu padre, capaz de una gran pasión eterna por una mujer. Nunca seré ese hombre.

¿Le estaba diciendo que sabía que nunca la amaría?

—Mi reputación no me importa. Nunca me ha importado.

—Puede que pienses de otro modo la próxima vez que salgas a un acto social.

—¿Intentas convencerme de esa unión forzada cuando has dicho claramente que no quieres casarte con nadie?

—Soy lo bastante inglés para hacer lo correcto —se sonrojó él—. Si me dices que quieres matrimonio, me casaré. Pero me voy al norte —advirtió—. Tú puedes vivir en Woodland o seguir aquí.

Una parte de Ariella deseaba contarle lo del niño, pero eso enturbiaría las aguas. Él insistiría en casarse por los motivos erróneos. Tal vez incluso cambiara sus planes de viajar. El efecto sería el mismo que apuntarle con un rifle en la cabeza.

Se llevó una mano al corazón y rezó por estar tomando la decisión correcta, sobre todo para el niño.

—Nunca me casaré contigo en esas circunstancias.

Siguió una pausa.

—Creo que, con el tiempo, tu padre podrá reparar el daño hecho esta noche. Es lo bastante poderoso para buscarte el noble que mereces. Sé que acabarás por olvidarme. Habrá alguien que te dé una vida inglesa y perfecta. Serás feliz —se encogió de hombros—. Quizá incluso decidas que me odias por lo que he hecho.

—No te odiaré nunca —ella se secó una lágrima—. Y no habrá ningún otro.

Él suspiró.

Pero se marchaba, quizá durante años. Ariella se puso en pie.

—¿Has entrevisto la libertad que buscas, Emilian? ¿Has encontrado la felicidad?

—No —el rostro de él se endureció—. Me alegro de que rehúses casarte conmigo. Te mereces algo más que ser la esposa de un hombre con sangre mezclada.

Ella lo miró y entendió al fin que él creía protegerla del tormento que era su vida.

—Me subestimas —dijo sorprendida.

—Eres una de Warenne —repuso él, como si eso lo explicara todo.

—Y tú eres el vizconde St Xavier y el hijo de una gitana orgullosa, las dos cosas.

Emilian respiró con fuerza.

—No, soy una cosa o la otra. ¿Soy inglés o gitano?

Y entonces entendió ella la libertad que buscaba. No se trataba simplemente de huir de las murmuraciones y el desprecio.

—Emilian, si vas al norte para hacerte cíngaro, jamás serás libre. Eres demasiado inglés. Perteneces a dos mundos, no a uno.

—Ningún hombre pertenece a dos mundos —declaró él con ojos que echaban chispas.

Ella lo observó con atención. Su tormento era muy visible en sus ojos. No encontraría la paz hasta que no descubriera quién era. No podía descubrirlo sin recuperar su herencia perdida y, por mucho que ella deseara curarlo, no podía.

Tenía que irse.

Sintió una opresión angustiosa en el corazón. Tenía lágrimas en los ojos.

—Siempre te amaré —susurró—. Siempre te echaré de menos.

Él abrió mucho los ojos.

—¿Me estás diciendo adiós?

Ella no podía hablar; asintió con la cabeza.

Emilian se acercó y la tomó por los hombros.

—Te he hecho daño otra vez. Yo no he vuelto para hacerte daño.

—Lo sé —ella lo abrazó con fuerza.

Él le devolvió el abrazo con la misma fuerza.

Ariella fue la primera en apartarse.

—Vete al norte con la gente de tu madre. Yo rezaré para que encuentres lo que buscas y para que luego decidas volver a casa. Yo estaré aquí cuando lo hagas... cuando estés preparado para permitirte ser feliz.

—Puede que nunca encuentre lo que busco.

Ella pensó en su hijo, que un día necesitaría a su padre.

—Sí lo harás. No tengo dudas. Creo que las respuestas a tus preguntas están mucho más cerca de lo que crees.

Él suspiró.

—Ariella, no me esperes.

—No habrá nadie más, Emilian —le acarició la mejilla, agotada de pronto—. Vete antes de que vuelvan. ¿Y Emilian? Te amo.

Él se puso rígido y sus ojos plateados se nublaron. Asintió con la cabeza y se marchó.

Cuando al fin regresó a su dormitorio, se apoyó en la puerta agotada. Cliff, empeñado todavía en un matrimonio forzado, había amenazado con salir detrás de Emilian y arrastrarlo de vuelta a Rose Hill, pero al final Amanda lo había convencido de que lo dejara marchar, puesto que ése era el deseo de Ariella.

La joven intentaba no llorar. Sólo hacía una hora que se había ido y ya lo echaba tanto de menos que le dolía. ¿Había hecho lo correcto? ¿Hacía bien en permitirle que la dejara de ese modo para ir a buscar su futuro solo?

Ella comprendía que tenía que ir al norte. ¿Pero no podía irse con él?

Se sentó en la cama, atónita ante la idea y empezó a darle vueltas en su mente. Todo había ocurrido tan deprisa que no había habido tiempo para pensar con claridad. Por supuesto que tenía que irse al norte con él como amante, como amiga y, al final, como la madre de su hijo. El matrimonio no importaba, al menos por el momento. Lo que importaba era estar juntos en eso.

Él pondría objeciones al principio. De eso no le cabía duda. No querría que sufriera por estar a su lado y no querría que viviera la vida difícil de los cíngaros. Pero no la obligaría a regresar cuando lo alcanzara. Ella había tomado una decisión. Lo amaba lo bastante para luchar por los dos.

Salió de la habitación. Faltaban pocas horas para que amaneciera y fue a llamar a la puerta de Alexi. Él abrió enseguida, completamente vestido, lo que implicaba que no se había acostado. Ariella sabía que estaba disgustado por ella. Al verla, se alarmó.

—Tienes que irte a la cama —dijo con brusquedad.

Ella entró en el cuarto y cerró la puerta.

—Necesito tu ayuda y haré lo que sea por conseguirla.

Su hermano achicó los ojos.

—Me voy detrás de Emilian.

—¡De eso nada! —exclamó él.

—Necesito que me ayudes a alcanzarlos a la caravana y a él. Si no me ayudas, lo haré sola

Él abrió mucho los ojos.

—¿O sea que ahora sí piensas casarte con él y hacerte gitana? Papá no lo permitirá.

Ella esquivó la pregunta.

—Papá no lo sabrá porque nos vamos a escabullir durante la noche, Alexi. Estoy muy enamorada y ya sabes lo que significa eso para los de Warenne.

Él la miró furioso.

—Significa que nada ni nadie puede detenerme.

CAPÍTULO 18

–¡Ahí están! –dijo Alexi con expresión sombría.

Ariella siguió su mirada. Estaban en un camino que bordeaba un acantilado y viajaban en un carro que habían alquilado en York. A pesar de que habían ido hasta allí en ferrocarril, habían tardado tres días interminables en encontrar la caravana de gitanos. Alexi sabía que estarían cerca de York porque Jaelle le había dicho que acamparían allí antes de ir a Carlisle. Ariella miró el prado donde estaban los carromatos de colores, con los caballos pastando sueltos y los fuegos listos para cocinar la cena.

En Rose Hill no se había despedido de nadie. Había escrito una carta larga a Cliff con toda la sinceridad de que fue capaz. Él se enfadaría, pero ella esperaba que Amanda pudiera calmarlo. Le había suplicado que no fuera tras ellos.

Le dolían todos los huesos del cuerpo, no por llevar tanto tiempo sentada, sino por la tensión de atreverse a perseguir a Emilian y porque sabía que podía enfurecerse al verla.

–Vamos –dijo Alexi.

Ella le puso una mano en el brazo.

–Sé que no te he convencido de que Emilian es merecedor de mis esfuerzos porque veo la duda siempre que te miro a los ojos. Iré sola.

—¿Por qué? —preguntó él, enfadado—. Déjame adivinarlo. Se pondrá furioso porque hayas tenido el valor de perseguirlo.

—Se enfadará al principio —contestó ella—, pero esto es lo mejor para él y para mí. En cualquier caso, quiero ir sola. Tu presencia no nos ayudará nada.

—No —él le lanzó una mirada oscura—. Sé que estás locamente enamorada de él y he decidido darte una oportunidad de conquistar su amor porque nunca imaginé que te vería así. Por muy furioso que esté con St Xavier, debe de tener alguna cualidad. Pero no te dejaré aquí sola en el camino. Te dejaré cuando esté seguro de que estás a salvo y bien acogida en el campamento. Y te prometo que llegará el día en que le obligue a ir al altar.

Ella había tenido la suerte de conseguir que la ayudara a llegar allí y aceptó que no se iba a marchar ahora. Asintió, pues, y él soltó las riendas. El coche empezó a bajar hacia la caravana. El corazón le latía con fuerza. Tendría que vencer el enfado inicial de Emilian y había un modo sencillo y antiguo de hacerlo, un modo que todas las mujeres comprendían instintivamente. Pero las apuestas eran muy altas y tenía miedo al fracaso. No podía imaginarse volviendo a Rose Hill.

Los niños jugaban al escondite, perseguidos por algunos perros. Vio a Nicu, Djordi y otros jóvenes, que levantaban la última de una docena de tiendas grandes de lona. Algunas mujeres empezaban a preparar la cena. Observó el lado más alejado del campamento. Emilian, sin camisa, reparaba una rueda de carro encima de un tronco. Era tan hermoso que Ariella sintió la boca seca, pero por el modo en que golpeaba la rueda, adivinó que estaba frustrado y enfadado.

Alexi había parado el carro. Ariella saltó al suelo y todo el campamento quedó en silencio. Hasta los niños dejaron de gritar y reír para mirarla. Uno de los más pequeños le sonrió y una niña más mayor, Katya, la saludó con la mano.

La joven devolvió la sonrisa, pero estaba tan nerviosa que sentía náuseas. No obstante, no debía mostrar incertidumbre ni ansiedad. Tenía que ser atrevida y segura de sí misma; tenía que ser increíblemente seductora.

Jaelle se enderezó al lado de un fuego con ojos muy abiertos.

Stevan salió de una tienda verde brillante y la saludó con la mano.

Ariella quería devolverle el saludo pero Emilian acababa de enderezarse. La vio y se quedó inmóvil.

A ella le latía el corazón con tanta fuerza que estaba segura de que él podía oírlo a pesar de la distancia. Ella caminaba despacio y con firmeza. No podía sonreír, pero aquello era lo que tenía que hacer. Él tendría que entenderlo así.

Los ojos de él echaron chispas y la furia que ella había esperado le cubrió el rostro. Soltó el martillo pero no se movió.

Ella se detuvo ante él.

—He decidido venir contigo después de todo.

Él respiró con fuerza.

—Me parece que no.

Ella sonrió.

—Tú me echas de menos y te importo. No puedes retirar esa confesión.

—Un hombre dice muchas cosas en el calor del momento —repuso él, airado.

Ella tembló y se dijo que no debía ceder. Enderezó los hombros y lo miró a los ojos.

—Tú no me dijiste que te importaba en el calor de un momento de pasión. En ese momento me dijiste que me necesitabas desesperadamente.

Él se sonrojó.

—Deberías ser orgullosa y no perseguir a un hombre que no te desea —declaró.

Sus palabras no la hirieron porque ella sabía que la última parte no era verdad. Sonrió y apoyó la mano en el pecho desnudo de él. Sintió que su corazón latía con fuerza y eso le dio cierta satisfacción.

—Emilian, los dos sabemos que me deseas... en muchos sentidos. No pienso volver. Me quedo contigo.

Él parecía incrédulo. Le tomó la mano, pero tardó un momento en apartarla. Miró a Alexi, que seguía sentado en el carro observándolos como un halcón.

—¿O sea que has decidido casarte después de todo?

—No, no me casaré contigo hasta que me lo pidas con amor en tu corazón. Estoy aquí como amiga y amante.

—¿Y tu hermano ha decidido permitir que seas mi amante?

—Sabes que a él jamás le diría eso —ella le puso la mano en el brazo desnudo. Él se estremeció y ella subió la mano por el bíceps. La mirada de él se volvió ardiente y Ariella comprendió que tenía más poder sobre él del que creía—. Tú me echabas de menos y volviste a Rose Hill. Yo te eché de menos en el momento en que te fuiste. Mi lugar está a tu lado. Aunque sea aquí, en la caravana.

—¡Tu lugar está en Rose Hill, en Londres o incluso en Woodland! —él la apartó, pero Ariella leyó ya duda en sus ojos.

—Déjame pasar la noche —dijo—. Estoy demasiado cansada para volver esta noche. Discutiremos mañana si quieres.

Él se inclinó hacia ella.

—Si crees que por la mañana estaré tan loco por ti que no te haré volver, estás jugando a un juego muy peligroso.

A ella se le aceleró el corazón. Podía seducirlo, ¿no? Se lamió los labios y susurró:

—Al amanecer no podrás hacerme volver.

Él la miró y ella le devolvió la mirada.

—Acepto el desafío.

—Me alegro —contestó ella, temblorosa.

Él cruzó los brazos sobre el pecho. Ella lo miró.

—¿Dónde está tu tienda? Me gustaría refrescarme un poco.

A él le brillaron los ojos, en parte de furia y en parte de deseo; señaló una estructura de lona verde oscura.

Ariella le sonrió y fue a decirle adiós a Alexi.

La joven se preguntó si todas las tiendas eran tan agradables como la de él. Un arcón bellamente tallado contenía su ropa y artículos personales. Tenía una mesa pequeña portátil y una silla, además de una elegante alfombra china. La cama consistía en un colchón grande, cubierto con sábanas azules de seda bajo un edredón azul marino y dorado. El candelabro colocado al lado de la cama era de plata.

Encima del arcón encontró un espejo y le complació ver que tenía los ojos brillantes y las mejillas sonrojadas. Parecía sensual, pero no lo suficiente.

Sonrió a su imagen en el espejo. No tenía mucha experiencia, pero en sus brazos se convertía en otra mujer, totalmente desinhibida. Tenía que recordar eso y aprovecharlo para ganar confianza. Lo iba a seducir. Le iba a hacer el amor. Él consideraba aquello un juego y un desafío, pero no era ninguna de ambas cosas.

—¿Puedo entrar? —preguntó Jaelle.

Ariella se volvió, complacida de verla. Jaelle entró y dejó la tienda abierta. Ariella se fijó en su blusa verde pálido, que dejaba los hombros al descubierto y la falda púrpura, que se ceñía a las caderas y salía luego desde ahí. Una falda azul con bordados envolvía su cintura minúscula y llevaba el pelo suelto.

Ariella la abrazó un instante.

—Espero que no creas que he hecho mal en perseguir a tu hermano.

—Si él no te amara, no habría vuelto a Rose Hill para verte... y no estaría rehusando a todas las mujeres guapas del campamento.

Él ya le había dicho que no había estado con nadie más, pero Ariella se alegró de verlo confirmado.

—Es bueno que hayas venido, porque otra mujer se lo habría llevado antes o después —Jaelle se encogió de hombros—. Tú lo amas, así que persíguelo si quiere huir. Yo lo haría.

Ariella le apretó la mano.

—Dice que me enviará a casa mañana.

Jaelle se echó a reír.

—¿De verdad? Entonces tienes que hacerle cambiar de idea. No debería ser muy difícil.

Ariella pensó en la noche que se avecinaba.

—Sí, tengo intención de convencerlo esta noche. ¿Puedes ayudarme?

Emilian tomó el vaso de vino y miró su tienda. Hasta que se dio cuenta de lo que hacía y se volvió. Pero no le interesaba nada ni nadie más, por lo que su atención volvió a la tienda. La portezuela llevaba una hora bajada. ¿Por qué tardaba tanto?

Sabía lo que hacía... lavarse, peinarse, tal vez pintarse un poco y perfumarse. Se preparaba para la noche que pasaría con él.

La tensión inundó su cuerpo. El sol se ponía ya y Nicu tocaba el violín, pero la melodía era alegre, lo cual lo enojaba. Casi todos los niños habían terminado de cenar y los más pequeños estaban acostados. Una de las mujeres que había intentado seducirlo durante días bailaba con otro hombre. Emilian miró la tienda. Casi le pareció ver la sombra de ella, pero eso era imposible a través de la lona gruesa.

Todavía no podía creerlo. No sólo lo había seguido por media Inglaterra, sino que pensaba quedarse con él. Y ni siquiera quería casarse. Pero por supuesto que no. Ella era demasiado independiente para su bien. Y él no la quería allí bajo ninguna circunstancia. Ella no era gitana ni lo sería nunca.

Lanzó un juramento y apartó el vino. ¿Cómo era posible

que un acto de venganza hubiera dado paso a tanta ansiedad, angustia y pasión? ¿Por qué tenía que ser tan distinta a otras jóvenes? Cualquier otra paya habría exigido el matrimonio a toda costa. Ella se consideraba su amiga y su amante y quería viajar con los gitanos con él.

Pues muy bien. Le haría el amor toda la noche y por la mañana la metería en el primer tren con destino al sur.

La portezuela se movió y él vio un ángel de deseo salir a la noche.

Ella le sonrió.

Él respiró con fuerza, atónito. La mirada de ella era invitadora. Su pelo largo dorado iba suelto y caía en cascadas sobre los hombros desnudos. Llevaba una blusa amarilla y una faja dorada. Vio que iba desnuda debajo de la blusa y sintió la boca seca. La falda púrpura que llevaba brillaba y caía sobre las caderas y muslos como seda fina. A él le latía ya el pulso con fuerza y le costaba recordar por qué no la quería allí.

Ella se adelantó; sus caderas oscilaban y los pechos parecían flotar. Emilian vio que iba descalza.

—¿Qué te parece? —preguntó ella, y dio una vuelta para él.

Él le agarró la muñeca.

—Me parece que debemos entrar en mi tienda.

Ella abrió mucho los ojos, pero bajó las pestañas.

—Pero tú nunca tienes prisa —murmuró.

—Yo siempre tengo prisa —rectificó él—. Cuando estoy contigo, apenas puedo controlarme.

La estrechó en sus brazos y sintió sus pechos contra él con los pezones duros.

Ella le puso las manos en el pecho por encima de la camisa amplia y movió la cadera en la entrepierna de él.

—Quiero un vaso de vino —dijo—. Y quiero bailar.

Él la soltó y se apartó.

Ariella se echó el pelo hacia atrás y se acercó a la luz del fuego. La observó. Ella se volvió, levantó los brazos, lo cual hizo que la blusa se ciñera completamente a su cuerpo, y giró al ritmo de la música.

Emilian la vio girar la pelvis y las caderas en un ritmo antiguo y sensual. Ella se movió despacio, lo que le permitió ver de nuevo su espalda y, cuando quedó de frente, se apartó el pelo con las manos con la vista fija en él. A Emilian le explotó el corazón. Ella volvió a sonreírle con las pestañas bajas.

Él entró en el círculo de luz y la atrapó; ella se echó a reír. La besó en la boca y pensó que la risa de ella había sonado triunfante. Se apartó un instante.

—Todavía no has ganado —dijo.

Ella se soltó y corrió a la tienda. Emilian la siguió, tan excitado que no podía pensar con coherencia. Ella desapareció dentro.

Él entró a su vez y bajó la portezuela.

Unas velas ardían en farolillos de cristal. Ella soltó la faja y la dejó caer a sus pies.

Emilian se quedó inmóvil.

Ariella empezó a sacarse la blusa amarilla por la cabeza muy despacio y la echó a un lado. Él la miró. Los pezones estaban erguidos y mezclados con el pelo. Él no podía respirar. Ella sonrió y le dio la espalda.

Se aflojó la falda y empezó a deslizarla por las caderas. En cuanto él se dio cuenta de que iba desnuda bajo la falda, se quedó inmóvil, embrujado, rígido. Ella bajó despacio la falda por las nalgas y por los muslos. Luego la soltó y la dejó caer al suelo.

Emilian la agarró por detrás y la apretó contra sí.

—¿Estás disfrutando? —preguntó.

Ella se apoyó en él temblorosa.

—Mucho.

—Aquí el maestro soy yo —murmuró.

Le besó el cuello y ella se estremeció y se arqueó contra él. Emilian la volvió y sus ojos se encontraron; él le tomó el pelo por la nuca, lo enrolló en su mano y la besó profundamente.

Sabía que debía ir despacio, pero no podía. Apartó la boca y la echó sobre la cama, buscando ya los botones de sus pantalones. Ella tenía las manos en el pelo de él y se miraban a los ojos.

Los ojos azules de ella brillaban con algo más que deseo. Allí había mucho amor. Gimió y la penetró despacio. En ese momento supo que ella tenía que estar allí, en la caravana con él.

Ariella lanzó un respingo. Le tocó la mejilla, la espalda y lo abrazó con las piernas. Él se movía despacio, saboreando cada caricia lenta y maravillado por el placer, la alegría y el caos que inundaban su corazón.

Ella estaba dispuesta a dejarlo todo por estar allí con él.

¿Y él no podía dejarlo todo también por ella?

—Emilian, sí —sollozó ella de placer. Y él se entregó también al clímax y se unió a ella en la maravilla del placer y el amor.

La abrazó con fuerza con el rostro lleno de lágrimas. No quería soltarla.

La miró dormida con la luz del amanecer filtrándose en la tienda. Se había quedado dormida media hora atrás, acurrucada contra su pecho. Él la rodeaba con un brazo y el rostro hermoso y perfecto de ella estaba vuelto hacia él, lo cual le permitía observar todos sus rasgos.

Apartó la vista de su cara y miró el techo oscuro de la tienda. Nunca había conocido a una mujer como ella. Había llegado el momento de admitir que nunca había deseado a ninguna como la deseaba a ella. Nunca le había importado tanto nadie.

Casi se echó a reír. Ella se había salido con la suya, ¿no? Se habían hecho amigos y ya no podía negarlo. Había conseguido su progreso natural.

Se separó con gentileza y colocó las manos detrás de la cabeza. Ella merecía algo mejor que él y algo más que aquello. Merecía un matrimonio de verdad y a su hombre inglés.

Pensó que podía regresar a Woodland y casarse con ella.

La idea no le pareció tan descabellada; se sentó lentamente y la miró.

No volvería a Woodland, pero ella tenía que regresar aunque él la quisiera a su lado. Aquello fue otra revelación. A él no le importaría que se quedara allí así.

Pero era imposible. No podía permitirle formar parte del mundo feo en el que vivían los gitanos y no le iba a permitir ser su amante.

Pero todo Derbyshire conocía ya su aventura por lo sucedido en el baile de Rose Hill. Y tal vez se supiera ya también que ella lo había perseguido hasta York. Los sirvientes escuchaban y cotilleaban. Acabarían por llamarla ramera gitana... si no se lo llamaban ya. Pero sólo a sus espaldas y nunca a la cara.

A de Warenne le iba a costar mucho buscarle un marido. Sin embargo, podía comprarle uno.

Suspiró. Él no quería que se casara con otro.

Su deshonra estaba asociada con él. Él no había querido aquello. Si hubiera dejado que los forzaran al matrimonio, ella viviría con el desdén destinado a su esposa, pero era mucho mejor que el desprecio con el que tratarían a su amante. No podía permitirle que se quedara a vivir con los gitanos y no podía enviarla de vuelta deshonrada. La decisión estaba tomada.

La mano de ella cubrió la suya.

—¿No vas a dormir nada?

Él la miró con un sobresalto.

—Estoy disfrutando mirándote.

Ella lo miró a los ojos.

—¿Qué ocurre?

—Nada.

Ariella se llevó la mano de él a los labios y la besó.

—Estás triste. ¿Cómo puedes estar triste ahora después de la noche que hemos tenido?

Él vaciló.

—No puedes quedarte aquí.

Ella se sentó en el colchón.

—No me marcharé.

Él la miró sorprendido.

—Lo digo en serio.

—Pues lo siento. Y no me digas que no me deseas. Eso son tonterías.

Él casi sonrió.

—Te desearé siempre.

—Mejor —ella le acarició la mejilla—. Entonces tema cerrado.

—No, no lo está. Tú me has seguido aquí en contra de mis deseos. Yo te devuelvo a casa. No permitiré que seas mi puta gitana.

Ella abrió mucho los ojos y se ruborizó.

—Eso será lo que te llamen a tus espaldas. Pero lo bastante alto para que lo oigas.

Ella levantó la barbilla.

—No me importa. Supongo que me dolerá, pero conseguiré soportarlo. No pienso dejarte.

Él sonrió.

—Ése no es el tema que quiero discutir, querida —la abrazó—. Teníamos que habernos casado en Rose Hill.

—¿Qué? Pero tú no quieres casarte conmigo.

—No me gusta que me obliguen a hacer nada. Ahora no me obliga nadie y quiero devolverte la honra. No quiero que sufras y no quiero que te desprecien. No deberías haber venido, pero lo has hecho y estamos aquí.

—¿O sea que quieres casarte conmigo para protegerme? —preguntó ella.

—Algo así —repuso él.

—Cuando puedas decirme que me amas, aceptaré.

—Me importas mucho... te necesito y te echo de menos cuando estamos separados. ¿No es suficiente?

—Te estás acercando —contestó ella—. Pero no lo suficiente.

Suspiró y él la besó en los labios.

—Eres imposible —murmuró ella.

Él pasó varios minutos excitándola. Cuando la oyó gemir de placer y estuvo bien dentro de ella, susurró:

—Te amo.

Ella dio un respingo.

Y él no estaba seguro de no estar diciendo la verdad.

—Sube conmigo —dijo Emilian al día siguiente con expresión impenetrable.

Iba en el pescante de un carro tirado por un par de yeguas viejas. La caravana partía. Los primeros carros estaban ya en el camino. Ella era demasiado feliz para estar cansada, a pesar de que había dormido muy poco, y se subió la falda para subir al pescante con él.

—¿Cuánta distancia recorréis en un día? —preguntó.

—De diez a quince millas —contestó él—. No hay prisa.

—Hace una mañana muy hermosa.

No creía haber visto nunca un cielo tan azul ni un sol tan brillante. Y Emilian no le había parecido nunca tan atractivo.

—Quizá dentro de un par de días lo que ahora es romántico te parezca aburrido.

—Hacía años que no venía tan al norte —repuso ella, que sabía que no se aburriría nunca mientras estuvieran juntos—. Además, también es parte de mi herencia, aunque yo haya hecho nada más que estudiarla en los libros de historia.

—Tú te has criado como inglesa —comentó él—. ¿Has pensado alguna vez en la vida de tu madre?

—Por supuesto. Fue una vida de prejuicios y éxodo, de guetos y odio. Me hubiera gustado conocerla a ella y a su familia. O al menos saber si sufrían o si vivían bien.

—¿No tienes deseos de buscarlos?

—Ella le contó a mi padre que el suyo había muerto en Trípoli y que no tenía a nadie más. Así que no, no deseaba buscar ese lado de mis ancestros.

—¿Considerarás regresar a Rose Hill? —preguntó él en serio.

Ella lo miró a los ojos.

—Tú sabes que no quieres que me vaya.

Él se sonrojó.

—Todavía no has contestado a mi proposición.

—Emilian, no creo que lo hayas dicho en serio.

—Muy en serio. Y no me pidas otra confesión.

Ariella se sentía feliz porque por fin le había dicho que la amaba y llevaba un hijo suyo en el vientre. Sonrió.

—Soy una mujer fuerte e independiente. Soportaré la vida gitana.

—¿Qué significa eso?

—Significa que sí, me casaré contigo.

—Emilian St Xavier, ¿queréis a esta mujer como legítima esposa? —preguntó el rector con una sonrisa.

Eran sólo unas horas después. Ariella estaba en una capilla de aldea ataviada con un vestido de encaje color marfil que había pertenecido a la abuela de Jaelle. Llevaba perlas suyas. Emilian vestía levita oscura, camisa de seda y pañuelo negro al cuello. Todos los gitanos se habían apretujado en la vieja capilla, que había sido adornada con flores silvestres, piñas y coronas de margaritas trenzadas.

Emilian había insistido en que se casaran ese mismo día. Ariella sólo lamentaba que su familia no estuviera presente. Los preparativos habían sido tan rápidos que todavía le daba vueltas la cabeza.

—Sí, quiero —dijo él.

El rector, un hombre joven, con una esposa de pechos grandes que seguía la ceremonia desde el primer banco con entusiasmo, miró a Ariella.

—Y vos, Ariella de Warenne, ¿queréis a este hombre como legítimo esposo en la salud y en la enfermedad, en los buenos tiempos y en los malos, hasta que la muerte os separe?

La joven miró a Emilian a los ojos. Sonrió.

—Quiero a este hombre como legítimo esposo hasta que la muerte nos separe.

—Podéis intercambiar los anillos —dijo el rector.

A Ariella le sorprendió ver sacar a Stevan dos anillos de oro sencillos, quizá comprados allí o quizá prestados.

—Te compraré el diamante que elijas cuando volvamos a Woodland —le susurró Emilian.

¿Volvían a Woodland? Lo miró mientras le colocaba el anillo y empezó a llorar de felicidad.

Stevan le pasó el segundo anillo y ella lo puso en el dedo de Emilian. Alzó la vista con los ojos nublados por las lágrimas.

—Yo os declaro marido y mujer —declaró el rector.

Su esposa empezó a llorar y los cíngaros aplaudieron y vitorearon.

—Podéis besar a la novia.

Ariella no pudo llegar a sonreír, pero él le sonrió con gentileza. Se inclinó hacia ella y la besó en los labios un instante. La miró. Le puso las manos en los hombros y ella percibió que quería decir algo pero no podía. Al instante los rodearon sus amigos; los hombres tiraron de él y las mujeres la abrazaron con entusiasmo. Alguien empezó a tocar una flauta.

Ariella se secó los ojos. Por fin estaban casados.

CAPÍTULO 19

Ariella se detuvo un momento en la colina a mirar el valle de abajo. En la ladera había una aldea pequeña y pintoresca. Consistía principalmente en casas de piedra rodeadas de campos de heno y avena. De las chimeneas de piedra salía humo y los pájaros se posaban en los tejados inclinados. En los campos pastaban ovejas y alguna que otra vaca. Vio un par de burros grises. Todo aquello era encantador y su corazón saltó de felicidad.

Hacía más de una semana que viajaba como esposa de Emilian y estaba más enamorada de lo que nunca habría creído posible. Por el día viajaban juntos en el carro y hablaban de las obras de Shakespeare, de Chaucer o de Keats, de ideas radicales y de los programas de Owens, Sahfstsbury y Place, de la historia de los cíngaros, los vikingos y los judíos. Debatían sobre la eficacia de la policía y los cambios en el Código Penal. Argumentaban sobre el contenido y la amplitud de las reformas parlamentarias. Él era un hombre inteligente y tan leído como ella. Y un pensador progresista. Ella estaba encantada.

No la condenaba por su pensamiento independiente. En los debates siempre la miraba con admiración. De hecho, cedía a menudo a los argumentos de ella.

Ariella avanzó unos pasos, sintiéndose tan ligera como las

nubes. Era por la tarde, habían parado a acampar algo más pronto que de costumbre. Detrás de ella había bosque y más allá el campamento. Tenía que volver y ayudar a Jaelle con la cena.

Oyó un relincho extraño.

Era muy agudo, el sonido que haría un animal que sufriera.

Miró a su alrededor. Tardó un momento en ver al potro enredado en un matorral. Volvió a relinchar, mostrando el blanco de los ojos. Estaba asustado, atrapado entre las ramas.

Iba a necesitar una soga. Pensó un momento en ir en busca de Emilian, pero vio que el animal sangraba por las patas, pues se había hecho daño en su pánico. Corrió colina abajo.

El potro se quedó inmóvil cuando se acercó. Ariella se quitó la faja y se acercó a él. El animal empezó a retroceder cuando ella intentó echarle la faja alrededor del cuello. Ella lo tranquilizó y consiguió atarlo. Un momento después lo sacaba del matorral.

Se disponía a soltarlo cuando vio a dos hombres que avanzaban corriendo hacia ella, sin duda procedentes de la granja más próxima. Parecían muy enfadados y ella se asustó.

Soltó al potro. Su instinto le decía que corriera, pero eso era absurdo.

—Buenas tardes —sonrió.

El más joven no se detuvo. La agarró por el brazo y ella soltó un grito.

—Me parece que tenemos a una gitana ladrona de caballos —dijo—. Y bastante guapa, por cierto.

Ariella quedó tan sorprendida que no pudo hablar.

Él le miró el escote con lujuria.

—No lo habéis entendido —gritó ella, intentando subirse la blusa—. ¡Soltadme!

Él la apretó contra su cuerpo.

—¡Cállate!

Por un momento quedó tan atónita que fue incapaz de pensar. Nadie le había hablado nunca así.

—En Skirwith marcamos a los gitanos ladrones, pero follamos a sus rameras —sonrió el campesino.

Ariella sintió mucho miedo.

Creían que era gitana y así era como trataban a las gitanas. No tenía más que recordar lo que les había pasado a Jaelle y Raiza.

—Soltadme ahora mismo. ¡Cómo os atrevéis a hablarme así! —gritó. Aquello no podía estar pasando. Ella era Ariella de Warenne, era la vizcondesa St Xavier.

—Habla como una dama de alcurnia —dijo el más viejo. Golpeó la grupa del potro y el animal se alejó.

Ariella estaba paralizada, horrorosamente consciente del cuerpo del hombre apretado contra ella. Sus intenciones eran terribles. Tenía que escapar.

—¡Soltadme! —dijo—. Soy la vizcondesa St Xavier.

—¡Vaya, se cree una condesa! ¿Eres una condesa gitana, encanto? —rió el más mayor—. Tengo una idea. Un trato justo. Te revuelcas conmigo y no tocamos tus bonitas orejas.

Ella cerró los ojos con miedo.

—Soltadme o lo pagaréis caro.

—Johnnie, habla como una inglesa —dijo el más viejo, dudoso.

—Puede ser una gitana inglesa —el joven le puso la mano en el pecho.

Ariella se debatió con rabia. Él se echó a reír y le bajó la blusa mostrando los pechos. Ella no pensó... reaccionó. Le mordió el brazo con todas sus fuerzas. Él aulló y la soltó.

Ella echó a correr.

Se levantó las faldas y corrió colina arriba con todas sus fuerzas, guiada por el terror. Oyó maldecir al campesino y también oyó sus pasos y su respiración jadeante. ¡Estaba muy cerca! Se obligó a correr más deprisa, respirando a bocanadas, muerta de miedo. Tenía que escapar. En la cima de la colina tropezó pero no se detuvo. Con los pulmones explotándole en el pecho, corrió hacia los árboles. Las ramas le arañaron las manos, los brazos y las mejillas. Él le agarró la falda por detrás.

Ella cayó con fuerza sobre la cara y el vientre.

—Ya te tengo.

Ariella gritó el nombre de Emilian. Cuando el campesino se acercó, se volvió y buscó sus ojos con las uñas.

Él se echó atrás y ella le arañó la cara. Tomó una piedra, alzó el brazo y le golpeó la mandíbula con ella. Se quedó atónita al ver que él abría mucho los ojos y echaba atrás la cabeza. Se derrumbó un momento después.

Ella se puso a cuatro patas, aturdida y sin aliento. Oyó a Emilian y se levantó como pudo. Se subió la blusa y se tambaleó por el bosque en dirección a él.

Emilian dejó en el suelo su carga de leña, pensando en la noche anterior y en la que se avecinaba. Su inteligente y bella esposa se había convertido en una amante atrevida y adepta, a lo cual él no tenía nada que objetar.

Su intención había sido enviarla a Woodland después de la noche de bodas. Pero ésa había sido le mejor noche de su vida, llena de deseo, pasiones explosivas y sonrisas. Se había dicho que la enviaría al día siguiente, pero el día había sido tan agradable como los posteriores. Sabía que ella tendría que irse antes o después. No podía vivir con él como gitana. Aquel interludio tendría que acabar. Sabía que ella protestaría y que la echaría de menos, pero sólo estaba retrasando lo inevitable.

Miró el sol, que aún tardaría una hora en ponerse. No había ni una noche en la que no se sintiera tan impaciente como un muchacho por estar con su esposa.

Y entonces la oyó gritar.

Se giró y corrió hacia el bosque.

—¡Ariella!

No hubo respuesta.

Corrió más deprisa. Pero antes de que llegara al bosque, ella salió de él tambaleándose. Estaba sucia, con la ropa arrugada y la blusa rasgada. Se quedó petrificado de horror.

¿Qué le habían hecho?

Ella tropezó y le tendió los brazos. Él corrió hacia delante.

—¿Estás bien? —preguntó con voz ronca.

Ella se estremeció en sus brazos.

—Ahora sé lo que es ser gitana —gimió.

El mundo se detuvo a su alrededor. Emilian sintió una furia salvaje.

—¿Te han violado? —preguntó con calma. Mataría a los payos que habían hecho aquello.

—No. Estoy bien —repuso ella. Pero abrió mucho los ojos y se encogió agarrándose el vientre.

Emilian se arrodilló aterrorizado.

—¡Ariella! ¿Qué sucede?

Ella no contestó... era obvio que no podía hablar. Él le apartó las manos del estómago, esperando encontrar una herida terrible; pero la ropa estaba intacta. Le subió la falda, pero en el vientre no había ni un arañazo. Ella volvió a gritar y se dobló de dolor.

Emilian la abrazó mientras ella combatía un tormento que él no podía identificar. ¡Parecía tener tanto miedo!

—¿Qué ocurre? ¿Qué te pasa? ¡Ariella, contéstame!

Ella lo miró jadeante, con las mejillas blancas y los ojos brillantes de dolor.

—El niño... —jadeó—. ¡No puedo perder a nuestro hijo!

Emilian estaba sentado fuera de su tienda con la cabeza en las manos. Su tía lo había echado hacía horas, cuando se había quedado petrificado al ver a Ariella agarrándose el vientre de dolor. Sus gemidos lo habían seguido fuera. Habían cesado hacía un rato.

¿Por qué no le había dicho que estaba embarazada? ¿Le

había hecho un hijo la primera noche que estuvieron juntos, una noche de *budjo* y venganza, o la vez siguiente, cuando la había utilizado con casi la misma furia? Estaba enfermo por el dolor de ella y por la idea de que su hijo podía haber sido concebido en actos tan salvajes y despiadados.

Veía en su mente sus ojos brillantes y su sonrisa alegre. Ella merecía felicidad. No podía perder al niño.

El silencio era ensordecedor. ¿Qué sucedía? Se estremeció y le costó respirar. Había retrasado egoístamente enviarla a Woodland y ahora ella tenía un aborto.

Sintió una mano firme en el hombro.

Era Stevan.

—Ha perdido el niño.

Emilian se apartó. Movió la cabeza al borde de las lágrimas.

—¿Y Ariella?

—Está descansando. Se pondrá bien.

Emilian se secó una lágrima rebelde. Habían perdido a su hijo porque él no la había enviado a Woodland.

—El embarazo no estaba muy avanzado. Ella dice que sólo estaba de diez semanas —intentó consolarlo Stevan.

Emilian se cubrió la cara con las manos. Ella había concebido la primera noche en Woodland. «¿Crees en el amor a primera vista?»

Ariella creía que se había enamorado de él a primera vista.

«¿Crees en el destino?»

¿Esa pérdida era obra del destino? Ariella no merecía eso. Eso se lo había hecho él.

Se acercó su tía secándose las manos en un paño húmedo. Le sonrió con amabilidad.

—Es joven y fuerte. Habrá más niños y tú debes decírselo así.

Él temblaba lleno de desprecio contra sí mismo.

—Por supuesto. ¿Cómo está?

Simcha lo miró.

—Está sufriendo. Es normal.

Él se puso rígido. Ahora lo odiaría. Pero él merecía el odio.

Entró en la tienda. Creía estar preparado para lo peor, pero cuando la vio tumbada llorando sin emitir un sonido, se le partió el corazón.

Mientras ella lloraba sin ruido, él fue consciente de la amplitud de su propio dolor. No había conocido el embarazo, pero ella había perdido a su hijo.

Intentó apartar las oleadas de angustia, pena y culpa que amenazaban con anegarlo. Se arrodilló a su lado y le tomó la mano. No sabía qué decir.

—¿Ariella? —al ver que no respondía, le tocó la mejilla—. Lo siento.

El rostro de ella se tensó. Al fin abrió los ojos y lágrimas nuevas bajaron por su rostro.

—He perdido a nuestro hijo —sollozó.

Él la estrechó contra sí y ella lloró en su pecho mientras él la abrazaba impotente. Y al fin se mezclaron las lágrimas de los dos.

Ariella miró el techo verde oscuro de la tienda. Había perdido el niño.

La sensación de vacío se intensificó. Ya no le quedaban lágrimas y la pena se había convertido en un agujero negro y sin fondo en su corazón.

Los cíngaros vivían en un mundo de intolerancia y odio, un mundo lleno de injusticias. Eso se lo habían hecho payos llenos de odio. La habían acusado de robar un caballo y la habían atacado de un modo cruel y brutal. Había perdido a su niño por culpa de los dos campesinos y así era como vivían los gitanos. ¿Cómo podía soportarlo nadie?

Cerró los ojos con fuerza, temblando. Cuando llegó al campamento para estar con Emilian creía entender el modo de vida de los cíngaros, pero hasta esa tragedia no había visto la verdad. En ese momento odiaba a los payos y comprendía bien el odio de Emilian.

—Estás despierta —dijo su esposo, que parecía aliviado.

Era el padre de su hijo, el hombre al que amaba, el hombre por el que había renunciado a todo. Era su esposo y compartía su pérdida. Ahora lo necesitaba, pero su corazón no se alteró. Había demasiada pena.

Él se sentó a su lado, le tomó la mano y la apretó con fuerza.

—Ariella, déjame que te traiga algo de comer, por favor.

—¿Cómo voy a poder comer? —repuso ella.

—Tienes que comer aunque no tengas apetito.

Ella vio que parecía cansado, como si no hubiera dormido. Parecía más viejo... había líneas en su frente y tenía el rostro demacrado.

—Llevas dos días enteros durmiendo —dijo él.

—Estoy muy enferma —susurró ella—. Me duele mucho el corazón. No sé qué hacer. No sé cómo superar esto.

—Lo sé —él la abrazó—. Pero lo superarás, te lo prometo.

Ella se aferró a él, pero el abrazo no espantó la pena. Volvió a llorar, sorprendida de que le quedaran lágrimas.

Emilian la abrazó hasta que terminó.

Se puso en pie.

—Te voy a traer sopa que ha hecho Simcha —dijo con voz espesa.

Ariella no tenía fuerzas para discutir. Lo miró y vio que la miraba con intensidad. Estaba visiblemente alterado. ¿Había amado también a su hijo después del suceso?

—¿Emilian? —susurró—. Tenía que habértelo dicho. Quería hacerlo. Esperaba el momento oportuno.

Él asintió. No parecía capaz de hablar.

Ella pensó que él también sufría.

—Tendremos otros hijos... con el tiempo —le dijo para consolarlo.

—Ariella —suspiró él—. Lo siento.

Ella asintió.

—Lo sé.

Los ojos de él brillaron de angustia y salió de la tienda.

Ella pensó un instante que a él le ocurriría algo más, pero no tenía ni fuerzas ni voluntad para intentar entender de qué se trataba. Se tumbó de espaldas y miró el techo.

Habían cruzado el límite con Escocia dos días atrás. La caravana se había detenido a pasar la noche. Estaban a dos días del pueblo donde había nacido él, el pueblo donde Raiza estaba enterrada. No obstante, el significado de eso parecía haberse perdido de algún modo en el trauma del aborto de Ariella.

Había instalado la tienda y Ariella estaba haciendo la cama. Él, de pie al lado del carromato, la miraba a través de la portezuela abierta. Había perdido peso, comía muy poco y no dormía bien. Se despertaba por la noche llorando y él la abrazaba impotente, consumido por la culpa.

Ella se movía ahora despacio, sin entusiasmo, cuando antes era rápida y alegre. Antes era parlanchina y ahora callada. Pero tenía derecho a su pena. Él también sufría.

Y él le había hecho eso a su esposa sana y feliz.

Era tarde para arrepentimientos, pero sabía que no debía haberse casado con ella. No tenía que haber vuelto a Rose Hill a verla. Tendría que haberla hecho volver cuando ella lo encontró en York.

Ariella vio que la miraba y le sonrió débilmente. Sus ojos se llenaron de lágrimas y se volvió para ocultárselas.

Él la sorprendía en momentos de dolor como ése todos los días y todas las noches.

Se odiaba a sí mismo más que nunca.

Se acercó a la tienda, pero no entró.

—Esta noche cocinaré yo —dijo.

Ella se secó los ojos.

—¿Puedes venir aquí?

A él le sorprendió la petición, pero entró en la tienda. Ella empezó a desatarse la faja dorada.

—¿Qué haces? —preguntó él, aunque ya lo sabía.

Ella sonrió débilmente.

—No hemos estado juntos desde... en una semana. Hazme el amor.

Se llevó una mano a la blusa y él la detuvo. Por primera vez en su vida sabía que era incapaz de hacerle el amor a una mujer.

—¿Por qué?

—¿No me necesitas? —susurró ella.

¿Creía que tenía que ocuparse de sus necesidades? Él la miró incrédulo.

—Estoy bien.

Era mentira. Nunca volvería a estar bien.

Ella le tocó la mejilla.

—No estás bien. Ninguno de los dos lo estamos. No olvidaré lo ocurrido, pero antes o después tenemos que intentar dejar atrás el pasado. He pensado que hacer el amor nos ayudaría a los dos.

—Ariella, está claro que no te sientes muy apasionada.

Ella lo rodeó con sus brazos.

—Pues abrázame, por favor.

Él así lo hizo, temblando.

—No quiero defraudarte —murmuró ella.

Emilian ya no pudo soportarlo más. La tomó por los hombros y la apartó para mirarla a los ojos.

—Sabía que no saldría nada bueno si te revolcaba en el lodo conmigo.

Ella parpadeó.

—¿De qué estás hablando?

—¿Cuántas veces te he dicho que tú te mereces un príncipe?

Ariella parecía incrédula.

—¡No puedo debatir eso ahora! —gritó.

Él la soltó.

—No hay nada que debatir. Antes eras una luz brillante llena de sonrisas y risas. Hasta tus ojos me sonreían.

—He perdido un niño. Lo siento, pero estoy luchando con mi pena.

—Lo sé. ¡Y maldita sea, no me pidas disculpas! —rugió él.

Ella se encogió.

—Yo te seduje por *budjo* y tú llevas suficiente tiempo con nosotros para saber lo que es eso.

Ella palideció.

—Yo empecé esto. Perseguí a una hermosa princesa inglesa y la destrocé.

—No —susurró ella—. Basta. ¿Por qué haces esto? —empezó a llorar—. Estoy sufriendo —le tendió la mano—. Por favor, no hagas esto ahora.

Él movió la cabeza, negándose a tomar su mano.

—Yo empecé esto y yo lo terminaré. Este matrimonio ha sido un gran error.

Ella se sentó con un respingo.

—¡Mira lo que te he hecho! —gritó él. Se dio cuenta entonces de que tenía la cara mojada y se secó las lágrimas.

—¡No me lo has hecho tú! —repuso ella implorante.

—Vives como una gitana por mi culpa. ¿Me vas a decir que te gusta vivir así? ¿Te gustó que te llamaran ramera gitana? ¿Te gustó que te atacaran esos extraños? —gritó.

—No sé cómo puede vivir alguien así —sollozó ella—. Odio esta vida. Odio esto.

Al fin le había sacado la verdad. No podía vivir como una gitana. Y en cierto modo, estaba aliviado. ¿No había esperado esa condena desde que se conocieron?

Ella se cubrió el rostro con las manos.

—No puedo luchar por nosotros ahora. No puedo.

—No hay nada por lo que luchar. Voy a acabar este matrimonio —declaró él.

Ariella dejó caer las manos y lo miró horrorizada.

Emilian no quería ceder. No podía darle la vida que se

merecía, le había dado dolor, pena y luto. Peor, no había podido proteger a su esposa.

—El matrimonio es un error. No debería haber ocurrido. Te daré el divorcio.

—¿Cómo puedes hacerme esto ahora?

—Me lo agradecerás antes de lo que crees.

Ella abrió mucho los ojos. Emilian sintió que se le encogía el corazón. Se volvió y salió.

Ella lo siguió. Se agarró a la portezuela de la tienda.

—¡Eres un bastardo! ¡Maldito seas! ¡Maldito seas por hacerme esto!

Él se alejó sin vacilar al interior del bosque. Y allí lo embargó la furia, como una bestia aulladora, y era negra como la desesperación. La mujer que amaba había desaparecido con la pérdida de su hijo. Ahora, demasiado tarde, sabía que amaba a Ariella de Warenne.

CAPÍTULO 20

La tumba estaba en el cementerio familiar de Adare.

Ariella caminó despacio entre lápidas de mármol y algunos mausoleos magníficos. Había silencio en aquel lugar, donde habían sido enterrados sus antepasados desde el final del reinado de la reina Isabel. Se estremeció. Era ya octubre y el cielo estaba nublado y amenazaba lluvia. A pesar de llevar un vestido pesado de lana y una capa aún más pesada con capucha, estaba muy delgada y tenía frío.

Desde que Emilian la dejará en el vestíbulo de Windsong casi dos meses atrás, no había pasado ni un día sin que visitara el monumento con el que recordaba a su hijo. Pero ese día se había dado cuenta de que el día anterior no había ido. Había estado ocupada con visitas de la ciudad. Frunció el ceño. Por primera vez en mucho tiempo había disfrutado de un debate animado sobre las próximas elecciones parlamentarias.

Comprendió que echaba de menos Londres.

Miró el cielo y pensó que aquello indicaba que se encontraba mejor.

Sonrió un poco cuando pasó por el mausoleo donde estaban enterrados los anteriores condes de Adare. Había querido mucho a sus abuelos. Los dos habían muerto mientras dormían con pocos meses de diferencia. Siempre le consolaba pasar al lado de la tumba y ahora casi podía sentirlos caminar con ella, como si estuvieran complacidos.

Pensó que se estaba convirtiendo en una romántica.

Detrás de ese edificio de piedra había una sección vacía, el lugar que había reservado su padre para su familia inmediata. Ariella dejó de sonreír. Allí, en la hierba verde, había una pequeña losa.

Dos meses atrás sólo tenía que verla para echarse a llorar. Ahora se arrodilló ante ella y colocó un ramo de rosas blancas.

Adorado hijo de Ariella y Emilian St Xavier.
27 de julio, 1838.
Que en paz descanse.

—¿Cómo estás? —susurró.

Ya no podía imaginar a su niño como antes. Ahora sólo veía unos ojos grises. Y los ojos que veía pertenecían a Emilian.

Se puso rígida. No podía ir allí sin pensar en el padre de su hijo. Era imposible. Era como si Emilian la acompañara en la visita.

Suspiró. Curiosamente, se sentía casi preparada para pensar en su marido.

—Tu madre se siente mejor —susurró—, pero eso no significa que te ame menos.

Suspiró de nuevo.

—Creo que me iré a Londres. Creo que es hora de volver a vivir —su sonrisa se debilitó—. Pero vendré a verte antes de irme y volveré para Navidad.

Se levantó. Volvió a ver ante sí los ojos grises de Emilian. Respiró hondo. Emilian había decidido acabar su matrimonio cuando ella estaba tan incapacitada por la pena que no podía luchar.

Habían viajado por ferrocarril hasta el ferry que los había llevado a Irlanda. Ariella estaba consumida de dolor, pero también furiosa hasta el punto de casi odiarlo por haber elegido aquel momento para destruir su matrimonio en vez de permitirle tiempo para calmar su pena. Nunca olvidaría la expresión dura y decidida que había mostrado él día tras día. Ella se había pegado a la ventanilla del tren e intentado alejarse de él lo más posible, sufriendo y rabiando en silencio con él sentado rígido a su lado con la vista clavada al frente. La tensión había sido insoportable.

«Iré directamente a Londres a pedir el divorcio».

«¿Cómo puedes hacerme esto? ¿Cómo puedes hacernos esto?»

Él no había pasado más que un momento en la casa. Llovía a mares aquel día.

«Los dos sabemos que es culpa mía».

Había subido al carruaje de alquiler y se había alejado sin mirar atrás.

Ariella recordaba vagamente que se había dejado caer en el camino y su hermano la había llevado a la casa. Alexi se había ofrecido a matarlo, pero ella le había suplicado que no interfiriera, que no empeorara aún más las cosas. Estaba enferma de pena y agotamiento y había intentado dar la espalda a Emilian, a sus recuerdos, sus pensamientos de él y su matrimonio. Estaba demasiado débil para luchar con él, y en cierto modo, se alegraba de estar en casa. Windsong era el refugio más seguro que conocía. Sus aposentos privados eran un santuario más seguro todavía, donde podía meterse en la cama cuando quisiera y curar sus heridas.

Pero la imagen de él se colaba en su mente sin previo aviso varias veces al día. Y al instante se sentía dolida, furiosa y confusa. Luego intentaba apartar sus pensamientos. Ya tenía suficiente dolor. No necesitaba más.

Se había esforzado por no pensar en el divorcio. Y ahora se preguntó por primera vez si Emilian había conseguido el certificado de separación o una anulación en los tribunales eclesiásticos.

Dolida, se arrodilló de nuevo ante la tumba de su hijo. ¿Por qué había hecho eso? Habían sido felices por un tiempo.

«Yo siempre te desearé».

«Te amo».

Se incorporó.

¿Seguían todavía casados? ¿Había conseguido la separación? Para eso tendría que haberla acusado de adulterio.

Ella podía combatir aquel divorcio si quería.

Ariella se levantó las faldas y corrió por el cementerio hasta el carruaje que la esperaba. Por fin estaba preparada para luchar por su matrimonio y su futuro.

Entró en el vestíbulo de Windsong sin aliento.

—Ariella, ¿dónde has estado? —preguntó Dianna. La miró sorprendida—. Te ha pasado algo. Pareces dispuesta a debatir con fiereza. Pareces tú misma.

—Dianna, ¿sabemos si Emilian ha conseguido un certificado de separación o peor, si la petición de divorcio ha llegado al parlamento?

Su hermana la miró con atención.

—Yo no sé nada.

—¿Dónde está papá? —Cliff había regresado de Londres varios días atrás con Amanda.

—En la biblioteca.

Ariella abrazó a su hermana con fuerza y se alejó.

—¿A qué viene eso? —preguntó Dianna a sus espaldas.

Ariella la miró por encima del hombro.

—Llevas dos meses pendiente de mí como si fuera una inválida. Espero no tener que devolverte nunca el favor. Te quiero.

La puerta de la biblioteca estaba abierta y Cliff sentado ante el escritorio, inmerso en sus libros de cuentas. Ariella llamó a la puerta con los nudillos. Cuando él levantó la vista, sonrió y entró.

—Espero no interrumpir. He decidido que es hora de que vaya a Woodland.

—Entiendo —él se levantó y dio la vuelta a la mesa—. Emilian no está allí.

—Lo suponía. Pero como esposa suya, también es mi casa. ¿Sigo siendo su esposa?

Cliff le pasó un brazo por los hombros.

—Todavía no ha presentado demanda de separación en los tribunales.

La joven lo miró atónita.

—¿Qué significa eso?

—No lo sé, pero un hombre que quiere librarse de su esposa no tarda tanto. Y Emilian está tardando.

Ariella sonrió.

«Te amo».

—¿Ahora vas a luchar por tu matrimonio?

El sudario se había levantado y de pronto había esperanza. Respiró hondo.

—Echo de menos a Emilian.

Su padre la observó.

—Sé que a ti no te gusta, pero estamos casados. Necesito tu apoyo y tu bendición.

—Ya os he dado mi bendición, Ariella. A los dos.

Ella lo miró con atención.

—Por favor, no lo culpes por lo que ha hecho. Ya ha sufrido bastante.

—La culpa es un juego peligroso. Podría culpar a tu hermano por haberte llevado con él, ¿no? Podría culpar a Emilian por haber dejado que te quedaras con los cíngaros. Podría culparme a mí por no haber vigilado mejor a Emilian, por haberlo acogido bajo mi techo, por no haberte vigilado a ti. Podría culparme por no haber ido a buscarte cuando huiste con él.

Ella lo abrazó, sabedora de que su padre se culpaba también por la pérdida de su hijo.

Él le sonrió con lágrimas en los ojos.

—Eres joven y los doctores dicen que no hay razón para que no tengas más hijos.

—Antes tengo que volver a conquistar a Emilian y no es un hombre fácil. No puedo forzarlo a volver a Woodland.

Cliff la rodeó con sus brazos.

—Estaba muy alterado cuando te trajo. Tú no estabas en condiciones de darte cuenta, pero yo vi lo mucho que te ama. Vi su angustia cuando se marchó, aunque intentaba ocultarla. He cambiado de opinión sobre él. Creo que está enamorado de ti.

Ella sintió el corazón henchido.

—Yo también creo que me quiere, pero eso no significa que quiera reconciliarse. Quiero darle tiempo, pero, si no regresa a Woodland, iré yo a buscarlo.

—Tú, querida mía, estás a la altura de los muchos retos que él representa —Cliff volvió a la mesa y sacó varias cartas de un cajón—. Creo que se corrió la noticia de vuestro matrimonio después de que volvieras aquí. Estas cartas son del administrador de Woodland.

Ariella las miró sorprendida.

—¿Me escribe a mí?

—Tú eres la señora de Woodland —Cliff vaciló—. Robert se ha apoderado de la hacienda y ahora se hace llamar vizconde. Mis abogados me han dicho que, si pasan años sin que Emilian regrese, hay leyes de posesión adversa que pueden posibilitar que Robert reclame las propiedades como suyas.

Ariella irguió la barbilla ultrajada.

—Iré a Woodland inmediatamente.

Cuando el carruaje cruzó la verja de Woodland, Ariella iba sentada en el borde del asiento. Era doloroso regresar así, sin Emilian y sin una pista sobre su paradero. Allí tenía muchos recuerdos agridulces de él y lo echaba más de menos que nunca.

Margery le apretó la mano.

—Afrontaremos juntas a ese villano —dijo.

Ariella estaba demasiado nerviosa para sonreír. Lucharía por su matrimonio, pero primero tenía que luchar por su hogar. Cuando ella había llegado a Windsong, Margery estaba en Adare, pero había ido corriendo a consolarla, igual que casi toda la familia. Y ahora había insistido en acompañarla a Derbyshire.

Cliff también había querido ir, pero la joven le había dicho que enviaría a buscarlo si no podía controlar a Robert sola. Afortunadamente, Alexi estaba en Hong Kong, o habría insistido en acompañarla y arrancarle la cabeza a Robert St Xavier.

—La propiedad parece en buen estado —comentó la joven—. Veo que a Richards le han permitido hacer parte del trabajo para el que lo contrató Emilian.

Las cartas del administrador eran preocupantes. Robert había hecho algo más que declararse vizconde. Había conseguido acceso a las cuentas bancarias de la hacienda. Según Richards, estaba empeñado en amueblar Woodland a su gusto y daba una fiesta tras otra. Estaba devorando los fondos del vizconde y pronto no habría beneficios ni reservas. El administrador le suplicaba que llamara a Emilian para que rectificara la situación. Y como Ariella no podía hacer eso, había ido allí para actuar en persona.

—Ahora éste es tu hogar —le recordó su prima—. Tienes que luchar por él.

—Lo sé. Pero nunca he tenido una batalla así.

—No te preocupes, no estás sola. Todo saldrá bien.

Ariella la abrazó.

—Eres la mejor amiga que he tenido nunca.

—Yo siento lo mismo —susurró Margery.

El carruaje se detuvo. Cuando se abrió la puerta, Ariella dio las gracias al cochero y bajó, seguida por su prima. Enderezó los hombros y se acercó a llamar a la puerta, esperando ver a Hoode, pues sabía que tendría en él a un aliado.

Pero apareció un lacayo de pelo blanco al que no conocía.

—¿Sí?

Ariella miró el vestíbulo y se quedó paralizada. Los retratos de ancestros que antes adornaban las paredes habían desaparecido, reemplazados por cuadros que no había visto nunca. Algunos eran francamente eróticos y otros simplemente extraños. No quedaba ninguno de los muebles centenarios de antes y en su lugar había otros nuevos y costosos. Alfombras caras cubrían los suelos de mármol. Margery suspiró a su lado.

—Ha gastado una pequeña fortuna.

—¿Dónde está Hoode? —preguntó Ariella ultrajada.

—Me temo que Hoode ya no está al servicio del vizconde.

Ella se enderezó.

—Os aseguro que Hoode sí está al servicio del vizconde —dijo con fiereza—. ¿Dónde está Robert?

—El vizconde ha dicho que no se le moleste.

Ariella perdió los estribos.

—¿Vuestro nombre?

—Barnes.

—Barnes, mi esposo es el vizconde. Os pregunto de nuevo, ¿dónde está Robert?

El hombre palideció.

—En la biblioteca, señora.

Ella echó a andar por el pasillo, pero se giró.

—Buscad a Hoode y traédmelo.

—Sí, señora.

Ariella continuó por el pasillo con Margery. Miró el salón al pasar y vio con desmayo que había varios caballeros jugando a las cartas y bebiendo vino. Ninguno iba correctamente vestido. Peor aún, la habitación olía a ale rancia, tabaco y cuerpos sin lavar.

La puerta de la biblioteca estaba cerrada. Ariella ni siquiera pensó en llamar. La abrió y se quedó petrificada.

Margery chocó con su espalda y dio un respingo.

Robert St Xavier tenía a una mujer en el escritorio de Emilian y estaba ocupado fornicando con ella.

Ariella se volvió con brusquedad y apartó a Margery al

pasillo, lejos de la escena. Su prima tenía los ojos muy abiertos.

—No hace falta que veas eso —declaró Ariella con firmeza.

—¿Qué vas a hacer? —susurró Margery—. Creo que debes dejar que tu padre se ocupe de Robert.

—Quédate aquí.

Ariella se giró y volvió a la biblioteca. Nada había cambiado.

—Disculpad —dijo con furia.

Robert se apartó de un salto de la mujer y la miró atónito. La mujer soltó un grito y saltó detrás del escritorio.

Ariella sabía que se había sonrojado, pero mantuvo la vista fija en el rostro de Robert.

—¡Salid inmediatamente de mi casa! —ordenó con voz ronca.

Él sonrió y se colocó la ropa.

—Vaya, vaya... pero si es la señorita de Warenne, la amante de mi primo. Os estáis entrometiendo, señorita de Warenne —la miró con los brazos en jarras.

Ariella temblaba de rabia.

—No pienso repetirlo. Os quiero fuera de esta casa ahora mismo. No permitiré que convirtáis Woodland en un burdel.

Él se rió de ella.

—¿Seguro que eso es lo que queréis? Yo creo que hay más.

—Sí, hay más. Quiero que nos devolváis hasta el último penique que nos habéis robado.

Robert parpadeó.

—Ahora yo soy el vizconde y, a menos que deseéis uniros a nosotros, quiero que os marchéis.

Ella se volvió temblando de rabia. Encima de la chimenea colgaban un par de espadas. Saltó sobre una otomana y agarró una, aunque nunca había aprendido esgrima. Robert se echó a reír, lo cual sólo sirvió para aumentar su decisión.

Saltó al suelo y la expresión de él cambió cuando se acercó y le apuntó la espada al pecho.

—¡No sabéis lo que hacéis! —gritó muy pálido.

—Os equivocáis; sé muy bien lo que hago. He visto a mi padre y mi hermano en las cubiertas de sus barcos, asesinando a piratas que intentaban abordarnos —aquello último era una exageración. Empujó la espada, que atravesó la camisa y arañó el pecho. No había sido su intención cortar tan profundo, pero le daba igual.

Él palideció e intentó sujetarle la mano.

Ella apretó más la hoja y él soltó un grito.

—¡Me habéis cortado!

Retrocedió y ella lo siguió.

—Emilian es el vizconde aquí y yo soy su esposa. Ésta es mi casa. He dicho que os marchéis. Estoy perdiendo la paciencia.

Él había llegado a la pared y ella volvió a apretar la espada en el pecho.

—Estáis loca —él se agachó y la espada le desgarró la camisa en otro punto.

—Soy la vizcondesa de Woodland —dijo ella con furia—. Me casé con Emilian y tengo el certificado que lo prueba. Vos, señor, no sois más que un sinvergüenza y un villano que quiere robarnos nuestro hogar. Nuestra vida. ¡Fuera!

Él salió corriendo.

Cuando hubo cruzado la puerta, Ariella se giró y miró a la mujer. Ésta, que estaba semidesnuda, recogió sus zapatos y salió a su vez. Ariella empezó a temblar. Había sangre en la punta de la espada y la punta no parecía roma precisamente. Se sentía enferma, pero no por lo que había hecho, sino porque habían profanado el hermoso escritorio de Emilian.

Miró a su alrededor y vio agujeros en el brocado del sofá. Había comida y bebida por todas partes, incluida una bandeja con restos en el suelo. La casa entera había sido profanada.

—¿Estás bien? —preguntó Margery desde la puerta.

Ariella asintió. Salió al pasillo y se acercó al salón. Se detuvo en la puerta, pero los cinco hombres de dentro estaban ebrios y muy pendientes del juego de cartas. Si sabían que estaba allí, les daba igual.

—¿Señora? —Barnes apareció detrás de ella—. ¿Puedo levantar a esos libertinos?

—Sí, podéis —contestó Ariella, aliviada.

El sirviente interrumpió el juego e informó a los caballeros de que debían salir de Woodland inmediatamente.

—La vizcondesa ha regresado e insiste en ello —dijo con firmeza, sin hacer caso de sus protestas ebrias.

Cuando al fin se marcharon, Ariella entró en el salón. Lo había conseguido. Había librado a Woodland de Robert, al menos por el momento. Hasta que volviera Emilian... si volvía.

Se dio cuenta de que sostenía todavía la espada.

—Barnes, limpiad esto y colocadlo en su lugar. Reunid a toda la servidumbre para las cinco. Quiero hablar con todos. Y deseo que esta casa vuelva a estar como antes. Quiero que todo esté en orden cuando regrese el vizconde.

Barnes tomó la espalda y asintió.

—¿Y cuándo se espera el regreso del vizconde?

Ariella suspiró.

—No lo sé. Pero volverá, de eso no hay duda.

Barnes se inclinó y salió.

Ariella enderezó los hombros. Tendría que volver antes o después, ¿no?

La verdad era que no lo sabía.

Emilian caminaba despacio por la colina a la luz del crepúsculo de otoño. El cementerio donde estaba enterrada Raiza se hallaba justo delante. Apenas recordaba la noche que había pasado allí dos meses y medio atrás, sentado en el suelo húmedo por la lluvia delante de la pequeña cruz de madera que marcaba el punto donde la habían enterrado. Entonces acababa de regresar de dejar a Ariella en Windsong.

Después había pasado tres meses viajando con los cíngaros. Habían subido por el norte hasta Inverness y regresado a la zona el día anterior para pasar el invierno allí. Stevan tomaba los pedidos de las sillas, mesas y escritorios que arreglaría; Emilian tomaba los pedidos de las ruedas de carros que repararía y de las que haría nuevas. Tenían por delante un largo invierno.

Todavía no había solicitado el divorcio.

Pero lo haría pronto.

Ahora estaba decidido, pues había aprendido a sobrevivir a la pérdida haciéndose adicto al autocontrol y al distanciamiento emocional. Sus pensamientos no vagaban, estaban firmemente anclados en el presente. Su corazón era de acero. No pensaría en la vez anterior que había ido a esa tumba, con la mente y el corazón consumidos por Ariella. Aquella noche había ido a llorar a Raiza y había llorado a su esposa.

Pasó delante de las primeras tumbas modestas y se detuvo ante la lápida de mármol que había encargado para Raiza. Ahora tenía que llorarla apropiadamente; tenía que decirle adiós.

Pero el corazón le latía con fuerza y no parecía poder controlarlo. Por primera vez en meses, veía a su madre como la había visto de niño, sonriendo y contenta, remendándole los calcetines a la luz del fuego con él sentado a sus pies. Y él era un niño gitano contento con su destino.

Cerró los ojos y recordó a continuación la mañana en la que se recuperaba de los latigazos en Rose Hill. Ariella le hablaba de Enrique V con ojos brillantes. Supo entonces que se había enamorado de ella en aquel preciso momento.

«Perteneces a dos mundos, no a uno».

¿Cómo podía pertenecer alguien a dos mundos?

Ahora le dolía el corazón. ¿No había pasado seis meses viviendo como un cíngaro? ¿Y no había pasado los dieciocho años anteriores viviendo como un inglés?

La noche anterior se había casado un gitano joven con

una chica del pueblo. Había sido una noche de música, canciones, risas y baile. La chica era escocesa, hija del jefe de los establos de un noble. El joven se quedaría con su esposa en Glasgow y trabajaría por un salario en la ciudad. Ella no quería viajar, no quería dejar a su familia. Nadie se había sorprendido aparte de Emilian. Había muchos cíngaros aventurándose a otra vida y muchas personas de sangre mezclada con un pie en cada mundo.

–Ningún hombre pertenece a dos mundos –rugió. Y para su sorpresa, sintió lágrimas en el rostro–. Yo soy gitano.

Los payos habían matado a Raiza... y habían matado al hijo de Ariella y suyo.

«Tu padre es un buen hombre, Emilian. Él puede darte una vida que yo no puedo».

Oía claramente a su madre y veía su expresión implorante cuando le suplicaba que entendiera justo antes de enviarlo con el policía a su nueva vida inglesa.

«Yo puedo darte muchas oportunidades, Emilian. Déjame hacerlo».

Comprendió de pronto que Edmund lo había querido, y no sólo porque fuera su heredero. Lo había querido a su modo cauteloso, cortés y muy inglés, sin mostrar nunca su afecto abiertamente, pero permitiéndole explorar todos los caminos que quisiera, alentándolo a hacerlo. Lo había querido porque era su hijo y estaba orgulloso de sus logros.

Y Stevan le había dicho que Raiza también estaba llena de orgullo.

Se dejó caer de rodillas. Ya no lloraba por su madre. Lamentaba haber elegido una vida hasta tal punto por encima de la otra, pero no sabía si podía buscar compromisos. Tanto su padre como su madre habían elegido el modo inglés para él y al fin comprendía por qué.

¿Qué hacía arreglando ruedas de carros? Odiaba ese trabajo repetitivo. Los días largos y vacíos en el camino lo aburrían. Echaba de menos sus cuentas, su trabajo artístico, sus libros. Echaba de menos los lujos de su casa.

Ahora veía Woodland en todo su esplendor, esplendor y gloria que eran un monumento a sus esfuerzos y a sus deberes y preocupaciones. Pensó en su hermosa biblioteca, en los cientos de libros que había elegido personalmente, leído y releído. Pensó en sus jardines ingleses, cuidadosamente diseñados por él; pensó en su establo de caballos pura raza y en su alazán preferido. Pensó en su servidumbre, en sus asuntos, sus inquilinos y las granjas. Se interesaba por sus inquilinos... incluso conocía los nombres de sus hijos.

Tendió la mano hacia la losa de mármol y la imagen de Raiza acudió de nuevo a su mente.

—Soy *didikoi*. Soy de sangre mezclada.

La sonrisa de ella no se alteró.

En ese momento casi sintió como si ella le diera su bendición. Sintió una caricia en el hombro, pero seguramente fue el viento del crepúsculo.

Se incorporó. Había ido al norte a llorarla y a buscar su herencia cíngara y, en lugar de ello, se había casado y perdido una esposa y un hijo mientras buscaba una verdad que no era la que había esperado. Jamás encajaría en el modo de vida de los cíngaros. Echaba de menos Woodland y los desafíos de mantener una hacienda que diera beneficios. Echaba de menos buena parte de su vida inglesa. Pero su parte cíngara también era fuerte.

Ya no tenía más dudas. Pertenecía a dos mundos, no a uno.

Había permanecido tanto tiempo con los cíngaros, no porque hubieran asesinado a su madre, sino porque huía del dolor de haber perdido a Ariella. Y ahora entendía que jamás superaría esa pérdida pero no podía seguir huyendo. En Woodland lo esperaban deberes y responsabilidades. Lo esperaban personas.

Siempre habría murmuraciones, pero no por parte de todos. Algunos payos eran buenos y justos, como los de Warenne. Como Ariella.

«Voy a rezar para que encuentres lo que buscas y para que luego decidas volver a casa. Cuando lo hagas, yo estaré allí...»

Aquel recuerdo lo sorprendió. Ariella había dicho esas palabras después de que los sorprendieran en Rose Hill, pero todo había cambiado desde entonces. Ariella ahora estaría en Londres, debatiendo con sus amigos radicales, superada ya la pérdida de su hijo. Esperaba que ése fuera el caso. Ella amaba el debate y se le daba bien.

Pero lo esperaba Woodland.

Y se iba a casa.

Y quizá la próxima vez que viera a Ariella, ella le habría perdonado todo lo que le había hecho. Conociéndola, estaba seguro de que no habría culpas ni rencores. Tal vez incluso estuviera con su príncipe, pero él lo aceptaría y se alegraría por ella. Sólo esperaba que al fin pudieran ser amigos.

Ahora se conformaría con su amistad.

El corazón la latía con fuerza cuando bajó del carruaje alquilado delante de las puertas grandes de Woodland. Permaneció un momento inmóvil en el aire frío de principios de diciembre y vio que los edificios y los jardines parecían estar en perfecto estado. Richards había trabajado bien. Estaba muy complacido.

Un mozo de establo que pasaba lo vio y sonrió. Se quitó la gorra.

—¡Señor! Me alegro de teneros de vuelta.

Emilian le sonrió, sorprendido de darse cuenta de que se sentía bastante feliz.

—¿Cómo va eso, Billy?

—Muy bien, señor. Tenéis potros nuevos, señor.

Su alegría aumentó. Se volvió y los jardineros que estaban al lado de la fuente se quitaron también la gorra. Los saludó con la cabeza y les sonrió. Detrás de la fuente, más allá de los establos, vio a un grupo de potrillos que corrían al viento.

Era estupendo estar en casa.

Subió los escalones con energía. No llamó, y cuando entró en el vestíbulo, le complació ver que todo estaba exactamente como lo había dejado. Hoode se acercaba por el pasillo con los ojos muy abiertos en su cara pálida.

—¡Señor, habéis vuelto a casa! —sonrió.

—Hola, Hoode —Edmund le lanzó el sombrero y el mayordomo lo atrapó al vuelo—. Sí, he vuelto y me complace mucho lo que veo.

—Señor, eso tenéis que agradecérselo a vuestra esposa. Entró aquí y expulsó a vuestro primo de la casa a punta de espada, señor. Y justo a tiempo, pues él estaba arruinando la propiedad.

El mundo se quedó inmóvil. Ni siquiera estaba seguro de que su corazón latiera todavía.

Tenía que haber oído mal. ¿Ariella estaba allí?

Tardó un momento en poder hablar.

—Repetid eso.

Hoode estaba lleno de entusiasmo.

—Lord Robert intentó apoderarse de la propiedad y del título, señor. Me despidió y empezó a gastar vuestra fortuna en lo que le apetecía. La señora volvió justo a tiempo, os lo aseguro. Sois un hombre afortunado, señor.

El corazón le latió con fuerza. Incrédulo y con el temor de estar soñando, miró más allá de Hoode. Y ella estaba allí, en la puerta del salón, su ángel de misericordia, la visión más hermosa que había contemplando jamás. Lloraba y al instante supo que eran lágrimas de felicidad.

Ella lo esperaba como había prometido.

—¿Ariella? —todavía no podía creerlo.

—Has vuelto —susurró ella, temblando visiblemente.

—He vuelto a casa —consiguió decir él. La alegría intentaba embargarlo, pero la contuvo—. ¿Y tú estás aquí? ¿Me estás esperando?

—¿Y dónde más podría estar?

Echó a andar hacia ella con esperanza y amor.

—Podrías estar en Windsong, en Londres... en cualquier otra parte.

Llegó hasta ella, pero tenía miedo de tocarla. Tenía miedo de que aquello fuera un sueño y ella una ilusión que se evaporaría al instante.

Pero ella le tocó la mejilla con un gesto tierno y familiar y la caricia hizo que la alegría explotara en su corazón.

—Soy tu esposa. Mi lugar está aquí. Te dije que estaría aquí esperándote. ¿O lo has olvidado?

Él la abrazó con fuerza, intentando comprender todavía que aquella mujer creía en él lo bastante para haber vuelto a él y que lo amaba de verdad.

—No lo he olvidado —dijo con voz ronca—. ¿Pero cómo puedes perdonarme por el hijo que perdimos? Fue culpa mía.

—Fue un accidente. ¿No te has parado a pensar que yo me he culpado a mí por haberte seguido?

Él la miró alarmado.

—No quiero que te culpes por nada. Nunca.

Ella le acarició la mejilla.

—Yo tampoco quiero que tú te culpes por nada.

Él respiró hondo.

—¿Y dónde estamos ahora?

Ariella le sonrió.

—Tienes que perdonarte a ti mismo para que podamos tener el futuro que merecemos.

Él volvió a estrecharla en sus brazos, temeroso de dejarla ir.

—No pediste el divorcio —susurró ella.

—Lo fui posponiendo —explicó él.

Ella le sonrió.

—Me pregunto por qué.

—Creo que ya sabes por qué. Estoy más que dispuesto a confesar que sigo tan profunda y desesperadamente enamorado de ti que ni siquiera he sido capaz de hablar con un abogado.

Ella se echó a reír.

—¿Una confesión en la luz brillante de tu vestíbulo? ¿Qué nuevo aspecto de tu carácter es éste?

La alegría que surgía del interior de Emilian era un tipo de felicidad que no había conocido nunca, ni siquiera en los primeros días de su matrimonio.

—Pensé que lo mejor era renunciar a ti —dijo muy serio—. No lo mejor para mí, sino para ti. Pero entonces pensaba vivir con los gitanos y ahora he vuelto a Woodland. Tú tenías razón. Pertenezco a dos mundos, no a uno.

—¡Oh, Emilian! Nunca he visto tus ojos tan brillantes y alegres. Nunca te he visto sonreír tan abiertamente. Las sombras oscuras ya no están.

Él le acarició la mejilla, la sien, el rostro.

—Nunca seré completamente gitano igual que nunca seré totalmente un inglés de sangre azul. ¿Podrás soportarlo?

Ella se echó a reír.

—¡Gracias a Dios por eso! Yo no estoy enamorada de un inglés de sangre azul, estoy enamorada de mi príncipe de sangre mezclada.

Lo decía de verdad y eso lo hacía más feliz todavía.

—No hay príncipes gitanos —murmuró—. Como tú bien sabes.

—Claro que los hay. Tú estás delante de mí. Me has dicho muchas veces que un día encontraría a mi príncipe, pero te equivocabas. Porque tú eres mi príncipe, lo has sido desde el momento en que nos conocimos y nada cambiará nunca eso.

A él la emoción no le permitía hablar. Ella siempre lo miraba con aquellos ojos brillantes, y se dio cuenta de que en ellos había algo más que amor y confianza. Lo miraba con una gran admiración.

¿Y no la había mirado él siempre con el mismo respeto? Era una gran dama y, sin embargo, había sido su amante, su amiga y su esposa y una vez más le declaraba su amor eterno. Y ahora, por primera vez, la creyó.

Ariella de Warenne lo amaba con el amor profundo, eterno y de los de toda la vida por el que eran famosos los hombres y mujeres de Warenne.

Emilian hasta creía que era su destino.

Le besó la mano y carraspeó.

—No te merezco —ella empezó a protestar y él la silenció tocándole la barbilla—. ¡Chist! No te merezco, de eso no hay duda. Pero no volveré a renunciar a ti. Voy a intentar ser el príncipe que tú crees que soy. Te quiero y pienso pasar el resto de mi vida probándote hasta qué punto. Tienes que estar preparada. Habrá muchas más declaraciones de este tipo.

Ella le echó los brazos al cuello.

—No tienes que probar nada. Sé lo mucho que me amas.

Él la estrechó con fuerza, abrumado por tanto sentimiento, tanta felicidad, tanto amor. El futuro se extendía brillante ante ellos.

—No, querida, no tienes ni idea.

—Pues demuéstramelo —susurró ella, temblorosa.

Él la besó en la boca con gentileza y sensualidad. Empezó a pensar en modos creativos de profesarle su amor.

—Ven arriba conmigo —murmuró con su tono más seductor—. Te lo voy a empezar a demostrar ahora mismo.

Su hermosa y excéntrica princesa paya le sonrió con ojos brillantes.

Y el corazón de Emilian St Xavier voló alto y libre.

Títulos publicados en Top Novel

Apuesta de amor — Candace Camp
En sus sueños — Kat Martin
La novia robada — Brenda Joyce
Dos extraños — Sandra Brown
Cautiva del amor — Rosemary Rogers
La dama de la reina — Shannon Drake
Raintree — Howard, Winstead Jones y Barton
Lo mejor de la vida — Debbie Macomber
Deseos ocultos — Ann Stuart
Dime que sí — Suzanne Brockmann
Secretos familiares — Candace Camp
Inesperada atracción — Diana Palmer
Última parada — Nora Roberts
La otra verdad — Heather Graham
Mujeres de Hollywood... una nueva generación — Jackie Collins
La hija del pirata — Brenda Joyce
En busca del pasado — Carly Phillips
Trilby — Diana Palmer
Mar de tesoros — Nora Roberts
Más fuerte que la venganza — Candace Camp
Tan lejos... tan cerca — Kat Martin
La novia perfecta — Brenda Joyce
Comenzar de nuevo — Debbie Macomber
Intriga de amor — Rosemary Rogers
Corazones irlandeses — Nora Roberts
La novia pirata — Shannon Drake